THE ONCE AND FUTURE KING

永恒之王四部曲 3

THE ILL-MADE KNIGHT

残缺骑士

〔英〕T.H. 怀特 著　简怡君 译

人民文学出版社
PEOPLE'S LITERATURE PUBLISHING HOUSE

T. H. White

THE ILL-MADE KNIGHT

图书在版编目(CIP)数据

残缺骑士/(英)怀特著;简怡君译.——北京:人民文学出版社,2015

(永恒之王四部曲)

ISBN 978-7-02-011194-7

Ⅰ.①残… Ⅱ.①怀… ②简… Ⅲ.①长篇小说-英国-现代 Ⅳ.①I561.45

中国版本图书馆 CIP 数据核字(2015)第 264993 号

责任编辑:卜艳冰　尚　飞　张晓清
封面设计:高静芳

出版发行 人民文学出版社
社　　址 北京市朝内大街 166 号
邮政编码 100705
网　　址 http://www.rw-cn.com
印　　制 山东德州新华印务有限责任公司
经　　销 全国新华书店等
字　　数 194 千字
开　　本 890×1240 毫米　1/32
印　　张 8.75
版　　次 2016 年 1 月北京第 1 版
印　　次 2016 年 1 月第 1 次印刷
书　　号 978-7-02-011194-7
定　　价 30.00 元

“不,”蓝斯洛爵士说,

“一旦蒙受耻辱，便永无翻身之日。”

第一章

班威克城堡里，法国男孩看着磨光的茶壶盖表面，凝视着映在上头的倒影。盖子在阳光下闪现黯淡的金属光泽。壶盖几乎与今日士兵的钢盔无异，自然很难将其作为镜子使用，可是他也没别的选择。他来回翻转壶盖，希望能从凸面的各种扭曲形象中，看出自己的大致模样。他试图找寻自我，却畏惧可能找到的结果。

男孩认为自己出了问题。他虽然日后成为伟人，全世界都臣服脚下，仍终生为此缺陷所困，仿佛知道心底潜藏了什么，为之羞惭，却无法理解。我们也毋须试图理解。既然他宁可深藏心中，我们便不应多加探触。

男孩站在兵器库里，四周陈列着各式武器。过去两个小时里，他一边抛掷一对哑铃——他称作“秤砣”——一边唱着既不成调也无歌词的曲子。他年方十五，刚从英格兰回国，父亲正是协助英格兰王弭平叛乱的班威克国王班恩。你一定记得，亚瑟有意招募年轻人成为骑士，趁早使他们获得圆桌信念，而他早已在宴席上注意到蓝斯洛，因为这孩子不论玩什么几乎都是赢家。

蓝斯洛猛力举着哑铃，发出无言的噪音，心里想着威武的亚瑟王。他因满心怀着敬爱之意，才在此举哑铃。他将自己和英雄唯一的那次对话铭记在心，只字未忘。

那时他们正要乘船返回法国，亚瑟与班恩王亲吻道别，然后唤住蓝斯洛，两人走到船的一角。班恩舰队的纹章船帆、忙于缆索的水手、武装炮塔、弓箭手和铅白色的海鸥，便成了他们谈话的背景。

“蓝斯[1]，你过来一下好吗？”国王说。

“陛下。”

“晚宴时，我注意到你和别人玩游戏。”

“是的，陛下。”

“你可说是大获全胜。”

蓝斯洛眯眼看着地面。

“我想找很多精于游艺的人，一起来协助我实践理想。这是等我平定全国、成为真正的国王之后要做的事。你长大以后愿意来帮忙吗？”

男孩扭扭身子，突然瞥了对方一眼。

“这事和骑士有关，”亚瑟继续说道，“我打算建立一个骑士组织，就像嘉德勋章[2]那样，专门与滥用武力的人作对。你有兴趣加入吗？”

“有的。”

---

① 蓝斯（Lance）是蓝斯洛（Lancelot）的小名。

② 嘉德勋章（Order of the Garter），于公元一三四八年左右由英王爱德华三世制订。相传某次舞会中，索尔斯堡（Salisbury）伯爵夫人不慎掉落袜带，国王见状急中生智，捡起袜带系于自己膝下，因而替伯爵夫人解围。嘉德（garter，即袜带之意）勋章即源自此。

国王仔细打量他，不确知他究竟是欣喜、惊怕，还是纯粹出于礼貌。

“你了解我所说的话吗？”

蓝斯洛有些仓皇。

“法文中我们称之为 Fort Mayne[①]，”他解释道，“家族里谁的臂力最强，谁就当头，可以照他的意思胡来。所以我们才说是 Fort Mayne。您想要集结一群相信正义而非强权的骑士，终止‘强壮的手臂’为乱的情形。是的，我非常想加入。但我得先长大。谢谢您。现在我要说再见了。”

于是他们乘船离开英国，男孩站在船首，始终不肯回头，怕流露自己的感情。其实早在宴席当晚，他便已爱上亚瑟。那位战胜归来的北方君王晚餐时满脸通红、意气风发的模样，深深烙印心头，随着他回到法国。

在那双专注搜寻壶盖的黑眼睛后头，是他昨晚做的一个梦。七百年前——如果照马洛礼的记载，则是一千五百年前——那时的人与现代的精神科医师一样，很把梦境当一回事。蓝斯洛的梦令他不安，并非因为这个梦潜在的意义，也不是因为他丝毫不知此梦意义何在，而是因为梦使他觉得失落。梦境是这样的。

蓝斯洛和弟弟艾克特·德马利斯分别坐在椅子上，他们站起身，骑上两匹马。蓝斯洛说：“出发吧，让我们去追寻不该寻到的东西。”于是他们去了。但是有某个人或某种力量朝蓝斯洛扑来，把他痛揍了一顿，夺去他身上的衣物，替他穿上一件满是绳结的衣

① 意即“强壮的手臂”（Strong Arm）。

服，令他改骑驴子。接着有一口美丽的井，井水清澈至极，为他平生仅见。于是他下了驴子，到井边喝水，只觉世上美好之事莫过于此。不料他才弯身凑上去，井水便往下降，直直降到井底，离他越来越远，碰也碰不到。他因此觉得凄凉，仿佛遭井水遗弃。

男孩反复倾斜手中的锡盖，将亚瑟、水井、使他够格为亚瑟效力的哑铃、还有肌肉酸疼的臂膀都抛诸脑后，心中留下一个挥之不去的念头。这个念头与金属盖上映出的面容有关，与那在他灵魂深处，使他长成如此容貌的缺陷有关。他从不自欺欺人，深知无论怎么转动头盔，镜中倒影仍不会改变。他早已决定，等自己长大成人，受封骑士，一定要给自己取个忧悒的称号。他既是长子，受封骑士就是早晚的事，然而他不愿自称蓝斯洛爵士，而愿被称为Chevalier Mal Fet，亦即“残缺骑士”。

在男孩看来——而他认为必定有什么缘由——他的脸就像皇家动物园里的怪物一般丑陋。他长得像非洲猩猩。

第二章

蓝斯洛最后成为亚瑟王麾下最伟大的骑士。他在战斗中的顶尖地位类似板球选手布雷德曼[①]，崔斯坦和拉莫瑞克则分居第二和第三。

但你得记住：人除非努力鞭策自己，否则无法精通板球之道，而长矛竞技就如板球，是门艺术。长矛竞技在许多方面都和板球很相似。竞赛时，会有个记分帐篷，里头真有个记分员在羊皮纸上做记号，那些记号就像今天板球记分员为每次得分所做的纪录那样。从大看台到茶点帐篷间，那些穿着上好袍子四处走动的人，必然也会发现这项竞技和板球比赛十分相似。它十分费时——要是蓝斯洛爵士对上一位好骑士，他通常得在场上待一整天；而且铠甲很重，所以所有人的动作都像慢动作。开始比剑时，双方剑士在绿地上对面站立，就像击球手与投球手那样，只是站得近些。或许加文爵士一开始会来个内旋球，而蓝斯洛爵士会以一记漂亮的滑腿打法，将球击至后外野，之后面对加文的守备，蓝斯洛会回敬一个前球——

① 布雷德曼（Sir Donald George Bradman，1908—2001），澳洲板球选手，公认最佳击球手。

这叫“突刺”，而所有围在场边的人会拍手叫好。大帐中的亚瑟王可能会转向桂妮薇，称赞那个伟大的男人足下工夫美妙如昔。骑士的头盔后方有帏巾以防止炽烈的阳光直接照在铠甲上，就像今天板球选手有时会放手帕在帽子下。

就艺术等级而论，骑士运动和板球是差不多的，而蓝斯洛和布雷德曼唯一的不同之处，大概是他的优雅。他不用弯腰伏在球拍上，也不用跳起来接球。说起来他比较像另一位板球选手伍利[①]，不过，光坐在那里就想变成伍利，那可是行不通的。

兵器库是班威克城堡当中最大的房间，小男孩戴着高顶盔站在这里，日后他将成为蓝斯洛爵士。在未来三年中，这孩子醒着的时间大多都耗在这房间里。

从窗户看出去，他可以看到主城堡的房间，大多很小，因为建筑堡垒时不会有闲钱享受奢华。在内堡和里头那些小房间周围，有个宽敞的牛栏，或者说是个环形要塞，若有人围城，城堡的牲畜就会被赶到这里来。城堡四周围着一道副塔楼的高墙，墙的内面盖了许多充作商店、谷仓、兵营和马厩的大房间，其中一间就是兵器库，夹在安置了五十匹马的一间间马厩和牛舍之中。最好的家族铠甲（那些真正在使用的铠甲）收在城堡内一个小房间里，兵器库里放的是军队的武器、家族中闲置不用的东西以及进行操演、练习或体能训练所需的物品。

各式方旗和三角旗安置在架着椽木的屋顶下，或悬或倚，旗上

① 伍利（Frank Edward Woolley，1887—1978），英格兰板球选手，是位优秀的全方位板球选手。

饰有班恩家的盾徽，这种徽纹现在称为“远古法兰西”①。墙边收着比试用的长矛，平放在爪钉上以免弯曲变形，看来有点像体育馆里练习用的横木。一个角落里立着一堆已经变形、受损，不过还有点用处的长矛；第二面主墙的架子上，则放着步兵使用的东西，有无袖锁子甲、手套、矛、高顶盔和波尔多剑。对班恩王来说，住在班威克是件幸运的事，因为当地出产精良的波尔多剑。还有甲具桶，远征海外用的铠甲以干草包裹——有些桶子从上次远征后就没再打开过，其实里头混杂了各种稀奇古怪的东西。照看兵器库的戴普大叔曾打开一个甲具桶，替里头的物品列了清单，却大失所望地离去——他在里头找到了十磅椰枣和五包糖。那些糖若不是十字军带回来的锥状糖块，就是某种蜜糖。戴普大叔把单子留在甲具桶旁，除了糖以外，单子上还列有：一顶附金饰的战盔、三双铁手套、一件外袍、一本弥撒书、一块祭坛布、一对锁子甲、一只银便盆、十件献给吾主的衬衣、一件皮短褂和一袋西洋棋。此外，在这些甲具桶堆成的凹处里，有一组修缮受损铠甲的架子，架上还有一大罐橄榄油（现在较偏好矿物油，不过在蓝斯洛的时代，他们没这么考究），此外还有一盒盒用来抛光的细沙、好几袋锁子甲用的钩钉（每两万枚要价十一先令八便士）、铆钉、锁子甲的备用环、用来裁切新皮绳与束膝带的皮革，以及千余种当时看起来很不错，但现今已遭世人遗忘的东西。有软铠甲——类似曲棍球守门员穿在身上的保护垫，或像美式足球员身上那种填塞式的防护衣。一些如刺枪靶

---

① “远古法兰西”（France Ancient），象征法国王室的百合徽纹，以蓝色为底，上有重复的金黄色百合图样。若徽纹中的百合只有三朵，则称为“现代法兰西”（France Modern）。

等操练用的物品都被推到各个角落，好在房间中央腾出一些位置，戴普大叔的桌子放在门口，桌上散落鹅毛笔、吸墨沙、蓝斯洛脑袋不灵光时用来打他的棍子以及混乱得难以形容的笔记，上头记载最近有哪几件铠甲罩衣拿去抵押（对价值不菲的铠甲来说，抵押是一大福音）、哪几顶头盔在哪一天被擦得亮晶晶带过来、谁的臂甲需要修理以及在什么时候付了谁什么东西、请他擦亮什么东西。大多数账目都有错。

在一个房间里待上三年，只有吃东西、睡觉以及在田地里练习长矛比试时才离开房间，对一个男孩来说似乎是很长的一段时间。光想像一个男孩会去做这种事，就已经够困难了，除非你一开始就了解蓝斯洛既不浪漫、也不殷勤的个性。丁尼生[①]和前拉斐尔派[②]的拥护者很难认出这个阴沉、不讨喜、还有一张丑陋面孔的孩子，他不会向任何人透露自己其实是靠着梦想和祈祷活下来的。他们可能会好奇，这孩子用来对抗自我的蛮横力量究竟有多大？竟让他年纪轻轻便这样摧残自己的肉体。他们也可能会猜想，这孩子为什么这么奇怪？

一开始，蓝斯洛拿着一柄钝头矛和戴普大叔对战好几个月，那是一段烦闷的日子。戴普大叔会全副武装地坐在一张凳子上，拿着

---

① 丁尼生（Alfred Tennyson，1809—1892），英国诗人，著有长篇叙事诗《国王之歌》（*Idylls of the King*），是亚瑟王文学中相当重要的作品。

② 前拉斐尔派（Pre-Raphaelites），英国画家、诗人和评论家在一八四八年成立的组织，反对缺乏想像力又做作的画风，想要发扬在意大利画家拉斐尔之前的艺术风格，他们的主张对之后的英国画坛影响极大。代表人物有米莱（John Everett Millais）、但丁·罗塞蒂（Dante Gabriel Rossetti）、威廉·罗塞蒂（William Michael Rossetti）、亨特（William Holman Hunt）等，其画作亦有不少以亚瑟王传奇为主题。

钝头矛的蓝斯洛会反复向他进攻，找出铠甲上最好的着力点。之后他会安静独处几个钟头，在被获准碰触真正的武器之前，他会在户外待上好几个小时，练习各种投掷法，用弹弓或掷矛来练习掷射、抛接棍棒。经过一年苦练，他晋级到刺靶练习：在地上立起一根木桩，用剑和盾与之战斗，有点类似攻击假想敌，或是沙袋练习。他在刺靶练习中所用的剑和盾，重量是一般武器的两倍，公认重量一般以六十磅为佳。这样一来，当他最后使用一般武器时，就能运用自如，因为相较之下会比较轻。与板球规则不同的是，最后阶段是模拟战斗。在历经所有艰苦挫折的锻炼之后，他终于获准进行几近真实的战斗，对象是他的兄弟和堂表兄弟。这些战斗必须严守规则，一开始可能是先掷射钝头矛，接着用尖端和刃锋都已弄钝的剑互击七次，“在一定时间内，不能扭打，也不能用手抓着对方，否则会被判定受罚”。突刺在这些比赛中是不合规定的，也就是说，你不能用矛尖猛戳。最后他们会以剑盾铿铿互击。现在，这个充满干劲的男孩可能会带着他的剑和圆盾轻率地向同伴挑衅。

在蛙人与自由潜水[①]出现前，有一款英国皇家海军的老式潜水服，如果你曾经穿过就会明白，为什么那些潜水兵的动作都很慢。一名潜水兵两条腿上各有四十磅重的铅，前胸后背各有一块重达五十磅的铅板，另外还要加上潜水服和头罩的重量。他不在海里的时候，重量是一般人的两倍。他跨越甲板上的绳索或通风管时，就像爬一堵墙一般，那可真是项艰巨的任务。如果你从前面推他一把，后面的重量就会让他往后摔倒，反之亦然。受过训的潜水兵会

---

① 自由潜水（free diving），或译裸潜，即不带任何装备，凭藉一口气下潜到水中再浮出水面。

变得很擅长应付这些麻烦，他们能举起重达四十磅的脚，在船梯上轻快地上下来去；但对一个训练不足的家伙来说，光是移动就会让他累得半死。蓝斯洛和那些潜水兵一样，要学习如何抵抗重力且行动敏捷。

全副武装的骑士和潜水兵不只这点相似。

除了头罩、一身累赘以及难以呼吸的状况外，他们都得借助许多亲切仔细的助手来帮忙着装。他们必须倚赖这些助手，才能让身上的行头看来恰如其分。潜水兵把命交在那些为他着装的海军士兵手里，这些年轻士兵就像见习骑士或骑士的侍从，心中怀抱某种保护的敬意，谨慎专注地照顾潜水兵。他们以职称而非姓名来称呼他，所以他们说的是“潜水兵，坐下”，“潜水兵，现在轮到左脚”，或是“潜水兵二号，对讲机里听得到我的声音吗”。

把自己的性命交在他人手上是件好事。

三年了。别的男孩子有别的事可想，所以他们并不担心；但是对那个丑陋的男孩来说，这些练习是他晦暗神秘的生命的全部。为了亚瑟，他得和那些精于游艺的人一样砥砺自己。即使晚上躺在床上，也得思考有关骑士的理论。他得让自己在数百个有争议的议题上有正统合理的见解，例如武器的适当长度、盾牌披饰①的式样、护肩甲的接合方式，此外，雪松木是否如乔叟②所坚信的那样，比梣木更适合制矛？

在他早年思考的骑士问题当中，有个简短的例子：洛伊的雷诺

---

① 披饰（mantling），徽纹中附在盔冠旁边的卷带形装饰。

② 乔叟（Geoffrey Chaucer，1342—1400），英国中世纪著名作家，著有《坎特伯雷故事》（*The Canterbury Tales*）等书。

与荷兰的约翰这两位骑士进行长矛比试，雷诺故意系了一顶篷盔（这是一种里面填了稻草的巨大鼓状盔，有时候会用来罩在原有的头盔上），所以它很松；荷兰的约翰手中的矛尖打到雷诺的篷盔时，它就掉了下来。也就是说，那顶篷盔从雷诺身上掉下来，雷诺却没有从马上掉下来。这一招很有效，却也很危险——所有骑士已为此争论许久，有些人说这是下流把戏，有些人认为这虽然公平但太过冒险，有些则认为这是个好方法。

这三年锻炼所造就的蓝斯洛，既没有一颗快乐的心，也无法像云雀那样欢唱。在他的时代，一辈子看起来不过就是一个星期后的未来，他却因为钟情于某人的提议，在骑士训练这件事上花了三十六个月。这段时间，他用白日梦来激励自己。他想成为全世界最杰出的骑士，因为这样一来，亚瑟就会以爱来回报他；此外，他还想做到另外一件在那年代仍然可能发生的事情，那就是：他希望能够透过自身的纯洁和卓越，施行一些常见的奇迹——比如说，治愈盲人之类的。

第三章

有三个伟大家族与亚瑟的命运紧紧相系，这些家族有个共同的特征：家中都住着一位天才，扮演介于导师和密友之间的角色，影响着孩子们的性格。在艾克特爵士的城堡，这人是梅林，他对亚瑟的人生有决定性的影响；在寂远的洛锡安，这人是圣托狄巴，他那好战的哲学相当影响加文和他那几位兄弟对氏族的向心力；而在班恩王的城堡，这人是蓝斯洛的叔叔，名叫关波尔。事实上，他就是我们先前见过的那个老人，大家都叫他戴普大叔，不过他的教名是关波尔。在那个年代，为孩子命名的方式通常和今天我们为猎狐犬和小马取名字的方式相同。如果你是有四个孩子的摩高丝王后，你会在所有孩子的名字当中都放一个字母G：加文（Gawaine）、阿格凡（Agravaine）、加赫里斯（Gaheris）、加瑞斯（Gareth）。因此，如果你的兄弟叫做班恩（Ban）和波尔斯（Bors），你的名字就注定是关波尔（Gwenbors）。这样比较容易记得你是谁。

戴普大叔是这个家族当中唯一把蓝斯洛当一回事的人，蓝斯洛也是唯一认真对待戴普大叔的人。这个老家伙很容易被人轻忽，因为他是那种无知人们会拿来取笑的特异人士，也就是真正的大师。

他的兴趣之一是骑士之道，对此，戴普大叔有的可不只是一副在欧洲使用过的盔甲，他还有一套理论。他对新歌德式风格的棱线、扇形图案和凹纹大感愤怒。穿戴活像纳尔逊桌[①]上绳饰的盔甲，在他看来简直荒谬透了，因为每道沟纹都会让敌人的攻击轻易着力。他曾说，一具好铠甲的标准就是要完全找不到着力点；而每当想起日耳曼人做的那些可怕纹路，他就几近抓狂。说到纹章学，他无所不知。如果有人犯了什么明显的错误，比如弄混了金属材质和颜色，他整个人就会像触电般陷入狂热：长长的白色八字胡尖端会像虫须般颤动，指尖怒不可遏地扭绞在一起，手臂挥舞，暴跳如雷，眉毛跟着动个不停，几乎就要嘶嘶冒出烟来。但如果没有这样激烈的情绪，是成不了大师的。因此，当他们起了争执，比如为了是否在盾牌上切出一个开口，或者要不要在盾上加入背带之类的事，他掴了蓝斯洛的脸，蓝斯洛也很少放在心上。有时戴普大叔给惹烦了就会揍他，不过蓝斯洛也忍了下来。在那个年代，他们都这么相处。

男孩容忍戴普大叔暴烈脾气的原因之一，是因为他想要的一切都能够从大叔身上学习。戴普大叔是位杰出的神职人员和权威，同时也是法兰西最优秀的剑士之一。一切都是为了学习，男孩真心这么认为。一切都是为了在这位天才的粗暴教导之下去破坏、去追迹、去突击——为了举起那把重剑往前伸直突刺，直到自己就要迸裂成两半，为的只是让戴普大叔接住他的奋力一击，逼迫他更严酷地拉筋。

---

① 纳尔逊（Horatio Nelson，1758—1805），英国著名的海军统帅，于特拉法尔加海战中击败拿破仑，奠定英国海上霸权的基础；但也在此役中阵亡。纳尔逊桌是一种长度可伸缩的桌子，以纳尔逊命名。

打从他有记忆以来，那个有双青钢色眼睛的男人就兴奋地在那里跳上跳下，弹着手指，用尽吃奶的力气大叫，好像不这么做就活不下去似的：“回圈攻击！双回击！绕剑脱出！一！二！”

在夏末某个晴朗日子里，蓝斯洛和他叔叔一起坐在兵器库里。在这个大房间里，有许多灰尘在太阳的光束中飞舞，已经打转了好一阵子，墙上排列着磨光的盔甲、成排的矛，头盔和高顶盔则挂在木钉上。这里有短匕首、甲具及各种绣有班恩家盾徽的方旗和三角旗。这两人激烈地比试了一回合之后，坐下来休息，戴普大叔被击败了。蓝斯洛现年十八岁，剑术已经比老师更为出色——虽然戴普大叔并不承认，而他的学生也很巧妙地假装没这回事。

他们还在喘气的时候，一名见习骑士进来通报蓝斯洛的母亲召见他。

“什么事？”

见习骑士表示有位先生来了，说要见他，王后说他马上就到。

伊莲王后此时正坐在城顶房间里织着挂毯，两名客人分坐在她左右。她并不是康瓦耳姐妹当中那位伊莲；这个名字在当年很普遍，《亚瑟之死》里就有好几位女性叫这名字，这种情况在手稿来源混杂不清的时候尤其常见。三名成年人坐在长桌旁，看来像是一排主试官坐在这阴暗的房间里。一位客人是花白胡子的年长绅士，头戴尖顶帽，另一位则是个剃了眉的漂亮轻佻女子，肌肤呈橄榄色。三人全都看着蓝斯洛，然后那个老绅士率先开口。

“嗯！”

其他人等着。

“你们叫他加拉罕。”那老绅士说，“他的名字是加拉罕，”他又说，“行了坚信礼之后，现在叫蓝斯洛。”

“您怎么知道？”

“没办法。”梅林说，“这种事就是有人会知道，这话题就别再继续了。现在，我看看，还有什么事情是我要告诉你的？”

那剃了眉的年轻女子以手掩口，像猫一样，优雅地打了个呵欠。

“从现在起算三十年，他会了遂心愿，而且他会是全世界最杰出的骑士。”

“我能活到那一天吗？”伊莲王后问。

梅林搔了搔头，又拿指节往头上敲了敲，然后回答：“会。”

“这样呀，”王后说，“我得说，这一切都非常美好。你听到了吗，蓝斯？你会是全世界最杰出的骑士呢！”

男孩问：“您是从亚瑟王的宫廷来的吗？”

“是的。”

“一切都好吗？”

“是的。他向你致意。”

“国王快乐吗？”

“非常快乐。桂妮薇也向你致意。”

“桂妮薇是谁？”

“天啊！”魔法师叫了起来，“你不知道吗？不，当然不知道。我的脑袋叮叮当当乱成一团了。”

说到这里，他望向那位美丽的女士，仿佛她得为那些叮当声负责——事实上的确如此。她就是妮姆，而他最后还是爱上了她。

“桂妮薇是亚瑟的新王后，”妮姆说，“他们结婚好一阵子了。”

“她父亲是罗德格兰斯王，”梅林解释，“亚瑟结婚时，他送了一张圆桌给亚瑟当新婚贺礼，还有一百名骑士随行。那张圆桌坐得下一百五十人。”

蓝斯洛应了一声：“噢！”

“国王想通知你此事。”梅林说，“也许使者在途中淹死了。也可能是暴风雨。但他确实想告诉你。”

“噢。”男孩又应了一声。

梅林发现情况有点棘手，于是加快说话的速度。光看蓝斯洛的表情，他无法分辨他到底是伤心，还是生来就那副样子。

“他目前为止只补上二十九个空位，”他说，“还有二十一个位子。相当多。所有骑士的名字都会用金子写在上面。”

场面陷入一片静默，没人知道该说什么。然后，蓝斯洛清了清喉咙。

“我待在英格兰的时候，有个男孩名叫加文，”他说，“他已经成为圆桌的骑士之一了吗？”

梅林看来有些愧疚，然后点了点头。

“他是在亚瑟结婚那天受封的。”

“我明白了。”

之后又是一阵冗长的静默。

“这位女士名叫妮姆，”梅林觉得自己最好开口打破这个僵局。“我爱她，我们现在算是蜜月旅行途中，只不过是魔法式的。现在我们得启程到康瓦耳去。很抱歉，我们不能再久待了。”

“我亲爱的梅林，”王后高声道，“可是您会留下来过夜吧？”

“不，不了，谢谢，真的非常感谢。现在我们得赶紧动身。”

“离开以前喝点什么吧？”

“不了，谢谢。您人真好，不过我们真得走了。我们要去康瓦耳施些魔法。”

“真是来去匆匆……”王后说。

梅林站起身来，拉着妮姆的手，打断了王后的话头。

“现在，再见了。”他坚决地说。在几个旋转之后，他们俩就消失不见了。

他们的身体是离开了，但魔法师的声音仍在空气中回荡。

“结束了，”他们可以听到他松了口气，“现在，我的天使，就去康瓦耳的那个地方吧，我以前告诉过你的，那里头有个魔法洞穴，如何？”

蓝斯洛耷拉着步子回到兵器库的戴普大叔身边。他站在他叔叔跟前，咬住嘴唇。

“我要去英格兰。”他说。

戴普大叔惊讶地看着他，不过一句话也没说。

“我今晚动身。”

“这有点突然，”戴普大叔说，“你母亲通常不会这么快就做出决定。”

“母亲不知道这件事。”

“你是说你要出走吗？”

“如果我和父母亲说，他们只会大惊小怪，”他说，“我不是要出走，我还会回来。不过我得尽快赶到英格兰。”

“你是要我别跟你母亲说吗？”

“是的。”

戴普大叔嚼着他那八字胡的尖端，绞着双手。

“如果他们知道我没有阻止你，”他说，“班恩会砍了我的头。”

“他们不会知道的。”男孩一派淡然，随即离开收拾行李去了。

一个星期之后，蓝斯洛和戴普大叔坐着一艘特别的小船来到英吉利海峡中央。小船两端各有一个像是城堡的东西，单桅杆中间还有另一个城堡，看来像个鸽子笼。船的首尾都有旗子，色彩鲜明的帆上有个王道十字[①]，一道长旗飘扬在桅顶。船上有八个桨手，而这两个旅客晕船了。

① 王道十字（Cross Potent），十字的四个端点各有一道与十字垂直的短线纹，看起来像是四个丁字尾端点相连的十字纹，是纹章中常见的十字纹。

第四章

这名崇拜英雄的少年带着一颗苦涩的心驰向卡美洛。十八岁的他将生命献给了国王，却只落得遭人遗忘，不啻一大打击；他在满是灰尘的兵器库里花上那么多时间，咬牙挥舞着沉重的武器，但加文爵士却早他一步成为骑士。而所有不平当中，最痛苦的莫过于他为了年长国王的理想摧残自己的身体，最后却发现国王的妻子翩然而来，不费吹灰之力就夺走了他的爱。蓝斯洛嫉妒桂妮薇，同时又以自己的妒忌为耻。

戴普大叔骑着马静静跟在这个受伤的男孩身后。有件事他很笃定：他教出了全欧洲最好的骑士，但男孩太年轻，还不了解。戴普大叔激动地跟在他的天才身后，就像只呵护着杜鹃鸟的山雀般兴奋。他背负战斗甲具，这些甲具根据他的巧思井然有序地用皮带系起来——因为从现在开始，他就是蓝斯洛的侍从。

他们来到一块林间空地，一条小溪从中穿过，有片水深不过数英寸的浅滩，溪水流过那些洁净的石头淙琤作响。阳光洒落空地，旅鸽懒洋洋地唱着“呜咕——呜——咕咕”的调子，在那条悦耳的小溪对岸，有个头戴顶盔、身穿黑色铠甲的魁梧骑士。他端坐在一匹黑色战马上，盾牌罩着帆布套子，完全看不到盾徽的图案。那副铁甲让他显得高大肃穆，巨大的头盔隐没了他的脸，带着几分威胁的意味。你不知道他在想什么，也不知道他下一步要做什么。他是个危险人物。

蓝斯洛停了下来，戴普大叔也是。那黑骑士策马来到浅水处，在他们面前勒住缰绳。他举起长矛行了个礼，之后矛尖指向蓝斯洛身后的某处。这要么是叫蓝斯洛回家，要么就是要他到那里去，好好比画一场。不论是前者或后者，蓝斯洛用臂铠行了个礼，然后转身走向指定地点。他从戴普大叔那儿取来他的矛，将原本用链子悬在后面的顶盔拉到前面来，并将那钢制塔楼抬到头上，将绑带系上。现在，对方也看不见他的表情了。

这两个骑士在小小的空地两端对阵，接着，虽然他俩一个字也没说，却不约而同地托起长矛，策动马匹，开始进行比试。戴普大叔躲在附近一棵树后头，喜不自胜地把手指捏得喀啦喀啦响。虽然蓝斯洛自己还不明白，不过他已经可以预见那黑骑士的下场。

第一次总是会令人兴奋，比如说，第一次自己搭飞机总是令人兴奋得喘不过气来。在此之前，蓝斯洛从来没有进行过真的比试——虽然他用上百个矛刺靶和上千个铁环练习过，却从未认真以性命相拼。在这场比试之初，他这么想："现在可是骑虎难下，没人会来帮我了。"然而他随即镇定下来，下意识地以他一贯对付矛刺靶和铁环的方式来行动。

他的矛尖击中了黑骑士肩甲边缘的底部，位置准确无误。他的马全速奔跑的同时，黑骑士的马还在小跑步。于是黑骑士连人带马快速地向左偏，以漂亮的抛物线双双飞起，轰然落地。蓝斯洛从他们身侧呼啸而过的时候，可以看到这一人一马倒在地上，骑士那支破碎的长矛落在马腿间，盾牌从马匹上掉落，一只闪亮的马蹄铁将罩在外头的帆布撕裂开来。只见人马缠在一起，彼此都害怕对方会伤害自己，因此都努力踢踹对方，想要重获自由。后来那匹马用前腿撑着，将身体抬直了，而骑士坐起身来，举起一只戴着臂铠的手，像是要揉揉自己的头。蓝斯洛勒住了马，转头骑回黑骑士身边。

一般说来，一位骑士用长矛将另一位击落马下后，落马的那位通常会大发脾气，把摔倒的原因怪罪到马身上，并且坚持要对方下马，徒步用剑分个高下。他们的理由通常是："那头母驴的儿子害我栽了跟头，不过我老爹的宝剑可就不同了。"

然而那黑骑士并没有这么做，他虽然穿了一身黑，但个性显然开朗多了，因为他坐起来之后，透过头盔上的缝隙吹了声口哨，声音听来充满惊讶和赞赏之情。他取下头盔抹了抹额头。盾牌的外罩已被马蹄子扯坏，露出纹章图案：底色金黄，上面画着一只后腿直立的红龙。

蓝斯洛把他的矛扔到一旁的灌木丛，跳下马来，在那骑士身旁跪下。他的心再次盈满了爱。不发脾气确实是亚瑟的作风，被人结结实实地打下马来却坐在地上赞美对方，也是他典型的风格。

"大人。"蓝斯洛说，一边谦卑地取下自己的头盔，低着头，行了一个法兰西式的礼。

国王十分兴奋，匆忙想站起身来。

"蓝斯洛！"他高声说，"天啊，是那个小男孩蓝斯洛呢！你是班恩王的儿子吧？我记得当年班恩王来参与毕德格连之战时看过你。刚刚真是出色的一击！我从没见过这么漂亮的攻击，你是打哪学来的？真不错！你是要到我的宫廷来吗？班恩王近来可好？你那位迷人的母亲好吗？真的，我亲爱的小老弟，刚刚真是太棒了！”

蓝斯洛看着气喘吁吁、正伸出双手要扶起他的国王，心中的嫉恨之意烟消云散。

他们把马抓回来，并辔而行，慢慢朝王宫前进，完全忘了戴普大叔。两人都有许多话要向对方说，一路上说个没完。蓝斯洛捏造了不知是班恩王或伊莲王后的传话，亚瑟则告诉他加文杀了一位女士。他还说派林诺国王结婚之后变得十分勇猛，结果在一次竞技中误杀了奥克尼的洛特王；又告诉他圆桌的事及他对圆桌的期望。虽然进度很缓慢，但现在蓝斯洛来了，一切都会步上正轨。

他到卡美洛的第一天就受封为骑士（他在过去两年中随便哪个时间都能成为骑士，不过他希望亚瑟授勋，所以拒绝了其他人选）。当晚，他晋见桂妮薇王后。传说她的头发是金色的，不过并非如此；王后的头发是令人惊艳的黑色，而她那对深邃澄澈的蓝眼睛里也蕴含让人吃惊的无畏之色。她对这年轻人扭曲的面孔感到讶异，但并不害怕。

“好了，”国王说，他将他俩的手拉在一起，“这是蓝斯洛，我和你提过他。他将会是我手下最好的骑士，我从没见过有人能像他对我那样，把人打下马来。我要你好好对待他，桂妮，他的父亲是我的老朋友。”

蓝斯洛冷冷地吻了王后的手。

他并未发现她有何特别，因为此时此刻，他心里都是先前自行描绘的形象，根本容不下她真正的样子。他只觉得她是个强盗，抢走他的东西，由于强盗各个虚伪冷酷、工于心计，所以他也认为她虚伪冷酷、工于心计。

“你好吗？”王后问。

亚瑟说：“我们得跟他说说他离开之后发生了什么事。有很多事要说呢！从哪里开始好呢？”

“就从圆桌开始吧。”蓝斯洛说。

“噢，天啊！”

王后笑了，也对这位新骑士露出微笑。

“亚瑟老想着圆桌，”她说，“连晚上做梦都会梦到。除非讲上一星期，否则他是说不完的。”

“这事进行得还算顺利，”国王说，“这种事不可能一直都很顺当。我们已经有了一个想法，现在人们也开始理解，这是件好事。我确定这会行得通。”

“那奥克尼一族的问题怎么办呢？”

“他们早晚会改变主意。”

“你们是指加文吗？”蓝斯洛问，“奥克尼一族发生了什么事？”

国王看来有些不自在，他说：“问题出在他们的母亲摩高丝身上。她养育他们的方式既没有爱也没有安全感，所以他们很难理解那些待人以诚的人们，反而存有疑惧。他们没办法理解我要他们去做的事。现在他们有三人在这里——加文、加赫里斯和阿格凡。这不是他们的错。”

“我们刚结婚的那年，亚瑟首度为圣灵降临节[①]举行庆典，”桂

① 圣灵降临节（Pentecost），基督教重要节日，即复活节五十天后的那个星期日；也指犹太教的五旬节。根据《使徒行传》第二章记述，基督复活后五十天，圣灵降临在使徒身上，他们开始向群众公开宣布耶稣基督的福音。

妮薇解释，“他派所有人出去探险，看看他的理念是否能够落实。等他们回来后，我们才知道加文砍了一位仕女的头，而亲爱的老派林诺也没能救出一位落难少女。亚瑟很生气。”

“那不是加文的错，”国王说，“他是个好人，我喜欢他。都是那女人的错。”

“在那之后，情况有好转吗？”

“有的。当然，虽然进展得很慢，不过我确定渐入佳境。”

“派林诺很后悔吗？”

亚瑟说：“是的，他确实很后悔。不过这也没有什么好后悔的，那只是他诸多糊涂事中的一件而已。真正的问题在于，自从他娶了法兰德斯女王的女儿之后，就变得非常勇猛，认真参加比试，而且常常获胜。我之前告诉过你，有天在和洛特王练习时他杀了对方。这件事引发很大的后果。奥克尼的孩子们发誓要为父亲复仇，现在全都去找可怜的老派林诺，说要血债血还。我实在没办法约束他们。”

“蓝斯洛会帮你的，”王后说，“有个老朋友来帮忙真好。”

“是啊，真好。好了，蓝斯洛，你应该想看看你的房间吧。”

那时夏天已然过了一半，卡美洛的业余鹰匠带着他们的游隼，进行最后阶段的训练。如果你是个聪明的鹰匠，很快就能让你的鹰展翅飞行；如果你没那么聪明，犯错在所难免，有时候会没办法完成猎鹰最后的训练。因此，卡美洛所有鹰匠都想表明自己是个聪明的家伙，所以都尽早让鹰加入训练的行列。如果你到野地去散个步，常会看到四面八方气急败坏的鹰主们一边拉着放鹰绳，一边和助手争论不休。正如同詹姆士一世[①]所说，放鹰易令人情绪激动，因鹰本身性情凶猛，与之为伍的人也受此感染。

亚瑟送了蓝斯洛一只关在鹰笼中的矛隼，供他娱兴之用。这件礼物极为贵重，因为只有国王才能够养矛隼。虽然这说法不一定正确，不过至少朱莉安娜·巴恩斯院长是这么告诉我们的：皇帝可以拥有金鹰，国王可以饲养矛隼，接下来的伯爵养游隼，贵族仕女养雌灰背隼，王室侍从养苍鹰，牧师养雌雀鹰，而圣水执事则养雄雀鹰。[②]蓝斯洛很喜欢这件礼物，而且忙不迭和其他气急败坏的鹰匠比赛。那些鹰匠使劲批评彼此的训练方式，互相说着一些心口不一的阿谀之词，眼中却带着猜忌。

蓝斯洛得到的这只矛隼还没完全换羽，她和哈姆雷特一样，身体胖得直喘气[③]。由于换羽的关系，她在鹰笼里关了好一阵子，这让她有些怏怏不乐，而且暴躁易怒；所以蓝斯洛得先用放鹰绳拉着她飞几天，直到确定能够安全使用诱饵为止。

所谓放鹰绳，是一条绑在老鹰系脚皮绳上的长索，用来防止老鹰飞走。如果你用放鹰绳放过鹰，就会知道这玩意有多难用。现在大家会使用钓鱼的卷线器，收放比较方便，不过在蓝斯洛的年代并没有好的卷线器，只能把放鹰绳像毛线那样绕成一颗球。这会有两个很糟糕的问题：一是所有的绳球都会碰上的问题：它们总会纠结成一团，而非一颗整齐的绳球；再者，如果你在一处未好好修整的

---

① 詹姆士一世（James the First，1566—1625），一六〇三年即位为英格兰国王。

② 参见《石中剑》第十页注释。

③ 典出《哈姆雷特》（*Hamlet*）第五幕第二景，哈姆雷特与莱尔提斯斗剑时，其母葛楚德王后在一旁观战，说哈姆雷特“He is fat, and scant of breath”，之后拿了手巾给哈姆雷特擦汗。

野地放鹰，放鹰绳就会缠上蓟草和草丛，阻碍鹰前进，妨碍训练。因此，蓝斯洛和那些怒气腾腾的家伙都绕着卡美洛走，天空中满是打结的绳子、敌对的气氛以及振翅的鹰群。

亚瑟王要他的妻子好好对待这个年轻人。她喜欢她丈夫，也察觉到自己横阻在他和他的朋友之间。她并没有蠢到试图为此补偿蓝斯洛，但她对他本人产生了某种兴趣。那张破碎的脸虽然丑陋，却讨她喜欢，而且亚瑟也要她好好对待他。由于当时卡美洛放鹰的人很多，放鹰的助手却没几个，所以桂妮薇和蓝斯洛一起去放鹰，帮他整理绳球。

他没怎么注意这女人。“那女人过来了”或“那女人走了”——他是这么跟自己说的，他完全沉浸在放鹰的氛围里。这项活动对女性来说算不得一回事，而他看待她的态度，比女性对放鹰的态度好不了多少。他虽然外表丑陋，却是非常温文有礼的年轻人，而他的自我意识太强，不会让自己一直想着这种琐碎的小事。他的嫉妒已经转化成漠视她这个人的存在。他继续放鹰，礼貌地接受并感谢她的帮忙。

一天，那些蓟草惹出了大麻烦，他又误算了前一天应给的食料量。那只矛隼情绪很糟，蓝斯洛也感染了她的心情。桂妮薇并不擅长放鹰，对鹰也不特别感兴趣，那天就被他的臭脸给吓着；因为她吓坏了，人也变得笨拙起来。她好心尽力想帮忙，但她知道自己对放鹰没什么天分，心里又慌乱，所以虽然小心又和善，专注尽力想把放鹰绳卷好，却还是卷错了。而他以一种几近粗暴的态度从她手中拿走了那颗可怜的绳球。

“这样不对。”他说，然后深深皱起眉头，开始生气地用手指扯开她精心卷绕的绳球。

瞬间，一切都静止了。桂妮薇站在那里，心里十分受伤。蓝斯洛感受到她的沉默，也站在原地。那只鹰停止扑翅，树上的叶子也不再沙沙作响。

此时，这年轻人明白了一件事：他伤害了一个真实的人，一个和他年纪相仿的人。他从她眼底看见她对他的恨意，发现自己吓坏她了。她一直试着对他好，但他总是以刻薄的态度回报她。然而，最重要的是，她是个有血有肉的人。她既不工于心计，也不虚伪冷酷。她是美丽的珍妮[①]，会思考，也有感觉。

① 珍妮（Jenny）是桂妮薇（Guenevere）的小名。

第五章

头两个注意到蓝斯洛和桂妮薇坠入爱河的人是戴普大叔和亚瑟王。梅林（他现在被那位善变的妮姆稳稳当当地锁在洞穴里）已经提醒过亚瑟，而他对这件事下意识感到恐惧。不过，他一直不喜欢预知未来，所以一直不把它放在心上。戴普大叔的反应，则是和他的徒弟站在那只业已驯化的矛隼的鹰棚里，给小弟子来场长篇大论。

“上帝啊！”戴普大叔用上了好几个同类的感叹句，“这是怎么了？你在做什么啊！我教出全欧洲最好的骑士，但他竟因为一位淑女的美丽眼睛，就把我教给他的东西全都抛到九霄云外。而且还是位已婚的夫人！”

“我不知道你说什么。”

“不知道！不知道！圣母啊！”戴普大叔咆哮了起来，“我说的是桂妮薇？还是别人呢？愿荣耀永归于神！”

蓝斯洛抓住这老人的肩，让他坐在一个箱子上。

“听着，叔叔，”他坚定地说，“我一直想跟你说，你是不是该回班威克去了？”

“回班威克！”他叔叔大叫起来，仿佛心头被人戳了一刀。

“是的，回班威克。你不能永远假装是我的侍从。第一，你是两位国王的兄弟；再者，你的年纪是我的三倍。这违反军事规章。”

“军事规章！”老人咆哮着，“你这没种的家伙！”

“说别人没种不大好吧。”

“你所知道的一切都是我教你的！没看到你证明自己的能耐就要我回班威克去吗！喂，你还没在我面前用过剑！你那把欢悦剑还没上过阵呢！你这忘恩负义、不知感恩图报的家伙！我会抱憾而死的！我向老天发誓，我会的！”

接着这恼怒的老人爆发出一大串高卢式的咒骂，包括征服者威廉那句“上主荣光”① 与假托路易十一之口的“天杀的”笑话②。然后他顺着这条王室的思路，依序以卢卡的圣容③、上帝之死、上帝的牙齿和上帝的头来咒骂红脸威廉、亨利一世、约翰王和亨利三世④。矛隼似乎很喜欢这场表演，兴奋得竖起了羽毛，看起来活像个女仆在窗外挥舞拖把。

“好吧，如果你不想走，就别走，”蓝斯洛说，“不过，请不要跟我谈王后的事。要是我和她互相喜欢，我又能怎么办？ 而且喜

---

① “上主荣光”（Per Splendorem Dei），征服者威廉（即英王威廉一世）于一〇六六年九月登陆英格兰起兵攻打当时的英王哈罗德二世时所说的话。

② “天杀的”（Pasque Dieu），典出法国作家雨果名著《巴黎圣母院》第十卷第五章《法王路易的祈祷室》，路易十一在此通篇呼喊这句话。

③ 卢卡（Lucca）的圣容，是奉于圣马丁诺教堂（Duomo di San Martino）的圣像，据传是由曾与耶稣对谈的法赛利人尼哥底母（Nicodemus）所雕刻的，与耶稣本人十分相似。

④ 此处四位英格兰君主是照年代排列的，分别是威廉二世（一〇八七至一一〇〇年间在位）、亨利一世（一一〇〇至一一三五年间在位）、约翰王（一一九九至一二一六年间在位）和亨利三世（一二一六至一二七二年间在位）。

欢别人也没什么错吧？王后和我又不是什么恶人。你跑来教训我有关她的事，简直当我们之间有什么不可告人之事。你要么是误会了我，要么是不相信我的荣誉。请别再提这件事了。”

戴普大叔两眼一翻，搔乱头发，扳扳指节，亲亲指尖，接着又用别的姿势来表达他的看法。不过，之后他倒是再也没有提起这段恋情。

亚瑟对这问题的反应很复杂。梅林警告过他，他的妻子会与他最好的朋友彼此相爱，但这说法本身互相矛盾——你的朋友若背叛了你，就算不上是你的朋友。亚瑟深爱他那玫瑰花般的桂妮薇和她所拥有的活力；同时对蓝斯洛怀有天然的敬意，而这份敬意很快就成了喜爱之情。因此，他实在不知道该不该怀疑他们。

他得到的结论是：这问题最好的解决之道，就是带蓝斯洛去参加罗马战争。无论梅林的警告是否为真，这个做法不但能让这孩子远离桂妮薇，而且，让他的优秀子弟兵跟在身边也是件好事。

历经数年之久的罗马战争十分曲折，我们不须在这方面花太多时间。论其本质，这场战争是毕德格连之战的合理结果，也是延烧到整个欧洲的后续战火。在大不列颠，为赎金而战的封建想法已遭粉碎，但在国外可不同，而现在有个外地的赎金猎人找上这位安坐王位不久的国王。有个叫做路奇乌斯的先生，是罗马的独裁官①

① 罗马史上有多位独裁官以路奇乌斯（Lucius）为名：在公元前四五八年和四三九年两度出任独裁官的辛辛纳图斯（Lucius Quinctius Cincinnatus）；公元前三二五年与三〇九年两度出任独裁官的科索（Lucius Papirius Cursor）；公元前八二年出任独裁官的苏拉（Lucius Cornelius Sulla）等。但怀特在下文中点出拉尔斯·波希纳其人，所以此处的路奇乌斯应是指罗马王政时代的最后一位罗马王苏佩布（Lucius Tarquinius Superbus）。

（马洛礼用的字眼就是独裁官，仔细想想还真有点奇怪），他遣大使前来要求亚瑟缴纳贡金——在交战前，叫做贡金，交战后，就叫赎金了。国王征询议会的意见后，回信拒绝。于是路奇乌斯独裁官便宣战了。他也派出使者，如麦考莱[①]所说的拉尔斯·波希纳[②]，到境内各地去争取同盟。至少有十六位国王和他一道从罗马出发，进入日耳曼高地与英格兰人对战。他的同盟来自安巴居、阿蓝奇、亚历山卓港、印度、哈蒙山、幼发拉底河、非洲、大欧罗巴半岛、尔塔因、伊拉米、阿拉伯、埃及、大马士革、达米耶塔港、凯亚、卡帕多其亚、塔斯、土耳其、庞斯、潘波里、叙利亚和加里西亚，此外还有来自希腊、塞浦路斯、马其顿、卡拉布里亚、凯特兰、葡萄牙的同盟[③]，以及上千名西班牙人。

就在蓝斯洛迷恋上桂妮薇的头几个星期，亚瑟决定横越海峡，到法兰西迎击敌人。在这场战争中，他决定将这名年轻人带在身边。当然，那时候的蓝斯洛还不是公认的圆桌第一骑士，否则他无论如何都得跟着出征。现阶段他只和亚瑟进行过一场比试，而公推的骑士队长是加文。

被带离桂妮薇身边，这让蓝斯洛十分不满，他认为这意味着亚

---

① 麦考莱（Thomas Babington Macaulay，1800—1859），十九世纪英国诗人、历史学家和政治家，著有通俗叙事诗《古罗马之歌》（*Lays of Ancient Rome*），叙述罗马历史的英雄故事。

② 拉尔斯·波希纳（Lars Porsenna），伊特鲁利亚（Etruria，意大利中部古国）国王，曾于公元前五〇八年出兵罗马，拥护最后一任罗马王苏佩布的王位。

③ 以上提及之地名均引自马洛礼《亚瑟之死》。亚历山卓与达米耶塔均为埃及北部重要港口。卡帕多其亚（Capadocia）为土耳其城市。此处之“非洲”是指罗马时代非洲撒哈拉沙漠以北部分地区，尤指努米底亚（大致相当于今阿尔及利亚）。大欧罗巴半岛即欧洲大陆，因欧洲可视为亚欧大陆伸入大西洋的一个大半岛，古代腓尼基人将爱琴海以西称为“欧罗巴”，意思是“日落之地”。

瑟不信任他。此外他也知道，崔斯坦爵士在类似情况下留在康瓦耳陪伴马克国王的王后。他不明白为何他不能像崔斯坦一样留下来陪桂妮薇。

虽然罗马战争持续好几年，不过我们不用一五一十交代。就是一般的战事，双方互相推挤、叫阵、重伤受苦，许多人命丧沙场，还有无畏的勇气、高超的本事、漂亮的战术，日日上演。这是毕德格连之战的扩大版，而亚瑟也同样拒绝将这场战争视为运动或商业行为——虽然它的确具有这种特质。红头加文担任使节时动了怒，在谈判当中杀了个人。蓝斯洛爵士率兵迎战人数三倍于他的敌军，打了漂亮的胜仗，并手刃黎利王与三位赫赫有名的贵族：阿拉库克、赫劳德和赫伦戴[①]。该役中还有三个恶名昭彰的巨人败亡，其中两名是亚瑟亲手解决的。最后，在决战时，亚瑟手持斩钢剑[②]往路奇乌斯皇帝头上一斩，直劈到胸口才停下来。后来发现，叙利亚的苏丹、埃及国王和埃塞俄比亚国王（海尔·塞拉西[③]的祖先），以及十七名来自各地的国王和六十名罗马元老，都死于这场战争。亚瑟将他们的尸体放在豪华的棺木里（此举毫无嘲弄之意），以这些棺木代替原本的贡金送交罗马市长，此举让市长和将近整个欧洲都承认了他的共主地位。普里森斯、帕维亚、彼德圣及崔伯港[④]都向

① 阿拉库克（Alakuke）、赫劳德（Herawd）、赫伦戴（Heringdale）均为马洛礼《亚瑟之死》中出现的贵族。

② 斩钢剑（Excalibur），传说中亚瑟王拥有的著名神剑。此剑之名最早出现于马洛礼《亚瑟之死》，由湖中仙女赠与亚瑟。

③ 海尔·塞拉西（Haile Selassie），埃塞俄比亚皇帝，一九三〇至一九七四年间在位，试图使国家现代化，后遭军方政变罢黜。

④ 以上提及之地名均引自马洛礼《亚瑟之死》。帕维亚（Pavia）为意大利北部城市。

他宣示效忠。于是继英格兰之后，欧洲大陆上的封建战争惯例也就此打破，永远消失。

在这段征战的日子里，亚瑟变得非常喜欢蓝斯洛，因此，他们返家时，他已经完全不相信梅林的预言，将之抛到九霄云外。蓝斯洛是这场战争中公认最伟大的战士。他们两人都认定桂妮薇不可能成为他们之间的阻碍，刚开始那几年便如此平安地度过了。

第六章

截至目前，人们对蓝斯洛爵士有什么印象呢？他们也许认为蓝斯洛不过就是个武艺超群的丑陋青年罢了，不过他可不只如此。他是个拥有中世纪荣誉观的骑士。

有句话这么说：“某某人说到做到。”这话总结了蓝斯洛曾试图表达的理念，今天你在英国乡间还不时会听到这句话，爱尔兰农夫仍以此表示赞美或恭维。

蓝斯洛想做个一言九鼎的人。他将自己所说的话视为他最宝贵的资产，而那些无知的乡民也是这么想的。

不过奇怪的是，虽然待己与待人诚信很重要，但他天性中有个矛盾的想法偏离圣贤之道。对他来说，他说的话之所以有价值，不仅因为他是个好人，同时也因为他是个坏人。只有坏人才需要准则来约束自己的所作所为。比如说，他喜欢伤害别人。这个奇怪的理由使他成为一个残酷的人，然而也因为同样的理由让这可怜的家伙从未杀过任何一个求饶的人，也从未在他可事先防范的情况下残忍待人。他之所以会爱上桂妮薇，原因之一就是，他对她所做的第一件事就是伤害她，如果他没有在她眼中看见受伤的痛苦神情，可能根本不会把她当成人来看待。

圣贤之所以成圣，多半有些奇怪的理由。如果换成是个不会为心中礼仪规范所苦的人，可能会带着他心所崇敬之英雄的妻子远走高飞，这样一来，亚瑟的悲剧或许就不会发生了。蓝斯洛花了半辈子折磨自己，试图找出何者为善，以铲除自己为恶的倾向；换成平常人，可能早在招致自我毁灭之前就斩断根源了。

这两位好友从罗马战争回到英格兰的时候，船队在三明治港靠岸。那是个灰蒙蒙的九月天，蓝色及红铜色的蝴蝶在收割后新发的草丛中飞舞，鹧鸪像蟋蟀般鸣叫，黑莓逐渐变色成熟，仍包覆在棉绒摇篮中的榛果核仁还没什么味道。桂妮薇王后在海滩上迎接他们，她亲吻国王之后，蓝斯洛就明白了——她终究还是横在他们两人之间。他动了动，看起来像是他的五脏六腑打了结；对王后行礼之后，他马上到最近的一家旅舍休息，当晚他躺在床上彻夜无眠。第二天一早，他提出离开宫廷的要求。

“但你几乎没待在宫廷里啊，”亚瑟说，“为什么这么快就要走？”

“我应该离开的。”

“应该离开？”国王问，“你这话是什么意思？应该离开？”

蓝斯洛握紧了拳头，指节暴突。“我想远行探险，去寻找冒险的机会。”

“可是蓝斯洛……”

“圆桌不就是为了这个目的而设立吗？”年轻人大吼，“不是要骑士远行探险、对抗强权吗？为什么你要阻止我？这正是圆桌这个想法的重点啊！”

“噢，拜托，”国王说，“你不要这么激动。如果你想去，当然可以照自己的意思做。我只是觉得如果你能陪伴我们一阵子也很好。别生气了，蓝斯洛。我真不懂你究竟是怎么了？”

“早点回来。”王后说。

第七章

那些知名的探险就是这么开始的。不为名声，也不为娱乐，而是为了逃离桂妮薇；是为了维护他的荣誉，而非去树立荣誉。

我们得仔细谈谈其中一次探险，这样才能说明他是如何努力分心忘情，又是如何成就那些高贵情操的。同时，也可以展现英格兰当时的情形，了解亚瑟王为什么要推行他对于公理正义的理论。亚瑟并不骄慢，然而他的国家格美利早年陷入无政府的混乱状态，因此需要像圆桌这样的理念，让这地方得以存续。像洛特这样轻启战端的人虽已受制裁，但是拥地自重的贵族行径如同盗匪，却逍遥法外，无从约束起。那些土豪或拔下犹太人的牙齿，拿走他们的钱财，或把反抗他们的主教处以火刑。这些恶主人底下的农奴会被浇上油脂放在慢火上烤、用滚烫的融铅烧烫、钉上木桩、挖掉眼睛丢在一旁等死；或被割断腿筋，只能用手和膝盖沿路爬行。小规模的争斗不断，让穷苦无依的人更难生存；就算骑士在战斗中被拽下马，他全身铠甲严密防护，若非武艺高手，谁也伤不了他。举个例子，在传奇的布汶之战[①]中，法兰西的腓力·奥古斯都落马之后被步兵包围，然而那些倒霉的步兵无法刺穿他的盔甲，因此他很快获救，而且越战越勇，因为他暴怒不已，完全失控。不过，蓝斯洛初次远行探险的故事，倒是自以其方式为那段纷争不断的强权年代做了明证。

在威尔士边界上有两个骑士：卡拉铎斯爵士和特昆爵士，他们是克尔特族人。这两个保守派男爵从未臣服于亚瑟，也不相信任何形式的政府，只相信武力。他们都拥有坚固的城堡和邪恶的家臣；在他们领导之下，那些家臣为恶的机会要比在一个安定社会中来得多。他们就像是捕食弱小同伴的老鹰。不过，把他们比为老鹰有点不公平，毕竟有许多老鹰是很高贵的，而特昆爵士和高贵一点也沾不上边。如果他现在还活着，很可能会被关进疯人院，而他的朋友铁定会逼他去做心理分析。

蓝斯洛爵士骑着马寻求冒险，离自己真正想去的地方越来越远。因此，对他来说，马儿脚下的每一步都是种折磨。就在这场冒险进行了一个月左右，某天他碰上一个身披铠甲、骑着高大马匹的骑士，前鞍桥上横着另一位五花大绑的骑士。受缚的骑士昏迷不醒，全身是血，还沾满了泥渍；他的头悬在那牝马肩上，头发是红色的。俘虏他的骑士坐在鞍上，体格十分魁梧，蓝斯洛从对方的盾徽认出他是卡拉铎斯爵士。

“你的俘虏是谁？”

---

① 布汶之战（Battle of Bouvines），公元一二一四年，英国约翰王与神圣罗马帝国奥托四世（Otto IV of Brunswick）结盟，欲取回英国输给法国的失土，然而法王腓力二世（Philip II Augustus，即法兰西的腓力·奥古斯都）在此战中大败对手联军，获得决定性的胜利。

那大个子骑士从身后取出俘虏的盾牌，举高。盾面是金黄色底绘上红色山形纹，三个绿色蓟花纹两个在上一个在下将山形纹夹在中间。

“你把加文爵士怎么了？”

“不干你的事。”卡拉铎斯爵士说。

加文一定是在马儿停步的时候醒了过来，因为他倒栽的头发出声音：“好兄弟，是你吗？蓝斯洛爵士？”

“真高兴见到你，加文。你还好吗？”

“糟糕透顶，”加文爵士说，“尚祈您伸出援手。若阁下袖手旁观，恐再无人能担此任。”

他这番话用的是正统骑士语，是高位者所用的语言——那个年代有两种语言，诺曼法语的位阶高于撒克逊英语，这种情形就像“高阶日耳曼语”是指德语，“低阶日耳曼语”则是指荷兰语。

蓝斯洛看着卡拉铎斯爵士，然后用撒克逊方言说：“把那家伙放下来，跟我比个高下。”

“你这傻瓜，”卡拉铎斯爵士说，“我会让你落得同样的下场。”

之后他们把加文放在地上绑好，让他无法逃走，然后准备开打。卡拉铎斯爵士有个侍从可以递矛给他，不过蓝斯洛坚持要戴普大叔待在家里，所以一切都得自己来。

这场争斗和先前与亚瑟比试的那一场不同。比如说，这两个骑士更为势均力敌，而且在一开始长矛比试的过程中，两人也都没有落马。他们手中的梣木矛裂开了，但两人都还坐在马鞍上，两匹马儿吓得停在原地。之后两人比剑，蓝斯洛证明他的剑艺高于对方，打斗一个多小时之后，他一剑刺进卡拉铎斯爵士的头盔，穿透头骨——接着，就在这具尸体歪倒在马鞍上时，蓝斯洛一把抓住对方的领子，将他扯下马来，同时砍下他的头。他为加文松绑，接受他的衷心感谢，然后再次踏入英格兰的荒野，完全没再想起卡拉铎斯爵士的事。他碰上他的表弟莱诺爵士，两人一路同行，行侠仗义。不过，忘了卡拉铎斯爵士真是件不智之举。

某日，他们骑了好一段路，在酷热午间来到一座森林。蓝斯洛心中为了王后的事挣扎不已，加上天气又热，已经累坏了，再也没办法前进。莱诺也很疲困，他们决定将马系在一棵长在灌木丛中的苹果树上，躺在树下休息。蓝斯洛马上就睡着了，不过苍蝇的嗡嗡声吵得莱诺爵士睡不着觉，就在这时，他眼前出现了一幅奇景。

有三名全副武装的骑士正在逃命，一名骑士紧追在后，他们座下的马蹄轰隆作响，摇撼地面（蓝斯洛居然没醒过来，真是件怪事），接着，后头的魁梧骑士赶上他的猎物，将他们一个个击落马下，俘虏了他们。

莱诺是个很有野心的孩子，他认为自己可以代他那闻名遐迩的表哥争取这个战功，因此他安静起身穿上铠甲、骑上马，向那胜利者挑战。但没三两下他也被击落了，而且被五花大绑动弹不得。蓝斯洛醒来之前，这场华丽的表演便结束了。这四场战斗的神秘赢家是特昆爵士，最近死于蓝斯洛之手的卡拉铎斯爵士就是他的兄弟。特昆爵士的嗜好是把俘虏带到他那可怕的城堡，扒光他们的衣服痛揍一顿，直到他满意为止。

另一场表演开始时，蓝斯洛兀自沉睡。在这队人马中，有四名服饰华丽的骑士持着矛，撑着一顶绿色的丝质罩篷，罩篷下则是四位中年女王，她们骑着白骡，看来优美如画。她们从苹果树旁经过时，蓝斯洛的战马发出一声刺耳嘶鸣。

这四位巫后中年纪最长的是摩根勒菲，她停住队伍，朝蓝斯洛爵士走去。他穿着全副铠甲躺在长草地上，看起来颇为危险。

“是蓝斯洛爵士！”

这世上传播速度最快的莫过于丑闻，在那些拥有超自然力量的人之间传得尤其迅速，因此四位女王早就知道他和桂妮薇的恋情；而她们也知道，他现在是公认全世界最强的骑士。她们因而嫉妒桂妮薇，同时也对这个摆在她们眼前的大好机会感到欣喜。于是她们开始争论，究竟她们之中谁可以施展魔法以拥有他。

“我们犯不着为此争吵，”摩根勒菲说，“我会在他身上施咒，让他六个小时内都醒不了。我们把他平安带回我的城堡之后，由他来选择他要谁。让他自己选。”

事情就这么说定。于是，这位沉睡不醒的头号战士和他的盾牌就由两名骑士抬到战车堡。这曾是粮食堡，但外观已经失去仙灵气息，话说回来，它本来就是座很普通的碉堡而已。仍自熟睡的蓝斯洛被送到一个寒冷、空荡荡的房里，在那里等待咒语的时效过去。

蓝斯洛醒来时，并不知道自己人在哪里。房间似乎是用石头砌成，很暗，像个地牢。他躺在黑暗之中，心想不知道接下来会发生什么事。没多久，他就开始想桂妮薇王后了。

接下来倒是发生了一件事：有位年轻少女为他带来晚餐和问候。

“你好吗，蓝斯洛爵士？”

“我不知道，美丽的姑娘。我不知道自己是怎么到这来的，所以实在不知道自己究竟好不好。”

“不用害怕，”她说，“如果你就是她们说的那个伟大的人，明天早上我或许可以助你一臂之力。”

“谢谢你。无论你能不能帮我，我都很感激你能为我设想。”

之后那位美丽的少女便离开了。

次日一早，门口传来了打开门栓的响声和生锈门锁的嘎吱声，接着几个穿着锁子甲的侍卫走进地牢，在门的两侧列队站好，迎入四位魔法女王。每位女王都穿着最漂亮的衣服，堂堂地向蓝斯洛爵士行了屈膝礼。他有礼地站着，严肃地对每位女王鞠躬。摩根勒菲为他一一引见，她们分别是高尔女王、北加里斯女王、东土女王、外岛女王。

“听着，”摩根勒菲说，“我们知道你的事，所以你也不必妄想有什么事是我们不知道的。你是跟桂妮薇王后有暧昧关系的湖上骑士蓝斯洛。你是世界公认的第一骑士，这也是那女人喜欢上你的原因。不过，这一切都结束了。如今你在我们四人的手上，你得从中选出你的女主人。显然，若非出于你自己的意思来选，也没什么意义——不过你也只能从我们四人之中选择。你要选谁？”

蓝斯洛说：“这叫我怎么回答？”

“你必须回答。”

“第一，”他说，“你对我和大不列颠王后的指控并非事实。桂妮薇是对国王最忠贞的女士。如果我现在是自由之身，或是你给我一副铠甲，我愿意和你所指定的任何一个战士比武，以证明此事。第二，我绝对不可能选你们当中任何一位做我的女主人。失礼之处还请见谅。不过，我只能这么说。”

“噢！”摩根勒菲说。

"就是这样。"蓝斯洛说。

"就这样?"

"是的。"

四位女王严峻而高傲地行礼，旋即离开房间。侍卫灵巧地向后转身，身上的锁子甲在石头地板上敲得叮当作响。光线从门后消失。门关了，锁落了，闩也上了。

那位美丽少女带着下一顿餐点进来时，看来似乎想和他说话。蓝斯洛注意到她很有胆识，或许喜欢恣意而行。

"你说你或许能够助我一臂之力?"

女孩怀疑地看着他说:"如果你就是她们说的那个人，我就能助你一臂之力。你真的是蓝斯洛爵士?"

"恐怕正是在下。"

"那么，"她说，"如果你帮我，我就帮你。"

说完她哭了起来。

那少女哭起来十分迷人，并且带着某种决心。不过，趁她还在哭的时候，我们最好来解释一下格美利这个地方早年举行的比武大会是怎么回事。真正的比武大会和长矛竞技是不同的，如果是长矛竞技，骑士是以单挑的方式攻击或防御，赢家会得到奖赏；比武大会则比较像自由战：先让一群骑士选边站，每边各有二十到三十个骑士，之后他们会自由对战，冲挤成一团。这种混战有其重要性，比如说，如果你付了比武大会的报名费，你也能参加长矛竞技，但若你只付了长矛竞技的费用，就没办法参加比武大会。在这些狂乱的混战中，参赛者很容易受重伤。如果适度控制，这种混战倒也不是坏事，可惜在那个年代，根本没有控制可言。

潘德拉贡时代的快乐英格兰有点像是奥康诺[①]时代的可怜老爱尔兰，派系林立。无论是某个国家的骑士、某个地区的住民，或是某个贵族的家臣，都可能与附近的派系水火不容，这种对立会演变成世仇，而后某地的国王或领导者就会向另一地的国王或领导者下战书，举行比武大会；双方都会抱着要给对方难看的意图与会。在罗马天主教徒对上新教徒、斯图亚特王室对上橙党党员[②]的时代，也是相同的情况，他们正面交锋时，手里都拿着粗木棍，心里也都想着要杀了对方。

“你为什么哭呢？”蓝斯洛问。

“噢，天啊，”那少女啜泣着，“可怕的北加里斯王向我父亲下了战书，要在下周二举行比武大会。他找来了三名亚瑟王的骑士助阵，我那可怜的父亲一定会输。我很担心他会受伤。”

“我懂了。你父亲叫什么名字？”

“他是巴德马格斯王。”

蓝斯洛站起身来，礼貌地亲吻她的前额。他马上明白她希望他做些什么了。

“很好，”他说，“如果你能救我离开这个监牢，我会在下周二为巴德马格斯王出战。”

“噢，谢谢你，”那少女说，一边拧干她的手帕，“恐怕我现在

① 奥康诺（Daniel O'Connell，1775—1847），爱尔兰传统旧教（天主教）的政治意见领袖，反对合并法，大力推动爱尔兰独立和天主教解放运动。

② 橙党（Orange Order，或译奥兰治团体）是新教激进组织，成立于一六九五年，主要根据地在北爱尔兰，每年七月都会举行游行，庆祝在一六九〇年博因河战役（Battle of the Boyne）中，出身荷兰王室，且信奉新教的橘邑的威廉（William of Orange）打败信奉天主教的詹姆士二世（James II），成为英国的威廉三世（William III）。

得离开，不然他们会在楼下找我。”

如果北加里斯王本人要和她父亲对战，她当然不会帮着北加里斯的巫后把蓝斯洛囚禁起来。

清晨时分，城堡里的人都还没起床，蓝斯洛就听见那扇沉重的门被安静地推开。一只柔软的手握着他，在黑暗中领着他往外走。他们通过十二扇魔法门来到兵器库，那里放着他的铠甲，全都擦得闪闪发亮，准备就绪。待他装束完毕，他们前往马厩，他的战马正在鹅卵石上蹭着闪闪发光的蹄铁。

“请千万记得。”

“当然。”他说完，在晨光中骑过了吊桥。

他们蹑手蹑脚地穿过战车堡的走廊时，已经计划好要先与巴德马格斯王碰面。蓝斯洛要到附近一座白衣修士会[①]的修道院去，在那里和少女碰头——当然，她背叛摩根女王让蓝斯洛逃走之后，自己也得逃走才行。他们要在修道院里等人把巴德马格斯王带来，然后做好比武大会的安排。不幸的是，战车堡位于野森林中，而蓝斯洛迷路了。他和他的马漫无目的地走了约莫一天，一路上不是撞到树枝，就是缠在黑莓丛里，一人一马很快就发起脾气。傍晚时分，他们跌跌撞撞来到一座红色绸质帐篷，里面一个人也没有。

他下了马，看着那顶帐篷。在布满乱石的森林里有这么豪华的帐篷，触目所及却毫无人迹——这看起来实在有点诡异。

“真是顶奇怪的帐篷。”他想。由于他脑子里装满了桂妮薇，所以思绪也跟着抑郁起来，“不过，我想今晚应该可以在里面过夜，

① 白衣修士会（white friar），天主教加尔默罗修会（Carmelite）的修士，因穿白袍得名。

这顶帐篷在这里，要不是有什么危险等着，就是主人到别处度假去了；如果这里有险可冒，我就该接受挑战；如果是主人离开了，他们也不会介意我在这里窝一晚。再怎么说，我迷路了，也没别的事好做。”

他将马具卸下，系好马，脱下身上的铠甲，整齐地挂在树上，盾牌放在最上面。之后，他吃了一些那女孩给他的面包，在一条流经帐篷旁的小溪里喝了些水，伸展手臂，让手肘喀喀作响，打了个呵欠，用拳头叩击门齿三次后，上床睡觉。那床十分华丽，床罩也是红色绸缎，和帐篷同款料子。蓝斯洛滚上床去，鼻子压进丝枕里，拿它当桂妮薇送上的一个吻，之后便沉沉地睡着了。

他醒来时，月亮已经出来了，有个裸体的男人正坐在他的左脚上剪指甲。

他一察觉到那男人存在，立即惊醒，突然在床上动了起来。男人察觉到有人在动，也大吃一惊，跳起来抄起剑。蓝斯洛跳到床的另一边，跑向他挂在外面树上的武器；男人追上前，手上挥舞着剑，想从后面给他一击。蓝斯洛安全地跑到树旁，拿着武器转过身来。他们看起来既诡异又吓人——在月光下，两人都是全裸，两人手里的银色铁器也在满月之下闪闪发亮。

“看招！”男人大叫，他瞄准蓝斯洛的腿猛烈一击。下一刻，他的剑却已落地，他双手抱着肚子，弯着腰，尖叫起来。蓝斯洛这一击已经让他见了血，那血在月光之下看起来是黑色的，而他胃里的某些东西也对外展露了它们的秘密生活。

“别打了！”男人叫道，“饶了我。别打了。你快杀死我了！”

“对不起，”蓝斯洛说，“可是你甚至没等我拿到剑就进攻。”

男人继续尖声大喊："饶了我！饶命！"

蓝斯洛把剑插在地上，走上前检查对方的伤势。

"我不会再伤害你了，"他说，"没事了，让我看看。"

"我的肝脏被你切开了！"男人控诉道。

"嗯，我只能说我真的很抱歉。话说回来，我也不知道我们到底为什么会打起来。靠在我肩上，我们一起把你弄到那张床上去。"

蓝斯洛把男人放在床上，帮他止血，发现那道伤并不致命；就在此时，一位美丽的女士出现在帐篷门口。当时他们已经点上灯心草蜡烛，所以她马上就发现出了什么事，而且立刻放声尖叫。她冲过去安慰那个受伤的男人，骂蓝斯洛是凶手，然后继续大哭大叫。

"别叫了，"男人说，"他不是凶手，我们只是有点误会。"

"我睡在床上，"蓝斯洛说，"他进来坐在我的脚上，我们两个都吓了一跳，就打起来了。很抱歉我伤了他。"

"但这是我们的床，"那位女士尖叫起来，看起来就像《金发姑娘与三只熊》[①]里头的熊，"你在我们的床上做什么？"

"我真的很抱歉，"他说，"我来的时候帐篷里没看到任何人，而且我迷路了，十分疲累，所以我想，如果我借住一晚，应该没什么关系。"

"是没关系，"男人说，"我们欢迎你借住一晚，毕竟这伤也没那么糟。能告诉我你的名字吗？"

"蓝斯洛。"

---

① 《金发姑娘与三只熊》(*Goldilocks and the Three Bears*)，英格兰童话，故事中金发姑娘来到森林中，发现一间房子，里面有三张床，她在三张床上轮流试躺过，最后睡在小床上，后来熊一家三口回来，发现了她。

"哇!"男人大叫起来,"亲爱的,瞧瞧刚才我是和谁对打呢!难怪我一下就输了。我还在想,你怎么那么轻易就放我一马呢。"

于是他们坚持蓝斯洛应该留下来过夜,第二天一早,他们也指出正确的方向,好让他前往白衣修士会的修道院。

这场邂逅在我们的故事主线中就到此为止,不过,那位骑士名叫贝勒斯,他伤势复原之后,经蓝斯洛引荐成为圆桌骑士。他个性温和大方,是亚瑟需要的人;而蓝斯洛让他坐上圆桌,好试着弥补自己犯下的错。

在白衣修士会的修道院中,那位美丽的少女心急如焚地等待着。她很担心他会失信。一听见鹅卵石地面上响起他的马蹄声,她立刻从高塔的房间飞奔而下,热烈地欢迎他。

"父亲今晚会到,"她高声说,"噢,我真高兴你来了!我还怕你可能会忘了呢。"

听到她选用的字眼,蓝斯洛扭曲的嘴角露出一丝笑容。然后他换上平民服装,洗了澡,静待巴德马格斯王到来。

"格美利真是个奇怪的地方,"他自言自语,好让自己的思绪远离年轻的王后,"事情发生得好快,大半时间都不知道自己在哪里。而我那表弟从苹果树下消失了,这还得找出个解释来才行。至于巫后啦、比武大会啦、入夜之后跑到你床上的人啦、一个家有一半的人都消失得无影无踪啦,这样下去,要行事合宜实在很困难。"

之后他梳了梳头发,整整衣袍,下楼见巴德马格斯王。

因为马洛礼已经写过了,所以这里无须详述这场比武大会。蓝斯洛从那名年轻少女推荐的人选中挑了三名骑士与他同去,同时他也安排让连他在内的四名骑士都使用素面盾——这是羽翼未丰的骑士所用的白色盾牌，蓝斯洛坚持这么做，因为他知道圆桌有三位弟兄会代表另一边出战。他不希望被认出来，因为可能会在弟兄间造成心结。但是，他又觉得和他们对战是他的责任，因为他已答应那位少女的请求。对手阵营由北加里斯王领兵，他手下有一百六十名骑士，巴德马格斯王只有八十名。蓝斯洛先迎向第一位圆桌骑士，让他肩膀脱臼；之后他使劲朝第二位发动攻势，那可怜的家伙被挂在马尾巴上，头盔插入地表数英寸之深；最后他朝第三位的头盔用力一击，结果那个骑士的鼻子开始流血，骑着马跑走了。在他打断北加里斯王的大腿骨之前，所有人都看得出来，不管从哪方面来说，这场比武大会都算是结束了。

接下来我们的英雄出发探查莱诺究竟出了什么事，这是他首度能够自由地去做这件事情——打从他这位表弟失踪之后，他不是被一群邪恶女王囚禁起来，就是得履行他对救命恩人的义务。他离开前，巴德马格斯王得到了比武大会的奖赏，而那位少女对他感激涕零。他们彼此承诺友谊长存，如果有求于彼此，只要送个信，即当倾力相助。蓝斯洛爬上马，向几个农夫问了路，摸清方向，往他和表弟走散的森林走去，也就是有苹果树的地方。虽然天气冷，不过他认为，如果在最后见到表弟之处来个地毯式搜索，或许能找到什么蛛丝马迹。

在那棵苹果树所在的树林中，他遇到一位骑着小白马的女士。事实上，他就是在那棵树下碰到她。那棵树可能是棵魔法树，因此才会有许多人从那里经过。

“夫人，”他说，“您可知道，这座森林里有什么险可冒吗？”

“如果你够强壮，能够一一挑战，”她说，“那可多了。”

“我可以试试。”

“你看来是个强壮的男人，似乎也很勇敢，不过你的耳朵实在招风得有点吓人，”那位女士说，“如果你愿意，我就带你到这世上最残暴的领主那儿，不过他一定会杀了你。”

“没关系。”

“要我带你去，得先告诉我你的名字。如果你不是个有名的骑士，带你去简直就是谋杀的行径。”

“我的名字是蓝斯洛。”

“我想也是，”那位女士说，“好吧，实在很幸运。如果有关你的传言都是真的，那么你可能是这世上唯一能够打败他的人。他的名字是特昆爵士。”

“很好。”

“有人说他是个疯子。他曾在一次战争中俘虏并囚禁六十四名骑士。他用荆棘鞭打他们，如果你成了他的阶下囚，他也会将你的衣服脱光，狠狠打你。”

“听起来是个有趣的对手。”

“那里有点像是集中营。”

“我已经准备好面对这种事了，”蓝斯洛爵士说，“这就是亚瑟创造圆桌武士的原因，他想要避免这类事情发生。”

“如果我带你过去，你得答应我，事成之后，要为我做一件事——也就是说，如果你获胜的话。”

“什么样的事呢?”他谨慎地问道。

“你不用害怕，”那位女士说，“只是要你去向另一位我认识的骑士挑战，他害几位少女非常痛苦。”

“我很乐意为您效劳。”

“好吧，”那位女士说，“上帝知道你之后的路该怎么走。无论如何，你和他对战时，我会为你祈祷。”

他们骑了一会儿马，来到一处浅滩，长得有点像蓝斯洛初次与亚瑟王交手的那处浅滩。浅滩四周的树上挂着生锈的头盔和凄凉的盾牌，那里共有六十四面盾牌，上面有斜带纹[①]、山形纹、直立的梭子鱼、鸫或金鹰的图纹、双腿向前直立的正面狮脸，看起来有种遭人遗忘的荒凉。盾牌的肩背带都已变绿，生着霉斑。整个地方看起来就像是猎场看守人的绞刑架。

空地中央的主树上挂着一只巨大的铜盆，睥睨着那些落败的盾牌。铜盆底下最新的盾牌属莱诺所有——银白色底面上画着红色斜带纹，此外还画有排行标记[②]。

蓝斯洛知道他该怎么处理那只铜盆，而他也动手了。他调好头盔的位置，穿过低垂的树叶，来到铜盆旁边；他用矛尾敲击铜盆，直到把盆底敲落。之后他和那位女士静立林中。森林似乎被那阵可怕的噪音震慑住，一片寂然。

没有人来。

“他的城堡在后面。”女士说。

他们安静地策马走向城门，在门前来来回回骑了半小时，他脱

① 斜带纹（Bend），在纹章学中指从盾面左上角往右下角斜画而下的斜带纹，另有左斜带纹（bend sinister），是从右上角往左下角斜画而下的斜带纹。

② 排行标记（Cadency），另外加在家族盾徽上的标记，各地用法不一。以英格兰来说，一般长子会在盾徽上方画一条标记纹（Label，缀有流苏式短直带纹的横带纹），次子画新月纹（Crescent）、三子画星形纹（Mullet）等等；而女儿不管排行第几，所用的徽记都是将家族盾徽的框线从盾形改成菱形。

下头盔和臂铠，皱起眉头，焦虑地咬着指甲。

就在那半小时过去之后，一个魁梧的骑士穿越森林而来。他的相貌让蓝斯洛吃了一惊，因为他长得很像之前蓝斯洛为了营救加文而杀死的卡拉铎斯爵士；不但体格相似，前鞍桥上也横着一个五花大绑的骑士。更怪的是，这位骑士的盾牌上画着三个蓟花纹和一个山形纹，盾牌上方还有个方块[①]涂成红色。事实上，眼前这第二位高大骑士俘获的正是加赫里斯，加文的弟弟。蓝斯洛审视着那位骑士。

或许我们可以这么说，如果你能看出骑士的风格，就多少能够认出那些穿着铠甲的骑士是谁了，即使他变装或拿了素面盾也没有影响。日后蓝斯洛有时候必须变装作战，不然没有人愿意和他打，不过亚瑟等人通常会从骑马的方式认出他来。就像现在，虽然我们因为距离太远而看不清板球选手的面孔，但还是认得谁是谁，那个年代也一样。

由于蓝斯洛花了很长的时间锻炼，因此很善于判断他人的风格。他看着特昆爵士，没几下工夫便注意到他的坐姿有个小缺点。于是他对那位女士说，如果特昆不调整坐姿，他应该可以救出那个俘虏。结果，特昆爵士进行长矛比试时，确实调整了坐姿，这项批评就无效了；不过这件事倒是间接说明了长矛竞技是怎么回事，所以或许值得一提。

竞技中最重要的，就是骑术。如果一个人敢在冲撞的那一刻仍

---

① 方块（Canton），在盾徽右上角（左上角称canton sinister）另加的一个方块，用来显示持有人之间有血亲关系。

然全力冲刺，通常就会赢。大多数人都会略微退缩，因此没让冲力达到最大。这也是蓝斯洛总是获胜的原因，他身上有股戴普大叔所说的“冲劲”。他变装时，有时候会故意大喇喇坐在鞍上，骑姿笨拙，不过最后总会来个真正的冲撞，所以有时他连长矛都还没击出，观众和他那不幸的对手就会大叫：“啊！是蓝斯洛！”

“这位好骑士，”他说，“把受伤的人放下来休息一会吧，我们两个来较量一下。”

特昆爵士朝他骑过去，从牙缝中挤出一句：“如果你是个圆桌骑士，那么我可是恨不得把你打倒再痛扁一顿。你和你那整桌骑士都一样。”

“说得简单呢。”

之后他们按照惯例后撤，托起长矛，然后如雷霆般朝对方冲撞。蓝斯洛在最后一刻发现自己对特昆爵士坐姿不良一事上判断有误，而在最后那一瞬间，他发现特昆是他在长矛比试上所遇过最好的对手，对方冲刺的力道与他相当，目标也相当精准。

两名骑士缩身闪避，在此同时，双矛互击，而两匹马前奔中途这么一受阻，人立起来向后摔倒。两枝矛双双断裂，高高抛入空中，有如烈性炸药般优雅地转了一圈又一圈，这情景吓得驯马上的女士忍不住转过头去。再回过头看时，两匹马都摔断了背，倒在地上，两名骑士动也不动地躺在地上。

两小时后，兰斯洛和特昆还在以剑相拼。

“住手，”特昆说，“我有话问你。”

蓝斯洛停手。

“你是谁？”特昆爵士问，“你是我碰过最强的骑士，我从没见过谁有这么强的力量。听着，我的城堡里现在有六十四名俘虏，另外在我手下死伤的有好几百人。不过，这些人都比不上你。如果你愿意和我讲和，与我为友，我就释放这些俘虏。”

“你真仁慈。”

“只要你不是那人，我就愿意这么做。不过，要是你就是那人，我就得和你拼个生死。”

“那人是谁？”

“蓝斯洛，”特昆爵士说，“如果你是蓝斯洛，我绝不会求饶或请和。他杀了我兄弟卡拉铎斯。”

“我就是蓝斯洛。”

特昆爵士从头盔的缝隙中哼了口气，竟趁对手不备狡猾出招。

“噢，这样吗？”蓝斯洛说，“我只要假装我不是我自己，就可以救出那些俘虏，而你居然连一声招呼都不打就想杀了我。”

特昆继续嘶嘶地喷着气。

“卡拉铎斯爵士的事我很抱歉，”蓝斯洛说，“不过他是死于一场公平的交战，也没有提出求和。我并没有手下留情，他是在交战中被杀的。”

他们又打了两个小时。对穿着铠甲的骑士来说，剑并不是唯一的武器，有时他们用盾缘互击，有时用剑柄互捅。周围的草地都溅上他们的血，血点看似鳟鱼身上的斑点，拖着尾痕的血迹则仿佛一只只小蝌蚪。因为身上盔甲沉重，所以有时他们摔成一团；笨重的骑士头盔填塞稻草，只留一个小呼吸孔，他们都觉得快要窒息；他们疲倦地举着盾牌，根本无法好好遮护自己。

整场打斗却在一瞬间结束了。他们俩都一言不发。蓝斯洛抓住时机丢下剑，抓住特昆头盔上口鼻部位的开口，两人摔倒在地，特昆的头盔脱落。他们抽出短匕近身互搏。特昆的身体弹起，又抖了一抖，便断气了。

后来，加赫里斯和那名女士喂蓝斯洛喝水时，他说："不管他做错多少事，他都是个厉害的家伙。他没求和，真是遗憾。"

"想想那些重伤的骑士和那些酷刑吧。"

"他是个老派人，"他说，"我们确实得阻止这样的人横行，不过，他仍旧算是老派武士中的佼佼者，这点毋庸置疑。"

"他是个畜生。"

"不管他是什么样的人，他都爱他的兄弟。啊，加赫里斯，能把你的马借给我吗？我想继续前进，不过我的马已经死了，可怜的东西。你若愿意，可以去城堡把莱诺和其他人放出来。叫莱诺回宫廷去吧，要他放聪明点。我得和这位女士到别处去。你能答应我吗？"

"你刚刚才救了我和我的马，当然可以带走它，"加赫里斯说，"天啊，你一直在救我们奥克尼的人！上次你才救了加文，阿格凡人就在这座城堡里。蓝斯洛，你当然可以带走我的马，当然没问题。"

第八章

蓝斯洛初次远行探险为期一年，途中还有其他几次冒险，不过其中只有两件值得细写。这两件事都和强权势力的保守道德观有关，亚瑟王也为此发起圣战对抗。正是这种老派，即诺曼贵族抱持的态度，在此时期提供了冒险的机会，因为鲜少有人会像权贵世家在财产被夺时表现得如此苦大仇深、愤慨不平。圆桌骑士受命出外对付恶霸，遵循“恃强凌弱”原则的愤怒领主凭着绝望的狠劲抄起棍棒。如果那个年代有《泰晤士报》这类刊物，他们一定会投书控诉。好一点的会说服自己，说亚瑟是一股新风潮，而他的骑士悖离了祖先之道；坏一点的则把亚瑟说得比布尔什维克党人[①]还糟，他们放任天性中的残暴面，净幻想些子虚乌有的犯行，再一股脑归罪到圆桌骑士头上。情况与常识完全脱节，暴虐的人相信那些绘声绘影的暴行事迹。由于失去权力的恐惧感作祟，在蓝斯洛必须撂倒的领主当中，有很多人也如此看待他，认定他是那种放毒气的刽子

① 布尔什维克党（Bolshevist），由列宁和托洛斯基领导的组织，一九一七年在俄国发起十月革命，建立苏维埃政权，成为第一个社会主义国家。

手。他们和他对战的方式既寡廉鲜耻又充满恨意，好像他是敌基督[①]一样，而且他们也深信自己是在捍卫正义。这已经成了一场意识形态的内战。

一个晴朗的夏日，蓝斯洛骑马经过一座陌生城堡的林地，草地上杂生着高大的榆树、橡树和山毛榉等各种树木，而蓝斯洛正抱着一颗沉重的心思念着桂妮薇。那位领他去找特昆爵士的女士在分别之际（他已经为她履行承诺），与他谈了一会儿有关婚姻的话题，因而激怒了他。那位女士说他应该娶个妻子或找个情妇，于是蓝斯洛生气了。“众口悠悠，要说什么，我管不着，”他说，“不过现阶段我是不可能结婚的，我也不认为找情妇会有什么帮助。”他们就此争论了好一会儿便分道扬镳。如今，虽然又历经几场冒险，他仍在思索那位女士的忠告，心情十分低落。

就在此时，空中传来一阵铃声，他抬起头。

有只漂亮的游隼在他头顶上，对准一棵榆树顶端飞了过去，她在微风中发出清澈的叮当声，身后还拖着一条放鹰绳。她心情不好，一飞到榆树顶便坐下来，用泛着怒气的眼睛和喷着气的鸟喙四下张望，那条放鹰绳在最近的一根树枝上绕了三圈。她注意到蓝斯洛往她骑来时，愤怒地又想飞走，不过被放鹰绳绊住，只能头下脚上拍打着翅膀。蓝斯洛紧张得一颗心几乎要跳进嘴里，担心她会不会弄断自己的羽毛。没过多久，她不再拍动翅膀，就这样倒吊在那里慢慢旋着，看起来卑微、愤怒且荒谬，但她的头就像蛇一样，仍旧向上抬着。

---

① 基督再临之前，会有敌基督以弥赛亚之姿出现，迷惑世人。

“噢，蓝斯洛爵士，蓝斯洛爵士！”某位不知名的仕女骑着马，全速朝他飞奔而来，而且显然想要放开马缰，好握着自己的手。“噢，蓝斯洛爵士！我的隼不见了。”

“她在那里，”他说，“就在树上。”

“噢，天哪！噢，天哪！”仕女说，“我只是试着用绳子把她叫回来，绳子就断了！如果我不把她抓回来，我丈夫会杀了我。他是个鲁莽的人，很热衷放鹰。”

“不过他不可能杀了你吧？”

“噢，他会的！他可能并非故意，但是他会！他就是这样一个莽撞的人。”

“或许我能阻止他？”

“噢，不，”仕女说，“千万别这么做。你说不定会伤了他，我可不想让你伤了我亲爱的老公。你不觉得爬上那棵树把鹰抓下来比较好吗？”

蓝斯洛看了看仕女，又看了看那棵树。之后，他重重叹了口气，对仕女说了一番话。根据马洛礼的纪录，他是这么说的：“这位美丽的女士，既然您知道我的名字，也要求我发挥骑士精神来帮助您，我会尽我所能去抓您的鹰。虽然我实在不太会爬树，这树又高，而且没几根粗大的树枝能助我攀爬，不过我还是会尽力而为。”

他的童年都在学习成为战士，没时间像别的男孩子一样去偷鸟巢。对于在亚瑟或加文那种背景下成长的人来说，这位仕女的要求并不难，但他实在非常困扰。

蓝斯洛难过地脱下铠甲，直到身上只余衬衫和长裤，其间他偷瞄了那棵可怕的树好几次，最后在仕女于树底下大谈鹰隼、丈夫和今天的好天气时，英勇地扑上了第一根粗树枝。

“好吧。”他说，这时他眼里盛满愤怒，整张脸也可怕地皱成一团。“好吧，好吧。”

此时在树顶，那只隼被放鹰绳给牢牢缠住（她照例被绳子绕住了颈子和翅膀，并且认为那条绳子在攻击她），所以蓝斯洛得让她停在他光裸的手臂上。她带着歇斯底里的狂暴情绪抓着他的手臂，不过他也没空去管那些抓伤，只是耐着性子将缠结的绳子解开。鹰匠被自己的鹰弄伤时，很少会去斥责它们。他们太过投入了。

他成功地把那只鹰从树枝中救出来后，发现没办法单靠一只手爬下去。仕女此时正在树下，看起来好小好小，蓝斯洛对她大吼道：“听着，我要想办法折下一根粗树枝，把树枝绑在她的系脚皮绳上，再把她丢下去。我会找根不太重的树枝，这样她会慢慢往下降。我得把她往外丢一点，才能避开树枝。”

“噢，请务必小心！”仕女叫着。

完成所说诸事后，蓝斯洛又开始小心往下爬。途中有几处不好着力，他只能靠自己的平衡感过关。就在他离地还有约二十英尺时，有个全副武装的胖骑士骑着马一路狂奔而来。

“哈！蓝斯洛爵士！”那胖骑士吼道，“你现在所在之处真是正合我意啊！”

仕女捡起那只隼，想离开现场。

“女士！”蓝斯洛喊。他开始怀疑，为何每个人都知道他的名字。

那胖子高声叫喊：“你这杀手，别碰她！那是我老婆！对，她就是！她只是照我的吩咐行事罢了。这是个诡计。哈！哈！现在你身上没有那副有名的铠甲了，我这就要杀了你，像淹死一只小猫那样杀了你。”

“这可不合乎骑士典范啊，”蓝斯洛皱了皱脸，“你至少应该让我穿上盔甲，公平决战。”

“让你穿上盔甲？你第一天出来混吗？你以为我是谁啊？老子可不信那些新潮玩意，一派胡言！只要哪个把小孩烤来吃的家伙落在我手上，我一定会动手杀了那个恶棍！”

“但是……”

“你下来，下来！我一整天都在等这一刻呢！下来受死吧！你要是个男子汉，就要像个男子汉！”

“我向你保证我从来没烤过小孩。”

那胖骑士的脸涨成紫色，大吼道：“骗子！骗子！恶魔！你马上给我下来！”

蓝斯洛坐在一根树枝上，啃着手指甲，两脚悬在那里晃呀晃的。

“你的意思是，”他问，“你故意放掉那只身上带着放鹰绳的隼，为的就是要在我衣衫不整时杀了我？”

“你下来！”

“如果我下去，我一定会尽我所能杀了你。”

“你这小丑！”那胖骑士大叫。

“是吗？这是你自己的错吧，”蓝斯洛说，“你不该玩这种下流把戏。我再给你最后一次机会，你要不要做个绅士，让我下去整装应战？”

“当然不行。”

蓝斯洛折断一根腐烂的树枝，在自己那匹马的另一侧跳下树，于是马就拦在两人中间。胖骑士骑着马朝蓝斯洛冲过来，倾身横过挡在中间的马，想砍下蓝斯洛的头。蓝斯洛用树枝挡下这一击，让那骑士的剑卡在木头上，接着他从剑主人手中夺过剑来，割断他的喉咙。

“走开！”蓝斯洛对仕女说，“别哭了。你的丈夫是个傻瓜，而你则是个烦人的家伙。杀了他，我一点都不后悔。”

不过，其实他心里很后悔。

最后一次冒险也与背叛和仕女有关。当时这年轻人正悲伤地骑马穿过沼泽地带，这地区在当年还是湿地，可说是英格兰最荒凉原始的地区。整片沼地到处都是秘密通路，只有那些曾降服于尤瑟·潘德拉贡的撒克逊沼地人才知道该怎么走。这整块带着海水咸味的平原是这片阴霾天空下一块巨大的茅草地。鹭鸶呜呜而鸣，泽鹬从芦苇丛上低掠而过，数百万只赤颈凫、绿头鸭与泽凫列成一队队飞行，看来就像许多香槟酒瓶乘着灵光一般的翅膀在空中飞翔。在这块泡在盐水里的沼地上，来自斯匹次卑尔根群岛的鹅群在此觅食，颈子弯成特殊的环曲形，而沼地人带着网子和工具尾随其后。这些沼地人的肚子上长着斑点，脚上有蹼——英格兰其余地方的人是这么相信的。他们通常会杀死外来的人。

蓝斯洛骑在一条似乎哪儿也去不了的直路上，就在此时，他看见两个人从另一头朝他飞驰而来。是位骑士和他的夫人。那位夫人骑在前面，看起来像发了疯般，骑士在后头追她。阴沉的天空下，他的剑闪闪发光。

蓝斯洛朝他们骑去，大叫：“这里！这里！”

“救命啊!”妇人尖叫，“噢，救我啊！他想砍了我的头!”

“别理她！滚开!”那骑士咆哮道，“她是我老婆，却给我戴绿帽!”

“我没有,”妇人哭了起来。“噢，先生，救救我吧。他是只残酷暴虐的野兽。只是因为我喜欢我的日耳曼表兄，他就吃醋了。我为何不能喜欢我的日耳曼表兄?”

“你这淫荡的女人!”那骑士大吼，试图抓住她。

蓝斯洛骑到他们中间，“说真的，你不可以这样对待女性。不管这是谁的错，你都不能杀女人。”

“打何时起有这等规矩?”

“自亚瑟王即位为王起。”

“她是我老婆,”那骑士说，“她和你一点关系都没有。滚！不管她说了什么，她都是个淫妇!”

“噢！不，我不是,”妇人说，“你这恶霸！你还喝酒!”

“是谁让我烦得想喝酒的?更何况，喝酒的罪再大，也大不过通奸。”

“你们两位都别说了,”蓝斯洛说，“这事有点麻烦。我最好挡在你们两人之间，等你们都冷静下来再说。先生，如果我请你饶了这位女士，和我比试一场，你应该不会反对吧?”

“当然反对。”那骑士说，“我认得你的盾徽——银白底，红色斜带纹，你是蓝斯洛。我还没笨到向你挑战，更别说是为了这个婊子。天杀的，你为什么一定要管这闲事?”

“只要你以你的骑士精神起誓，不杀这位女士,”蓝斯洛说，“我这就走。”

“我不会发这种誓。”

“你是不会，”那位妇人道，“反正，就算你答应了，你也不会遵守誓言的。”

“有几个沼地兵跟在我们后面，”那骑士说，“你往后看看，他们可是全副武装的。”

蓝斯洛勒住马，回头看去。就在这时候，那骑士从他的近侧转过身去，砍下了那位妇人的头。蓝斯洛没有看到任何士兵，他回过头来的时候，发现身侧那名骑在马上的妇人已经丢了脑袋。她的身体骇人地抖动着，慢慢向左倾斜，最后跌到地上。鲜血溅得他的马匹上到处都是。

蓝斯洛气得脸色发白。

“光是为了这个，我就该杀了你。”他说。

那骑士立刻跳下马，躺在地上。

“别杀我！”他说，“饶命啊！她是个淫妇！”

蓝斯洛也下了马，拔出剑来。

“起来，”他说，“起来打啊，你这个，你这个……”

那骑士匍匐爬向他，抱住他的大腿，拉近了自己与这位复仇者之间的距离，好让他无法顺利挥剑。“饶命啊！”这卑鄙的做法让蓝斯洛打从心眼里厌恶。

“起来，”他说，“起来打啊！你听着，我会脱下盔甲，只用剑和你比试。”

然而那骑士只是一径说着：“饶命！饶命啊！”。

蓝斯洛开始发抖，不过他发抖的理由并不是那个骑士，而是为他自身的残酷。他憎恶地举起剑来，把那骑士一把推开。

“看看这些血。”他说。

“别杀我，”那骑士说，“我求和了，我求和了。你不能杀一个开口向你求饶的人啊。”

蓝斯洛举着剑，从骑士身边走回自己的马那里，仿佛他正远离自身的灵魂。他感受到自己心中的残酷和怯懦，这两样东西正是他勇敢而仁慈的原因。

“起来，”他说，“我不会伤害你的。起来，走吧。”

那骑士看着他，四肢着地，就像只狗一样，然后犹疑畏缩地站起身子。

蓝斯洛转身离开，他觉得很不舒服。

在圣灵降临节的庆典上，之前远行探险的圆桌骑士会在卡利昂齐聚一堂，讲述他们的冒险故事。亚瑟发现，如果事后必须谈论争斗过程，他们会比较想要以新的方式来行使正义。他们喜欢带俘虏一起来，作为故事的见证人，就好像非洲某个偏远地区的警察署长之类的人物，派他手下的警察局长到丛林去，要他们在下一个圣诞节的时候，把他们导向正途的对象（也就是那些未开化的部落酋长）给带来。这样一来，伟大的宫廷让那些部落酋长印象深刻，常常就改头换面地回去了。

蓝斯洛初次远行冒险之后的第一个圣灵降临节，几乎可以说是一场灾难。几个横暴派的巨人衣衫褴褛，被奥克尼一族所俘，来此输诚效忠。不过，整个会场到处都是蓝斯洛的代表。“你是谁的人？”“蓝斯洛。”“好家伙，那你又是谁的人？”“蓝斯洛。”没多久，整张圆桌就一直吼着同样的答案。亚瑟说：“贝勒斯爵士，欢迎来到卡利昂。能不能请你告诉我，我手下的哪位骑士让你心服口服？”

整张圆桌异口同声地吼道："蓝斯洛。"贝勒斯爵士不知道那些人是不是在笑他，整张脸红了起来，用很小的声音回答："是的，我向蓝斯洛爵士求和。"

贝第维爵士来了，并坦承他是如何砍下他那不贞妻子的头。他把头也带来了，于是有人叫他带着那颗头去向教宗忏悔——他此后变得十分圣洁。加文来了，态度乖戾，并用苏格兰腔陈述蓝斯洛是如何从卡拉铎斯爵士手中救了他。而加赫里斯则代表六十四名拿着生锈盾牌的骑士，述说蓝斯洛从特昆爵士手中救了他们的经过。巴德马格斯王的女儿也来了，热切地叙述着他们与北加里斯王举行的比武大会。此外在那些我们没提到的冒险里，还有许多人前来，大多是蓝斯洛伪装成凯伊爵士时败在他手下的骑士。你可能还记得，在我们的第一部"石中剑"里，凯伊因为管不住自己的舌头，所以很不受欢迎。在这次远行冒险途中，蓝斯洛不得不从三名追在凯伊身后的骑士手中把他救出来。后来，为了让凯伊毫发无伤回到宫廷，某天晚上蓝斯洛趁他睡觉时和他对调铠甲，所以后来找上蓝斯洛的骑士都把他认成凯伊，因此大吃一惊；这些骑士碰上穿着蓝斯洛铠甲的凯伊便躲得远远的。在这种情况下向蓝斯洛求和的骑士包括：加文、尤文、沙格默、马利斯的艾克特和其余三人。此外还来了一个骑士：洛贵斯的梅利奥特爵士，他是在超自然的情况下获救的。

这些人全都表示效忠之意，不过宣誓的对象不是亚瑟王，而是桂妮薇。蓝斯洛让自己远离了她一整年，但他的忍耐力也是有限的。他无时无刻想着她，渴望回到她身边，他得让自己小小放纵一下，所以他把他的俘虏送去跪在她脚下。这是一项致命的错误。

第九章

如果人无法同时爱上两个人，那么，就很难解释桂妮薇的情形。也许人不能用同样的方式去爱两个人，但是爱人的方式有很多种。女人可以同时爱她的孩子和丈夫，而男人常常会对一个女人抱有性欲，但心里又爱着另一个女人。某方面来说，桂妮薇爱着这个法兰西人，但她也没有失去对亚瑟的爱慕之情。她和蓝斯洛开始相爱时，不过是两个大孩子，而国王要比他们年长八岁之多。在你二十二岁时，三十岁几乎就算是个老人了。而她与亚瑟之间的婚姻被称为“政治婚姻”，也就是说，这桩婚姻是建立在亚瑟与罗得格兰斯王之间的协定上，并未征询她本人的意见。而这桩婚姻就像一般的政治婚姻那样，成功建立了联盟。蓝斯洛出现之前，这个年轻女孩倾慕她那威名赫赫的丈夫，尽管他垂垂老矣。对他，她有尊敬、感激、亲切、爱情，以及一种保护欲。她的感觉还不只如此，或许你可以说，她对亚瑟抱有多种情感，却独独缺少浪漫的热情。

然后那些俘虏来了，这位仅仅度过生命中二十几个夏天的王后红着脸坐在王位上，整座大厅灯火通明，底下满是高贵的骑士，全都跪在地上。“你是谁的俘虏呢？”“我是王后的俘虏，蓝斯洛爵士遣我来此，生死听凭您差遣。”“你又是谁的俘虏？”“是王后您的，蓝斯洛要我来的。”蓝斯洛爵士——人人嘴里都挂着这名字；他是这世上最杰出的骑士，凌驾众人之上，甚至高过崔斯坦；他既优雅又仁慈，相貌丑陋却战无不胜；而他把这些人全都送给她。这像是个生日派对，有这么多礼物。就像故事书里写的一样。

桂妮薇坐得笔直，向她的俘虏屈身行王室礼。她赦免所有人，眼神比头上的王冠还要闪亮。

蓝斯洛最后才到。先是门边那群拿火把的人起了一阵骚动，之后有个声音开始在大厅里打转。前一刻，觥筹交错的声响和扯着嗓子的招呼声，听起来就像圣基尔达岛[①]上的海鸟聚会；下一刻，喊着多要一块羊肉、多来一品脱蜂蜜酒的声音就全静止了，一张张模糊不清的白色脸孔全转向门口。只见蓝斯洛就站在那儿，身上穿的不再是铠甲，而是高贵的天鹅绒袍，装饰着荷叶边和菱形花纹。这个丑陋但友善的黑色人影犹豫着，不明白这阵寂静所为何来——灯光让他自惭形秽。那些脸孔又转了回去，海鸟聚会旋即重新开始，蓝斯洛走上前去，亲吻国王的手。

这一幕道尽一切。或许一切尽在不言中比任何解释都来得强。

“哈，蓝斯，”亚瑟高兴地说，“毫无疑问，这真是场热闹的狂欢。有了这些俘虏，珍妮坐都坐不住呢。”

“这些人都是要献给她的。”蓝斯洛说。王后和他都没有看着彼此，而当他们这么做时，两人就像两块互相靠近的磁铁，喀的一声

① 圣基尔达岛（St. Kilda），位于苏格兰西部海域的火山岛，是大西洋最大的海鸟栖息地，自一九八六年起名列世界遗产。

对上了，就在这一刻，他跨过了那条界线。

“我情不自禁地想，他们也是要献给我的，”国王说，“结果你给了我一份相当于三个国家的大礼。”

蓝斯洛觉得现在非说话不可，以避免沉默。于是他开始用很快的速度说：“对整个欧洲的皇帝来说，三个国家实在不算什么，”他说，“你这么说，好像没打败过罗马独裁官似的。你的领土最近如何呢？”

“一如你之前规划的样子，蓝斯洛。如果你和其他人没有进行文明教化的工作，打败独裁官又有什么好处呢？如果整个欧洲到处都是疯狂的争战，当上欧洲的皇帝又有什么用呢？”

桂妮薇努力打破沉默，好支持她的英雄。这是他们初次共谋合作。

“亲爱的亚瑟，你真奇怪，”她说，“你一直都在打仗，征服别的国家，赢得胜利，你却说战争是件坏事。”

“它确实是件坏事，是世界上最糟糕的事。噢，上帝啊，这事我们不需要再多作解释了吧。”

“是不需要。”

“奥克尼一族的情况呢？”那年轻人匆忙地问，“你那举世闻名的教化进行得如何了？强权还是代表公理正义吗？你可别忘了，我离开有一年之久啊。”

国王托着头，悲伤地看着两肘之间的桌面。他是个仁慈、有良知、爱好和平的人，从小便由一位天才导师严格管教。他和导师得出的结论是：杀害别人或当暴君都是错误的；为阻止这类的事再次发生，他们发明了圆桌的概念，这个想法有点像是民主概念、运动精神或是道德原则。而现在，在努力推行和平世界的同时，他发现鲜血已经淹上他的手肘。他健康愉快的时候，不怎么会为此难过，因为他明白，这样的两难无可避免；但是脆弱时，他会受羞愧与踌躇折磨。北欧人中，他是推行文明教化的先锋之一，也是率先扬弃匈奴王阿提拉[①]之道的人。有时，为了消灭混乱而战的战役似乎并不那么值得。他常常想，对他手下那些死去的士兵来说，即便是活在暴政与疯狂之下，活着也比死去来得好。

“奥克尼一族很糟，”他说，“至于教化的部分，除了你刚刚带来的成果以外，其他也很糟。你还没来的时候，我一直觉得自己不过是个空有名号的君主，不过现在，我觉得我算得上是三国的皇帝了。”

“奥克尼一族怎么了？”

“天啊，我们非得在你刚回来、大家都兴高采烈的时候说这件事吗？不过我想我们是得谈谈。”

“是摩高丝。”王后说。

“部分问题在她。现在洛特死了，摩高丝和所有她找得到的人上床。我真希望派林诺国王杀死洛特的那场不幸意外从没发生过，她现在这个样子对她的孩子造成很坏的影响。”

“你这话是什么意思？”

国王用手刮着桌面说：“我真希望那次你扮成凯伊时没有击败加文，我尤其希望你从卡拉铎斯和特昆手里救下他们兄弟时，没有

① 阿提拉（Attila the Hun，406—453），古代欧亚大陆匈奴人最伟大的领袖和皇帝，史学家称为“上帝之鞭”（Attila the Scourge of God），曾多次率领大军入侵东罗马帝国及西罗马帝国，造成极大的打击。在西欧，他被视为残暴及抢夺的象征。

光荣获胜。”

“为什么？”

“这圆桌，”这年纪较长的男人一字一句地说，“在我们想到这个办法时，它是个很好的概念。我们必须为那些惯于争战的人找到一种方式，让他们能在不伤害人的情况下表现自我。我所能想出的方式，只能带起一阵风潮，就像小孩子那样。而为了让他们加入，我们得像学校里那些孩子一样弄出个帮派来，然后入帮的人得先发毒誓，只能为帮派的理念而战。你可以称之为‘教化’，我一开始发明这观念的时候，我的意思只是要人不欺凌弱小——不要侵犯少女、不要抢劫寡妇、不要杀害无力还击的对手。人应该要文明、有教养。但是，这个概念已经变成一种运动精神了。梅林总说运动精神是这世界的诅咒，事实的确如此。我的计划全乱了。现在这些骑士都过于热衷，把它变成一种竞赛。梅林说过，这是一种比赛狂潮。人人都喋喋不休地散播谣言，又是暗示，又是猜测，最近谁把谁打下马来，谁拯救的少女最多，谁是圆桌最好的骑士。我之所以做一张圆桌，就是为了防止这类事发生，却无法避免。而奥克尼就是其中最狂热的一族，我猜想，他们对母亲的不安全感让他们认为在排名中夺冠，确保一个安全地带，至关重要。他们必须赢，为了补偿她，就必须赢。这就是为什么我希望你没打败加文。他是个善良的家伙，但他会把这件事放在心里，日后与你为敌。更别说你在长矛比试的平均分数上已经伤了他的自尊。这些东西是他们成就的一部分；对我手下的骑士来说，这些成就的重要性已经胜过他们的灵魂。如果你不小心行事，奥克尼一族会要你血债血还，就像他们要可怜的派林诺付出代价一样。这是种可耻的心态。为了他们所谓的荣誉，他们会去做毫无价值可言的事。我真希望我从来没有发明荣誉、运动精神或文明教化这些事。”

“好一场演说啊！”蓝斯洛说，“别难过了。就算他们一族要我血债血还，也伤不了我。至于你的计划，别胡说，它完全没乱啊。圆桌是有史以来最好的想法了。”

仍把头埋在手中的亚瑟抬起眼来，发现他的朋友和他的妻子正互相凝视，眼中带着一股孩子般的失控与疯狂，于是他很快低下头去，专心看着自己的盘子。

第十章

戴普大叔说话时，手里转着一顶头盔。“你的披饰破了，也有磨损。我们得再去弄一个来。披饰被砍破是荣耀，不过有机会换掉它却放着不管，可就不是什么名誉了，反而像在夸耀。”

他们此刻正在一个北面有窗的小房间里说话，房内又冷又暗，青色光线看来就像是冻结在铁制品上的油脂。

“好。”

“欢悦剑的状况如何？还锋利吗？拿起来平衡感好不好？”

欢悦剑是由中世纪最出色的铁匠迦蓝所打造的。

“好。”

“好！好！”戴普大叔喊道，“除了‘好’以外，你能不能说点别的？蓝斯洛，我的灵魂已经要踏进棺材了，不过它还是要问你，你是不是哑啦？说到底，你到底是发生了什么事？”

蓝斯洛正在顺他头盔上的羽饰，这羽饰原本是戴普大叔手上那顶头盔的装饰，是一种识别标记，而且可以取下来。透过电影和漫画，你脑中那些穿铠甲的骑士可能通常会插着鸵鸟羽毛，像蒲苇茎干那样不断点头。这里的羽饰可不是那样。举例来说，凯伊的羽饰状如坚硬的扁平扇子，前后摊开，孔雀羽毛上的雀眼纹都经仔细排列，看来就像一把坚固的孔雀羽扇竖在他头上。这样的羽饰既不是一丛羽毛，也不会点头；比较像是鱼的脂鳍[①]，但比较俗丽。蓝斯洛不大喜欢俗丽的东西，所以他戴的是几根用银线绑起来的苍鹭颈羽，和他盾上的银白色很相衬。他原本抚摸着那些羽毛，现在却把它们猛力扔到角落去，站了起来，焦躁地在窄室里踱步。

“戴普大叔，”他说，“你还记得我要求过你，不要提起某件事吗？”

“我记得。”

“桂妮薇爱我吗？”

“这你该问她。”他叔叔以法式逻辑回答。

“我该怎么做？”他大叫起来，“我该怎么做？”

如果难以解释桂妮薇为何同时爱着两个男人，那么就更不可能解释蓝斯洛的情形。至少在这个年头不可能，因为我们不会受迷信和偏见所囿；对我们来说，只要顺着自己的心意就行了。那为什么蓝斯洛不像已脱离蒙昧的现代人那样，要不直接和桂妮薇发生关系，要不干脆和他心目中英雄的妻子私奔？

让他进退两难的原因之一是：他是个基督徒。身处现代世界，我们很容易遗忘在遥远的古代有一些人是基督徒；而在蓝斯洛的年代，除了约翰·史考特斯·艾利基纳[②]之外，就没其他新教徒了。

---

① 脂鳍（adipose fin），鱼体表面一种由皮肤和脂肪构成的鳍状突起，位于背鳍与尾鳍间，只见于一些比较古老的鱼类。

② 约翰·史考特斯·艾利基纳（John Scotus Erigena，810—877），爱尔兰神学家、哲学家和诗人。

蓝斯洛在教堂长大（无论是谁，都很难背弃自己的出身），而他信仰的宗教直接禁止他引诱挚友的妻子。而另一个阻碍他随心所欲的绊脚石就是骑士精神，或者也可以说是亚瑟所发明，而后深植于他那颗年轻心灵中的文明教化。一个信奉强权的恶领主，就算当着教堂审议会的面，或许也会带着桂妮薇远走高飞，因为夺人之妻本身就是一种“恃强凌弱”、强者为王的表现。但是蓝斯洛的整个童年岁月都在思考骑士言行与亚瑟王的理论，他认定这世上是有公理的，而他的信心一如亚瑟本人般坚定，亦如那些愚信的基督徒般坚定。最后一个原因是他天生的障碍。在他那个乖僻脑袋的神秘角落里，在那些他深刻体会的无解纠缠的悲伤中，有些我们无法解释的东西，让那男孩心中产生了障碍。他自己也无法解释，而对我们来说，那实在是太过遥远的事了。他爱亚瑟，也爱桂妮薇，但他恨他自己。全世界最好的骑士——这项显然只有他能如此自称的荣衔，招来众人嫉羡的目光，但蓝斯洛从不觉得自己是个好人。他的外在丑怪而高贵，长得活像钟楼怪人，内在则藏着他自幼深植的羞耻感和自我厌恶。现在要去深究是什么原因造成这样的结果，已经太迟，要一个年幼的孩子相信自己不讨人喜欢是非常容易的事。

“在我看来，”戴普大叔说，“这一切都取决于王后想怎么做。”

第十一章

这一回，蓝斯洛在宫廷里待了好几个星期。日子一天天过去，他越来越走不开。他发现自己困在社交活动里，而在那些基本的活动之外，他最关切的是他个人的困境（因为他和我们这个时代的人不同，他认为纯洁是很重要的事。他就像丁尼生爵士笔下的那个男人一样，相信只有心地纯净的人才能拥有“十人之力”），他的力量确实就如同十人之力，而中世纪发明这个词时的解释也是如此。而他从这想法推论出，如果他和王后在一起，就会失去他那十倍于常人的力量。基于这个理由（及其他理由），他带着绝望的勇气抗拒着她。桂妮薇也很难受。

某日，戴普大叔对他说：“你还是离开好了，你已经瘦了将近两石[①]。要是你走，有些事不管怎样都会有个了断。最好快点摆脱。”

蓝斯洛说：“我不能走。”

亚瑟说：“请留下来。”

桂妮薇说：“你走吧。”

---

① 石（stone），英制重量单位，一石等于十四磅或六点三五公斤。

第二次远行探险是他人生的转折点。当时在卡美洛有许多谣言，主角都是某个叫佩雷斯国王的人，他是个跛子，住在闹鬼的柯宾堡里头。大家认为他有点疯，因为他相信他和亚利马太的约瑟[①]有亲戚关系。在现代，他这种人会成为不列颠以色列人[②]，而且会花上一辈子测量大金字塔的甬道来预言世界末日。不过，佩雷斯国王倒也没疯得太厉害，而他的城堡也确实闹鬼，里头有个闹鬼的房间，房里有数不清的门；到了晚上，会有东西从门外跑进来和你对战。亚瑟认为这或许值得派蓝斯洛过去研究一下。

在前往柯宾的路上，蓝斯洛经历了一次奇怪的冒险；在那之后许多年，蓝斯洛一想起这趟冒险就懊丧不已。他每每回头将它视为失去童贞的最后一场冒险，并且在之后二十年内日复一日地相信，在那件事发生之前，他一直是上帝的臣民，但在那之后，他就成了一个谎言。

柯宾堡底下有个村子，看起来很繁荣，有鹅卵石街道、石造房子和年代久远的桥梁。城堡就坐落在村中一侧的山坡上，另一侧山坡上则有一座塔。村民都集结在街上，仿佛正等着他到来；而空气中有种梦幻般的氛围，仿佛阳光带来一阵金雨。蓝斯洛觉得很奇怪，他血液里仿佛充满过多的氧气，而他能感受到每一面墙上的每一块石头、这村子里所有的色彩，还有胯下坐骑的愉快步伐。这座

---

① 亚利马太的约瑟（Joseph of Arimathea），耶稣的门徒。亚利马太的约瑟十分富有，也很有地位，耶稣被钉上十字架之后，是他领出尸体葬入墓中。传说中，圣杯就是由他带到英格兰的。

② 不列颠以色列人（British Israelite），据传有些古不列颠人是失落的以色列支派（Lost Tribes of Israel，指在亚述毁灭以色列以后，四散逃离的以色列人）的子孙。

村子被施了魔法，里头的村民都知道他的名字。

“欢迎光临，湖上骑士蓝斯洛爵士，骑士中的精英!”他们喊，“您一定能解救我们脱离这个危难。”

他勒住马和他们谈话。

“为什么你们要大声叫我呢?”他一边问，一边想着其他事情，“你们怎么会知道我的名字?发生了什么事?”

他们毫不费力且庄重地以和声的方式回答。

“噢，这位好骑士，”他们说，“您看到那座山丘上的塔了吗?那里头有位痛苦的小姐，她被人用魔法放在沸腾的水里煮，已经过了好几个冬天。只有全世界最杰出的骑士才救得了她。加文爵士上星期来过，但他无能为力。”

“如果加文爵士办不到，”他说，“我当然也没办法。”

他不喜欢这种竞赛。身为全世界最优秀的骑士，你得面临一种危险，那就是会不断受到挑战，直到你无法维持这个头衔为止。

“我想我该走了。”他说，然后抖了一下马缰。

“不，不，”那些人严肃地说，“我们知道您是蓝斯洛爵士。您能从滚水里救出我们小姐的。”

“我得走了。”

“她正在受苦。”

蓝斯洛靠在马肩上，右腿跨过马尾，然后双脚落地站定。“告诉我该做些什么吧。”他说。

那些人围着他排成一队，由村长拉着他的手，所有人一起走上山丘，其间除了村长向他解释状况之外，大家都很安静。

“我们领地的小姐以前是这个国家最美丽的女孩，”村长说，

“所以摩根勒菲女王和北加里斯女王对她起了嫉妒之心，将她禁锢在魔法中作为报复。那样伤害她实在太可怕了，如今她已经在滚水里待了五年。只有全世界最杰出的骑士才能救她出来。”

他们来到塔前闸门时，另一件怪事发生了。那门以古老的方式闩着，石造大门有深狭缝隙，让沉重的横闩来回移动，而闩的重量足以抵御攻城锤的攻击。但现在这些横闩自动移入墙内，铁锁也自己转动，发出嘎吱声。门安静地开了。

“进去吧。”村长说。众人在塔外站定，等着看会发生什么事。

塔内的一楼有座火炉，用来维持魔法之水的热度，蓝斯洛进不去。二楼有个充满蒸气的房间，遮蔽了他的视线。他像盲人一样将双手在面前交握，走进房里，直到听见短促尖锐的叫声才停下来。许久未开启的门重启后，带入的气流驱开部分蒸气，发出叫声的女孩就在那里。这位迷人的小姑娘害羞地坐在一个澡盆里看着他。就如同马洛礼所描述的那样，她全身像根针一样光溜溜的。

“呃。”他说。

那女孩脸红了，至少是以待在滚水里的状态下所能表现出来的脸红。她低声说：“请把您的手给我。”她知道要如何解除这个魔法。

蓝斯洛伸出手让女孩握住。她站起来走出浴盆，外面的人全都欢呼起来，仿佛他们确知里头发生了什么事。他们带了一件连衣裙和合适的内衣进来，那红彤彤的女孩着装时，村里的妇女在门口围成一圈。

“哦，穿上衣服的感觉真好。”她说。

“我的小亲亲！”一个又胖又老的女人喊着，流下欢喜的泪水。

她显然是那女孩幼时的奶妈。

“蓝斯洛爵士办到了，”村民大声叫道，“为蓝斯洛爵士三呼万岁！”

欢呼声结束之后，先前在滚水中的女孩走向他，把手放在他手中。

“谢谢您，”她说，“我们应该到教堂去感谢上帝和您。”

“应该的。”

于是他们来到村里一间整洁的小礼拜堂，感谢神的恩典。他们跪在两道墙之间，墙上的壁画画着一些看起来十分重要的圣人，头上顶着蓝色的光环，踮着脚尖站着，以避免因透视画法而被画矮了。彩色玻璃窗上鲜丽的图画投射在他们头上，有钴蓝、锰紫、铜黄、红色、铜绿色。整个室内充满各种色彩。仪式进行了一半，他才明了，上帝允准他行使了奇迹，而这正是他一直想做的事。

佩雷斯国王从村子另一头的城堡一拐一拐地走来，查看到底发生什么事。他看着蓝斯洛的盾牌，心不在焉地亲吻先前还泡在滚水中的女孩，他像只顺从的鹳鸟般倾过身去，让她在他脸上轻吻一下。然后他说：“天啊，你是蓝斯洛爵士！我看到你把我女儿从水壶魔咒中救出来了。你真是个好人！这事很久以前就有预言了。我是佩雷斯国王，亚利马太的约瑟是我的近亲。不过你呢，当然了，是我们主耶稣基督的八等亲。”

“天哪！”

“真的，真的，”佩雷斯国王说，“这全都以算术的方式写在史前石柱上了，而且我在卡波涅克的城堡里有几个圣盘之类的东西，还有一只嘴上带了个黄金香炉的鸽子，它能往四面八方飞。不过我还是要说，你实在是大好人，把我女儿从那个水壶里救出来了。”

“父亲，”那女孩说，“应该有人为我们介绍一下。”

佩雷斯国王像是想赶走虫子似的挥了挥手。

“伊莲，”他说。又是一个同名的人。“这是我女儿伊莲。幸会幸会。这位是湖上骑士蓝斯洛爵士。幸会幸会。这些全都写在石头上了。”

或许是因为第一次见面时她没穿衣服，蓝斯洛有点偏心地认为，除了桂妮薇以外，伊莲是他所见过最美丽的女孩。他也觉得害羞了起来。

“你一定要来跟我们待一阵子，”国王说，“这也写在石头上了。哪天把圣盘和别的东西拿给你看。教你做算术。天气真好。女儿不用每天泡在滚水里。我想晚餐应该准备好了。”

第十二章

蓝斯洛在柯宾堡留了几天，那些闹鬼的房间一如预期，此外也没别的事好做。由于桂妮薇，由于这份无望的爱带来剧烈苦痛，他胸口澎湃难安而致筋疲力竭，没有多余力气到别处去。打从爱上她之初，他就一直烦躁不安，所以他觉得，只要他继续到处走、做别的事情，或许还有逃离的希望。现在，让自己忙碌的力量已经消失，他觉得，如果只是等着看自己会不会心碎，那么人在哪里都一样。此外，他也把另一件事看得太简单了：如果你只有十八岁，而全世界最杰出的骑士在你一丝不挂时将你从冒着滚水的水壶里救出来，你爱上他的可能性非常高。

有一晚，佩雷斯滔滔不绝地说着宗教族谱，十分令人厌烦，而那男孩心上的折磨让他在晚餐桌上无法好好吃饭，甚至连坐也坐不住，此时总管抓住了机会。他已经服侍佩雷斯家族四十年了，他妻子便是那位含泪欢迎伊莲的奶妈，他本人也支持恋爱。此外，他也十分了解蓝斯洛这样的年轻人——如果以现今的英格兰来比拟，可能还是个大学生或喷气机驾驶员。如果总管生在现代，他会是个出色的学院总监。

“先生，再来点葡萄酒吗？”总管问。

“不了，谢谢。”

总管有礼地鞠躬，然后又倒了一盅酒，而蓝斯洛看也不看就喝光了。

“先生，这酒不错。”总管说，“王上在酒窖上花了很大的心血。”

这时佩雷斯国王已经到图书馆忙预言的事了，把烦闷的客人留在大厅。

“是的。”

贮酒室外头传来一阵窸窣声，总管走过去查看，而此时蓝斯洛正在喝另一杯酒。

“先生，这可是瓶好酒。”总管说，“王上为这些酒建造了很好的储藏室，内人刚刚从酒窖拿了一瓶新的酒上来。看看这些酒垢，先生，我可以向您保证，您一定会喜欢这瓶酒的。”

“对我来说，所有的酒都一样。”

“您真是个谦虚的年轻人，”那总管一边说，一边换了一个更大的酒杯。“请容我这么说，先生，您尽管说您那个小玩笑吧，不过鉴赏好酒的行家，可是很容易就被认出来的。”

蓝斯洛想要与自己的悲哀独处，可是这总管正在烦他，而他也发现自己受到打扰。因此他自忖，自己心不在焉的时候是不是对这位总管做了什么无礼的事。或许这总管是真的对酒很狂热而无法自抑。他很有礼貌地把酒喝掉了。

“很好，”他带着鼓励的口吻说，“绝品佳酿。”

“先生，真高兴听到您的赞赏。”

“你曾经……”蓝斯洛问了一个天底下所有年轻人都不断询问的问题，并未注意到这是受酒精影响。“你曾经谈过恋爱吗？”

总管谨慎地笑着，又斟上一满杯。

还不到午夜，蓝斯洛和总管已经在桌上相对而坐，两人的脸都红彤彤的，中间放着一瓶香料酒——这是由红酒、蜂蜜、香料和总管妻子加进去的其他材料混合而成的。

“所以我告诉你，”蓝斯洛像只人猿般瞪着眼睛，“我不会跟别人说，不过你真是个好家伙，善解人意的家伙。和你谈话很愉快，可以畅所欲言。再来一杯。”

“祝健康。”总管说。

“我该怎么做？”他大叫，“我该怎么做？”

他把他那颗可怕的头放在桌上的双臂当中，开始哭泣。

“勇敢一点！”总管说，“不做毋宁死！”

他用一只手拍着桌子，眼睛看着贮酒室的门，另一只手又帮蓝斯洛斟满一杯酒。

“喝吧，”他说，“开怀地喝吧。请容我直言，先生，要做个男子汉啊。马上就会有好消息的，一定会的，之后，您就会像那些吟游诗人说的，想紧紧抓住无情的短暂时光。”

“好家伙，”蓝斯洛说，“如果我有机会，没这么做可真该死。”

“小男孩和他主人一样优秀呢。”

“那当然，”那年轻人说，然后眨了眨眼，不过他担心自己看起来必定像只野兽。“事实上，还要更棒呢，是吧，总管？”

他开始像个傻子一样地笑着。

“噢，”总管说，“我妻子布莱珊来了，就在贮酒室门口，她手里拿着一封信呢。我敢说那一定是要给您的。上面说什么？”总管问，他看着坐在那里瞪着信纸的男孩。

“没什么。”他说，然后把纸丢到桌上，摇摇晃晃走到门边。

总管把信拿起来读。

“上面说桂妮薇王后就在五英里以外的凯斯堡，她要您过去。还说国王没和她在一起。纸上还有几个唇印。”

“是吗？”

“您不敢去。”总管说。

“我不敢？”蓝斯洛咆哮起来，然后跌跌撞撞走入黑暗当中，十足夸张地笑着，一边叫唤他的马。

次日一早，他在一间陌生的房间里惊醒过来。房间很暗，窗上悬着绣毯；他的头并不疼，因为他体格很好。他跳下床走向窗户，拉开窗帘。那一瞬间，昨晚发生的一切，他全都明白了——那个总管、那些酒、可能掺和在酒里的爱情魔药、桂妮薇的信，以及刚才躺在他床边的躯体：黑暗、结实、带有已然冷却的热情。他拉下窗帘，额头靠在窗框冰冷的石头上，感到十分沮丧。

“珍妮。”他说。虽然只过了几分钟，对他却像好几个小时。

床上没有回答。

他转过身，发现眼前是那个之前身陷滚水的女孩——伊莲。她躺在床上，赤裸的细瘦手臂夹住身侧的床单，紫罗兰色的眼睛定定看着他的眼。

对于自身的感情，蓝斯洛一直都是个殉道者，我们也用不着去掩饰这个事实。就在他回头看到伊莲的时候，他那张丑陋的脸上出现了无尽的愤怒与悲伤，那感情是如此简单、诚实，因此在窗外光线的照射之下，他的裸体看起来尊贵不可侵犯。他开始颤抖。

伊莲动也不动，只用灵活的眼睛看着他，就像是只老鼠。

蓝斯洛走到放着他的剑的箱子旁。

“我应该杀了你。”

她只是望着他。十八岁的她在那张大床上看来渺小得可怜，而且她吓坏了。

“你为什么这么做？”他大喊，“你做了什么？你为何要背叛我？”

“我必须这么做。”

“但这是背叛！”

他无法相信她的背叛。

“这是背叛！你背叛了我！”

“为什么？”

“你让我……你拿走了……偷走了……”

他把剑掷到角落，坐在那口箱子上。他开始哭泣，脸上所有的线条奇异地扭绞在一起。伊莲从他身上偷走的东西是他的力量，她偷走了他的十人之力。直到今天，孩子们仍然相信这种事：只要他们今天表现良好，明天就能在板球赛投出好球。

蓝斯洛停止哭泣，他盯着地板，开始说话。

“还小的时候，”他说，“我向上帝祈祷，求它让我行奇迹。只有处子能够行奇迹。我想成为全世界最优秀的骑士。我既丑陋又寂寞。你的村人说我是全世界最杰出的骑士，而我也确实把你从滚水里救出来，行了奇迹。我不知道那第一次居然也是最后一次。”

伊莲说：“噢，蓝斯洛，你以后还能行更多奇迹。”

“不可能。你已经把我的奇迹偷走了。我再也不是全世界最优秀的骑士了。伊莲，你为什么要这么做？”

她开始哭泣。

他起身拿毛巾裹住自己，走到床边。

“别在意了，”他说，“喝醉酒是我的错。我觉得很难过，所以我喝醉了。我想或许是总管故意让我喝醉的。如果他确实是故意的，那真是非常不公平。别哭了，伊莲，这不是你的错。”

“是我的错，是我的错。”

“或许是你父亲要你这么做，好在族谱里弄进一个我主耶稣基督的八等亲。不然就是总管的妻子——女巫布莱珊唆使的。别为了这件事感到抱歉，现在没事了。来，让我吻你一下。”

“蓝斯洛！”她哭喊，“这一切都是因为我爱你。我不是也有对你付出吗？我是个处女，蓝斯洛。我没有抢走你的东西。噢，蓝斯洛，这都是我的错。我该死！你为什么不用你的剑杀了我？但这一切都是因为我爱你，我无法克制自己。”

“好了，好了。”

“蓝斯洛，如果我有了孩子呢？”

他停止安慰她，再次走到窗边，仿佛要疯了。

“我想要有你的孩子，”伊莲说，“我要叫他加拉罕，就跟你的首名一样。”

她赤裸的细瘦手臂仍夹着身侧的床单。蓝斯洛转过身，愤怒地看着她。

“伊莲，”他说，“如果你有了孩子，那是你的孩子。用同情来绑住我并不公平。我要走了，希望永远都不要再见到你。”

第十三章

桂妮薇此时正在一间阴暗的房间里做斜针绣之类的女红，她讨厌做这种事。这是为亚瑟做的盾牌护套，上面有只后腿直立的红龙。伊莲只有十八岁，要解释一个孩子的感觉相当简单，但桂妮薇已经二十二岁了，她已经发展出某种个人特质，当王后还是个孩子时，曾单纯地接受众俘虏之礼，而这种特质改变了曾经单纯的感受。

有一种称为“人生知识”的东西，要等到步入中年之后，你才会拥有。你无法将它传授给年轻人，因为它没有逻辑，也不遵守那些永恒不变的法则。它没有规则可言。只有将女人带往她生命中期的漫长岁月，才能发展出这样的调和感。如果你要教宝宝走路，用逻辑向她解释走路是怎么一回事是没有用的，她必须亲身体验，才能学习那个叫做走路的奇怪姿势。同样，你也不能用教导的方式告诉一名年轻女性何谓人生知识。她必须经历岁月的体验。之后，当她开始厌弃她那老旧的躯体时，她会赫然发现自己懂了。日子可以继续过下去，而她所凭藉的不是原则、不是推理、不是是非，仅是一种奇特且不断改变的调和感，这种调和感往往与原则、推理或是非相违。她不再希冀以寻求真理的方式生存（如果女人真的有过这种希望），从今而后，她会遵循第七感的指引。她在初次学习走路时学会了第六感，也就是调和感，而现在她有了第七感：人生知识。

男人和女人都利用第七感，试图驾驭充斥着战争、不贞、妥协、恐惧、愚弄和伪善的人生及其中的起伏。第七感的发掘过程很缓慢；发掘出第七感也不代表胜利。或许婴儿会骄傲地哭出来：我拥有调和感了！但第七感没有可供辨识的哭声，我们只能带着那著名的人生知识，以一种僵化的习惯来驾驭这诡谲的起伏。因为我们已经走到一个僵持的阶段，想不到别的事好做了。

而在这阶段，我们开始遗忘那段我们尚未拥有第七感的时光。就在我们迟滞地走向调和的当口，我们开始遗忘，我们的躯体一度也拥有闪耀着生命热情的时光。记得这样的感觉并无法获得抚慰，因此它在我们的意识中死去了。

然而，曾几何时，我们每个人都赤裸裸地站在这世界面前，眼前的人生是一连串问题，受到我们密切而热情的关注。曾几何时，寻求上帝是否确实存在是非常重要的问题。对那些要面对现世的人来说，来生存在与否至关重大，因为那会决定她此生的生活方式。曾几何时，对我们火热的躯体来说，自由恋爱与天主教道德观对立的问题，就像有把枪让我们的脑袋开花一样重要。

而在更早之前，曾几何时，我们以我们的灵魂测度世界是什么，爱是什么，而我们自己又是什么。

在我们得到第七感时，这些问题和感觉都会逐渐消失不见。步入中年的人，能够毫无困难地在信仰上帝与触犯戒律之间取得平衡。事实上，第七感会慢慢杀死其余感觉，因此最后戒律根本不算什么问题，我们再也看不见、感觉不到、听不见它们了。曾经喜爱的躯体、寻求的真理、质疑的上帝，我们从此耳聋目盲，无所知觉。我们现在正在最后一感的保护之下，以安全而无意识的调和走向无可避免的死亡。《感谢上帝赐我年老》这首诗如是吟唱：

> 感谢上帝赐我年老，
> 赐我年岁、疾病与死亡。
> 年衰体病，尤以踏进棺材之时，
> 便得从心所欲。

桂妮薇坐在那里做斜针绣，脑中想着蓝斯洛的时候，才二十二岁，还没走到人生的中点，也没生病，所以她只有六感。我们很难想像她的想法。

首先，是心智与身体的混乱——那是会为了日落与月光的魅惑而哭泣的时期；那是对上帝、对真理、对爱情和永恒的信仰与希望所产生的信念与困惑；那是会为了形体之美而心醉的天性；那是会疼痛与鼓胀的心；那是至极的快乐与逾恒的哀伤，而两者之间仿佛横亘着一片汪洋。接着是无礼地暴露出肆无忌惮的自私任性，以平衡上述这些迷人的特质——心神不宁、无法安定，总忍不住要去打扰中年人——在抽象话题（例如“美”）上冒失地争论，仿佛真有兴趣与中年人谈论这些；至于何时该出于对中年人的尊敬而压抑真理，则一点经验都没有；所拥有的，是一种笼统的兴奋与厌恶，以及与第七感格格不入的感觉。而这些，都是二十二岁的桂妮薇所拥有的部分特质，因为人人皆有。但是在这之上，她的个人特质里还有个宽广又不确定的部分；她以此不同于天真的伊莲——她可能不那么悲情，也比较真实；就是这样的力量，让她成为蓝斯洛所爱的珍妮。

“噢，蓝斯洛，”她一面缝着盾冠，一面吟唱：“噢，蓝斯，快点回来吧。带着你那扭曲的微笑，或是你独特的走路方式回来吧，你的步伐会告诉我你是生气，还是感到迷惑。回来告诉我，爱情是或不是一种罪恶都无妨。回来告诉我，只要我是珍妮、你是蓝斯就够了，别人会怎么样都没关系。”

令人吃惊的是，他回来了。从伊莲那里直奔回来，在她的掠夺后直奔回来，蓝斯洛就像枝飞向爱情之心的箭矢般归来。他已在谎言中与桂妮薇共寝，他的十人之力已经被骗走了。现在的他在上帝的眼中是个谎言，所以他觉得自己也确实成了一个谎言。他再也不是全世界最优秀的骑士，他再也无法行使奇迹对抗魔法，他也无法获得丑陋与空虚灵魂的报偿，这个年轻人飞奔向他的爱人求取安慰。他马下的铁蹄在鹅卵石上发出哒哒声响，那声音让王后放下手上的女红，起身探看是否亚瑟打猎归来。他腿上的锁子甲环踏在阶梯上，发出铿锵声，像是马刺敲在石头上。然后，她还没确定到底发生了什么事，便又哭又笑地背叛了她丈夫，她一直都知道自己将会这么做。

第十四章

亚瑟说:“蓝斯，这里有一封你父亲写来的信，说他遭克劳达斯王攻击。我答应过他，必要时会协助他对抗克劳达斯，以回报他在毕德格连会战中助我一臂之力。我得去一趟。”

“我明白了。”

“你有什么打算?”

“你这话是什么意思?我有什么打算?”

“这个嘛，你是要和我去?还是要留在这里?”

蓝斯洛清了清喉咙，然后说:“你觉得怎么做最好，我就怎么做。”

“这对你来说可能很困难,”亚瑟说,“我不想这样要求你，不过如果我请你留在这里，你会介意吗?”

蓝斯洛想不出任何安全的字眼，于是国王将他的沉默误解为失望。

“你当然有权去见你父母,”他说,“如果你很想回去，我不会要你留下的。或许我们可以改天再做安排。”

“你为什么要把我留在英格兰?”

“得有个人留下来盯着那些氏族。如果我知道有个足以应付状况的人留在这里，我在法兰西会觉得安心些。康瓦耳的崔斯坦和马克王之间的问题很快就会浮上台面，还有奥克尼的宿怨。你知道困难点在哪里。而且，有个人可以照顾桂妮，我也比较放心。”

“或许，”蓝斯洛痛苦地选择着用词，“你信任别人比较好。”

“别傻了。连你都信不过，你要我相信谁呢？你只要在狗舍外面露个脸，那些小贼马上闻风而逃。”

“这可不是张好看的脸。”

“你这杀人不眨眼的家伙！”国王高声地开了个玩笑，重重地往这位朋友背上一拍，随即离开去安排远征的事了。

他们有了一整年的欢乐时光，这个奇异的天堂为期十二个月，躲藏在琴酒般清澈的水底下或沙砾河床上，只有鲑鱼才知道这个天堂存在。他们戴罪长达二十四年之久，但只有第一年看似快乐。当他们年华老去，回忆及此时，这一年当中何时下雨结霜他们都不记得了。对他们来说，四季都染上了玫瑰花瓣边缘的美丽色彩。

“我不懂，”蓝斯洛说，“你为什么会爱上我呢？你确定你爱我吗？是不是有什么地方弄错了？”

“我的蓝斯。”

“可是我的脸，”他说，“我看起来那么可怕。现在我相信，无论如何，神都爱世人，只因为他的本性。”

有些时候，他的恐惧会笼罩着他们。桂妮薇并不因自己所作所为而感到懊悔，但她从她的爱人身上察觉到了。

“我不敢想。别想。珍妮，吻我。”

“为什么要想呢？”

“我无法不想。”

“亲爱的蓝斯！”

在其他时候，他们会为了芝麻小事争吵，然而即便是争吵，也是情人之间的拌嘴，事后想起来也觉得甜蜜。

“你的脚趾头看起来像是要到市场去的小猪。”

“我希望你不要说这种话。太不尊重了。”

“尊重！”

“对，尊重。为什么你不该放尊重点呢？我毕竟是王后啊。”

“你叫我应该要尊重地对待你，这是当真的吗？那我想我应该要一直保持单膝下跪的姿势吻你的手喽？”

“有何不可？”

“我希望你不要这么自私。如果说有什么事是我无法忍受的，那就是有人拿我当她的财产看待。”

“自私！哈！”

之后王后会开始跺脚或一整天都心情不好。不过，在他适度表示悔意后，她就原谅了他。

到后来，他们会告诉对方自己的私密感受，而当他们互相倾诉时，总是带着某种纯真的惊奇。有一天，蓝斯洛对王后说出他的秘密。

“珍妮，我还小的时候，我讨厌我自己。我不知道为什么。我觉得很丢脸。那时我是个非常圣洁的男孩。”

“你现在没那么圣洁了。”她说着笑了起来。她并不了解他正在对她说的话。

“有一天，我哥哥要我借他一枝箭。我有两三枝特别直的箭，我很珍惜它们，而他的箭则有些弯曲。我假装弄丢了那些直箭，没办法借给他。”

“你这个小骗子！”

“我知道。后来，因为我对他撒了谎，非常自责，也认为我对上帝不真诚。所以我到护城河边的一丛刺人荨麻旁，把平时用来射箭的手伸进去作为处罚。我卷起袖子就把手放进去。”

“可怜的蓝斯，你那时真是个纯真的孩子。”

“但是珍妮，我没被荨麻刺到。我很确定，我的确记得我没被刺到。”

“你是说这是个奇迹吗？”

“我不知道。这很难确定。那时我是个爱做梦的孩子，总是活在想像的世界里。在那个世界里，我是亚瑟最优秀的骑士。荨麻的事可能是我想像出来的，但是我记得我没有被刺到的时候，我吓了一跳。”

“我确信那是个奇迹。”王后坚定地说。

“珍妮，我这辈子一直都想要行奇迹。我想要做个圣洁的人。我想那是一种野心，或是一种骄傲，或许是某种不值得去做的事。对我来说，征服这个世界是不够的，我还想要征服天堂。我很贪心，只做最强的骑士并不够，还要成为最优秀的骑士。做白日梦最糟的部分就在这里。这就是为什么我想要远离你。我知道，如果我不纯洁，就不可能行奇迹了。而我确实行了一个奇迹，那是个很棒的奇迹。我从滚水中救出了一位被魔法禁锢的女孩，她叫伊莲。之后我就失去了我的力量。现在我们在一起了，我再也无法行奇迹了。”

关于伊莲的事，他并不想告诉她所有真相，因为他认为，如果她知道她并非他的初次对象，可能会伤害到她。

“为何不能?”

“因为我们是有罪的。”

“我个人从来没行过奇迹,”王后的语调有些冷酷,“所以我可不像你那么后悔。”

“但是珍妮,我一点都不后悔。你就是我的奇迹,为了你,我可以再把它们都扔下海。我只是想告诉你我小时候的感觉。”

“这个嘛,我不敢说我能体会。”

“你无法了解想要在某些事情上有所成就的念头吗?不,我看得出来,你不需要。只有那些有所缺憾、低劣、次等的人才需要有某种成就。你一直都是完美无瑕,所以你不需要去想像。但是我总不停想像着。我知道我再也不是最优秀的骑士后,有时会觉得很害怕,即使现在和你在一起,我也会这么想。”

“那我们最好到此为止,这样一来,你就可以去好好告解一番,然后行更多奇迹。”

“你知道我们是不可能结束的。”

“在我看来,这整件事都是想像出来的,”王后说,“我无法了解。这似乎很不实际而且自私。”

“我知道我很自私。我没办法控制自己。我试着不自私,但那是天性,我没办法。噢,你不能了解我对你说的事吗?我小时候很寂寞,而我努力锻炼自己。以前我告诉自己,我将成为横越花剌子模沙漠[①]的伟大探险家;或者成为像亚历山大或圣路易王那样伟大

① 花剌子模沙漠(Chorasmian Waste),位于今中亚西部。波斯、印度、阿拉伯、突厥、蒙古等古帝国都曾统治过这块土地。

的国王；或者是伟大的疗愈者，我会找到一种能治愈伤口的香膏，然后免费发送众人；我也可能成为圣人，只要碰触伤口就能治好它；或者我会去追寻某种重要的东西，比如真十字架①或圣杯那样的圣物，或是其他类似的东西。这些都是我的梦，珍妮。我只是告诉你，我以前都在做些什么梦。那是我所谓的奇迹，我现在已经失去的奇迹。我把我的希望给了你，珍妮，作为我爱的礼物。”

① 真十字架（The Cross），据说是当年钉死耶稣基督的十字架。由罗马大国君士坦丁大帝的母亲，圣海伦娜（St. Helena）寻获。

第十五章

他们那美好的一年，在亚瑟返家时宣告终结，而且几乎立刻毁于一旦，但并非国王的缘故。他回来那天晚上，当他详述那些自记忆中涌现的细节、告诉他们他是如何打败克劳达斯时，门房那儿起了一阵骚动；晚餐时，波尔斯爵士被引入大厅。他是蓝斯洛的表亲，之前在柯宾堡度假，调查闹鬼的事。他给蓝斯洛捎来一份讯息，是晚餐后附在他耳边说的。不巧的是，他讨厌女人，而他也像大多数厌恶女性的人一样，有一种女性的缺点——轻率；他也把这消息告诉了他的好友，于是很快整个宫廷都知道了：柯宾的伊莲生下一个漂亮的儿子，她为他受洗命名为加拉罕——如果你还记得，那就是蓝斯洛的首名。

“所以，”桂妮薇后来与她的爱人独处时说，“这才是你失去奇迹的原因。你说把希望给了我，全是谎话。”

“这话是什么意思？”

桂妮薇开始用鼻子呼吸，她觉得眼球后面有两根充血的拇指，正试着把她的眼球给推出来，而她不想看他。她试着不去想像，心中也感到害怕。她可能会说出一些丢人又充满恨意的话，但她没办法控制自己的舌头。她就像在大海中游泳的人般挣扎着。“你知道我是什么意思。”她望向别处，苦涩地说。

“珍妮，我是想告诉你，但这解释起来太困难了。”

“我能了解它的困难度。”

“事情不是你想的那样。”

“我想的那样！”她大叫，“你怎么知道我怎么想？我想的和大家想的都一样，那就是你是个诱拐女孩的卑鄙家伙！你和你的那些奇迹不过是谎言罢了！而我居然笨到去相信你。”

她每丢出一项指控，蓝斯洛就转一次头，仿佛试图不让那些话戳中他似的。他看着地上，藏起他的眼睛。他的眼睛很大，通常让他看来有种恐惧或惊讶的表情。

“伊莲对我来说毫无意义。”他说。

“但她应该有一点意义啊。她是你孩子的母亲，你怎能说她对你毫无意义？你还试图隐瞒她的事！不，别碰我，走开。”

“我不能在事情变成这样的时候离开。”

“如果你碰我，我就去找国王。”

“桂妮薇，我在柯宾时被人灌醉了，他们告诉我你在凯斯等我，然后摸黑把我带到伊莲的房间去。我隔天早上就离开，回到这里。”

“差劲的谎话。”

“这是真的。”

“连小孩都不会相信。”

“如果你不愿相信，我也无法逼你。我发现真相时，想拔出剑来杀了伊莲。”

“我会让她死的。”

“那不是她的错。”

王后拉扯她的衣领，仿佛衣领太紧。“你在替她说话，”她说，“你爱上她了，而且还欺骗我。我一直都这么觉得。”

“我发誓我说的是实话。”

她突然停止控诉，哭了起来。“为什么不早点告诉我？”她问，“为什么不告诉我你有个孩子？为什么一直骗我？我想她才是你的奇迹，你引以为傲的奇迹。”

同样承受着狂乱情绪的蓝斯洛也哭了，他伸出手臂环抱着她。

“我不知道我有了孩子，”他说，“我不想要孩子。那不是我所追寻的东西。”

“如果你早点告诉我实话，我会相信你的。”

“我是想告诉你，但我做不到。我怕你会受到伤害。”

“现在这样我伤得更重。”

“我知道。”

王后擦干了眼泪，看着他，她的微笑像是一场春雨。没多久，他们就吻在一起，感觉就像让雨水洗净的绿色大地。他们觉得彼此更加了解，但也种下了猜疑的种子。他们的爱更加强大，但憎恨、恐惧与猜忌的种子同时也开始生长，因为爱与恨是可以并存的，它们会互相折磨，而这为他们的爱情带来了最猛烈的风暴。

第十六章

此时在柯宾堡，稚气的伊莲正准备启程。她要从桂妮薇手中把蓝斯洛抢过来，除了她自己，所有人都对这场远征感到同情。她手无寸铁，也不知该如何作战，她这么做也毫无尊严可言。蓝斯洛并不爱她，她仍无药可救地爱着他。她能够用来和王后的成熟相抗衡的，只有她自身的不成熟和卑微的爱情，还有那个带去见父亲的白胖婴儿——然而这孩子对他父亲来说，仅象征一桩残酷的诡计。这场远征就像是赤手空拳的军队，要攻下牢不可破的要塞，同时还将一只手绑在身后。伊莲个性朴实，这只能归因于她这辈子大多数时间，都在那座魔法大釜中遗世独居，而这样的她，决定要在桂妮薇的地盘与对方交锋。她订制最华丽精巧的衣袍，要去卡美洛向英格兰王后挑战；不过，穿上这些衣服，只会让她看起来既呆蠢又土气。

如果伊莲不是伊莲，她可能会把加拉罕当武器。同情和归属可以打动蓝斯洛这种人，也许能够成功地约束他。但伊莲并不聪明，也不懂要如何约束她的英雄。她带着加拉罕是因为她爱这孩子，她把他带在身边不过是因为她不想和她的宝宝分开，同时也想在他父亲面前炫耀他，还有部分原因是她想比较他们的相貌。她最后一次看到她那幼小心灵所系的男人，已经是一年前的事了。

而在伊莲计划要俘虏蓝斯洛的同时，蓝斯洛正在宫廷和王后在一起，不过现在，他的心再也无法保持国王离家在外时，他为自己编织出来的短暂平和了。国王不在的时候，他还能让自己沉浸在过去的时光中，但国王现在无时无刻都在他肘腋之侧，仿佛批判着他的背叛。他对桂妮薇的热情并没有埋葬他对亚瑟的爱，他仍感觉得到那份情感。对蓝斯洛这样的中世纪人物来说，这是很痛苦的，因为他们有个致命的弱点，就是看到高位者便会兴起敬爱之心。而蓝斯洛无法忍受的是，这让他觉得他对桂妮薇的感情是低贱的，但这却是他一生中最深刻的感情——然而现在所有的密会都让它看起来很低贱。这名丈夫的出现，迫使这对情人匆匆相会、关门落锁，想出卑劣的计谋和罪恶的花招，这一切都玷辱了那些若非如此美妙，则根本不该碰的事物。而在这个污点中，折磨他最甚的莫过于他知道亚瑟是个仁慈、单纯又正直的人，莫过于知道他总是游走在重伤亚瑟的边缘，而他是爱他的。桂妮薇也有自己的痛苦。他们初次怀疑争吵的时候，两人都在对方眼中种下了（或说见到了）痛苦的种子。对他来说，去爱一个嫉妒而多疑的女人是件痛苦的事。她没有立即相信他对伊莲这件事的解释，是个致命打击，但他无法不爱她。最后，他的性格当中出现一些反抗因子，也就是他对纯洁、荣誉与性灵上的优越所怀抱的奇特欲望。这些事，再加上他下意识对伊莲要带着他的儿子到来心怀恐惧；凡此种种，不但粉碎了他的快乐，也不容许他逃避。他很少坐下，总是不安地四下徘徊；把东西拿起来，却连看也不看就又放下；走到窗边往外看，却什么也看不见。

而桂妮薇确实察觉自己对伊莲的到来有所恐惧，她在伊莲要来的那一刻便知道了。然而，对她和所有女性来说，这种恐惧比男性更甚。男人常常指控女人，说他们本来并没有任何不忠的念头，都是被女人无意识的嫉妒给逼出来的。但是不忠的念头可能原本就存在，只有女人才能够意识、察觉。举例来说，伟大的安娜·卡列尼娜就是用狂热的无理嫉妒把渥伦斯基逼到某种地步[①]——虽然那是唯一能实际解决他俩问题的方法，也是无可避免的解决之道。她能够看到的未来比他要多很多，因此她以一股激情朝着未来前进，毁了现在，因为她知道，未来必然走向毁灭。

这就是桂妮薇的状况。也许伊莲这个急迫的问题并没有让她过度紧张，也许她并没有真的怀疑过蓝斯洛，然而，她的先见之明已然察觉她的爱人见不到的厄运与忧伤。更精确地说，她并非以逻辑理性察知这些事，而是这些事浮现在她更深层的意识中。可惜的是，语言是种笨拙的工具，一个母亲“无意识”地感到她的宝宝在隔壁房里哭泣，我们就不能说她“没察觉”这回事。在这层面上，桂妮薇潜意识里感知到的事实，包括亚瑟与蓝斯洛的情形、宫廷里会发生的大部分悲剧，以及她自己没有生子——这桩事实令人痛苦，永远都无法弥补。

她对自己说，蓝斯洛已经背叛了她，她是伊莲诡计之下的受害者，而她的爱人一定会再次背叛她。她用上千句类似的话折磨她自己，但在内心未知的角落里，她的感受又是另外一回事了。或许她

---

① 典出托尔斯泰（Leo Tolstoy）名著《安娜·卡列尼娜》(Anna Karenina)，女主角安娜·卡列尼娜为爱抛夫弃子，与军官渥伦斯基私奔，但两人的爱情终究破灭，最后安娜自杀身亡。

确实在嫉妒，但不是对伊莲，而是对那个婴儿；或许她害怕的是蓝斯洛对亚瑟的爱；又或许，那是一种对整个局势的恐惧，因为局势并不稳定，而且注定会遭到报应。女人远比男人清楚，上帝的律法终会彰显。她们有更多理由明白这一点。

不管如何解释桂妮薇的态度，结果都为她的爱人带来痛苦。她变得跟他一样焦躁烦乱，无理、残酷的程度更是远胜。

亚瑟的感觉是这场宫廷悲剧的最后一个环节。他的成长过程完美无缺，这对他本身来说是种不幸。他的老师教导他的方式就像让他在子宫内接受教育，在那里，他以从鱼类到哺乳类的姿态来体验人类历史。同时，他也像个在子宫里的孩子一样受到爱的保护。这样的教育造成的影响就是，他在成长过程中没有获得任何有用的生活技能——没有恶意、虚荣，没有怀疑、残酷，甚至没有一般程度的自私。在他看来，嫉妒可说是最不名誉的恶行。可悲的是，他既无法恨他的朋友，也无法折磨他的妻子。他得到太多爱与信任，而他也擅长对别人付出爱与信任。

亚瑟并不是那些动机玄奥到可以拿来详细解剖的有趣角色，他只是个单纯而情感丰沛的男人，因为梅林相信爱与单纯有其存在价值。

现在，这个在他眼前发展的情势是个恶名昭彰的难题（非常难解，所以人称“永恒的三角习题”，就像欧几里得的几何习题“驴桥定理”[①]），所以亚瑟只能退开。也只有那些信任别人又乐观进取

① 即商高定理，又称勾股定理、毕式定理，直角三角形两短边的边长平方和等于斜边的边长平方。

的人才有办法退开，那些得不到爱情又背信忘义的人，会受到自我厌世的想法驱使，转而攻击别人。亚瑟的强壮和温柔让他抱着希望：如果他信任蓝斯洛和桂妮薇，事情终究会好转。对他来说，这么做似乎比用一些手段逼迫他们立即回到正途要来得好些，例如，以不忠的罪名送这对情侣去砍头。

亚瑟不知道蓝斯洛和桂妮薇是一对恋人，他从来没确实发现他们在一起，也没有找出他们有罪的证据。在这些情况下，他那无畏的天性希望自己不会发现他们在一起，而不是设下陷阱来破坏眼前情势。他并非纵容的丈夫，而是他希望以拒绝察觉此事的方式，让麻烦自行消失。当然，在他的下意识中，他很清楚他们正睡在一起，而他的下意识也明白，如果他质问妻子，她会承认。她有三项最大的美德：勇敢、慷慨和诚实。所以他没办法问她。

国王对眼前局势的态度并没有让他变得比较快乐。他不像桂妮薇那么激动，也没有蓝斯洛那样不安，但他变得更加沉默。他在自家宫廷中像只老鼠那样偷偷摸摸，不过，他确实一度试图抓住那把刺人的荨麻。

"蓝斯洛，"某日下午，国王在玫瑰花园里找到他。"你最近看起来不大好，出了什么事吗？"

蓝斯洛折下一朵玫瑰，掐着花萼。这种花后来被称为远古玫瑰，五枚花萼都从花瓣底下向外伸展，如同玫瑰纹章[①]。

"这，"国王孤注一掷地问，"和那位声称有了你的孩子的女孩

---

① 此处是指英国兰开斯特家族的红玫瑰和约克家族的白玫瑰两种纹章，由五瓣玫瑰构成，花瓣间有绿色花萼伸出。为了英格兰王位，这两大家族的支持者断断续续于一四五五至一四八七年间发生内战，后称为玫瑰战争。

有关吗？”

如果亚瑟只问了他第一个问题，或许那件事就会在回应那个问题的沉默中揭露出来。但是亚瑟担心有什么不该说的事在这阵沉默中透露，所以他用第二个问题去引导对方，于是机会转瞬即逝。

“是的。”蓝斯洛说。

“我猜，你没办法逼自己娶她？”

“我不爱她。”

“嗯，你自己的事你最了解。”

那时的蓝斯洛无法自制地想找人诉苦，好解除他心中某些痛苦，但又无法对眼前这个特殊的倾听者说出事实，于是他开始说伊莲的事，那是一段冗长而琐碎的陈述。他对亚瑟说出了部分事实：他是如何蒙受耻辱，又失去了他行奇迹的能力。而他被迫让伊莲担任这场告解的主角，于是在半小时后，他无意之间给了国王一套可以采信的说词，亚瑟不想知道事实真相时，可以说服自己的说词。对这可怜的家伙来说，这部分事实很有用，他在之后那几年学会用这套说词来取代可怕的真相。身处文明制度下的我们，面对这种状况时会马上采取离婚法庭、赡养费等等补偿措施；我们能以一种合宜的轻蔑态度看待那些戴绿帽的懦弱丈夫。但亚瑟只是中世纪的野蛮人，并不了解我们的文明制度，面对像嫉妒这样的恶德，也只能继续保持过度宽大的礼仪。

后来在玫瑰花园里找到蓝斯洛的人是桂妮薇，她的态度一派甜美而理性。

“蓝斯，你听说了吗？有个使者刚到，说那个让你心烦的女孩带了宝宝，正要到宫廷来。她今晚就会到。”

“我知道她要来。”

“当然，我们应该尽全力好好待她。可怜的孩子，我想她并不快乐。”

“她不快乐不是我的错。”

“当然不是你的错。不过这世界总会让人不快乐，我们一定要在行有余力的时候去帮助那些人。”

“珍妮，你对这件事情表现得如此宽大，真是太好了。”

他转向她，想要抓住她的手。她的话语让他燃起希望，以为一切都会没事。但珍妮把手抽回。

“不，亲爱的，”她说，“她离开以前，我不想和你在一起。我要你保持自由之身。”

“自由之身？”

“她是你孩子的母亲，又是个未婚女子。我们俩永远不可能结婚。假如你愿意，我希望你能和她结婚，因为这是我们唯一能做的事。”

“但是，珍妮……”

“不，蓝斯，我们要讲道理。她在这里时，我要你离我远一点，让你确定自己究竟爱不爱她。至少这是我能为你做的。”

第十七章

伊莲抵达城门塔楼的入口，桂妮薇冷冷地亲吻了她。“欢迎来到卡美洛，”她说，“无比欢迎。”

“谢谢你。”伊莲说。

她们心怀敌意，面带微笑地注视着对方。

“蓝斯洛看到你会很高兴。”

“噢！”

“亲爱的，大家都知道宝宝的事了。这没什么好害羞的。我和国王都很期待，想看看他是不是长得像他爸爸。”

“你人真好。”伊莲不大自在地说。

“你一定要让我第一个看他。你叫他加拉罕，对吧？他强壮吗？会认东西了吗？”

“他现在重十五磅，”那女孩骄傲地宣告，“如果你愿意，现在就可以看他。”

桂妮薇以一种旁人无法察觉的方式努力克制情绪，然后开始摆弄着伊莲的围巾。

“不了，亲爱的，”她说，“我不能这么自私。你长途跋涉而来，一定得好好休息，宝宝也需要安顿下来。今晚我可以等他睡了之后再来看他。时间多的是。”

但她最后还是得去看那个宝宝。

蓝斯洛再次碰到王后时，她的甜美与理性全消失了。她显得冷酷而骄傲，说起话来仿佛在发表演说。

“蓝斯洛，”她说，“我想你应该到你儿子那里去。你到现在都还没去看他，这让伊莲非常伤心。”

“你看过他了？”

“是的。”

“他丑吗？”

“他长得像伊莲。”

“感谢上帝。我马上就去。”

王后把他叫了回来。

“蓝斯洛，”她说着，用鼻子深吸一口气，“我相信你不会在我的屋檐下和伊莲睡在一起。如果你我在尘埃落定之前必须分开，你也不能和她睡在一起，这样才公平。”

“我不想和伊莲睡在一起。”

“你当然会这么说。我会相信你。不过，如果你这次违背了你的诺言，我们之间就结束了。彻底结束。”

“我能说的都说了。”

“蓝斯洛，你欺骗过我一次，我怎么能够肯定你不会再骗我？我安排伊莲住在我隔壁的房间，如果你去，我会知道。我要你待在自己的房间里。”

“都听你的。”

“今晚如果我能离开亚瑟，我会送信给你。我不告诉你时间。如果我送信给你时你不在房里，我就会知道你和伊莲在一起。”

布莱珊夫人为小男婴准备摇篮时，伊莲正在她房里哭泣。

“我在射箭场看到他，他也看到我了。但是他转过头去，找了个藉口就离开。他甚至都还没来看过我们的孩子。”

“好了，好了，”布莱珊夫人说，“天啊，真是一团乱。”

“我不该来的，来了只会让我觉得自己更悲惨，他也这么觉得。”

“那是因为有王后在。”

“她很漂亮，对吧？”

夫人阴沉地说：“一个人要心地善良才算是真正的美丽。”

伊莲开始无助地啜泣，她鼻子通红，看起来很抗拒，就像那些要放弃权位的人一样。

“我要他快乐。”

敲门声传来，蓝斯洛走了进来——她的眼泪马上就干了。两人行了礼，却显得很不自然。

“我很高兴你来卡美洛，”他说，“你好吗？”

“我很好，谢谢你。”

“宝宝……他好吗？”

“这是阁下您的儿子。”布莱珊夫人加重了语气。

她将摇篮转向他，往后移一些，让他看得到孩子。

“我的儿子。”

他们站在那里，低头望着那新生的小东西；他看起来既无助又没什么活力。如同诗人所吟咏的，他们现在很强壮，这孩子却很羸弱，但是有一天，他们会变得羸弱，而他则会变得强壮。

“加拉罕。”伊莲说，她弯腰靠近裹毯，做一些蠢笨的手势，发出毫无意义的声音，母亲在宝宝有反应时都喜欢这么发声。加拉罕捏着小拳头，朝自己的眼睛挥拳，而这件事似乎让那女人感到很高兴。蓝斯洛惊异地看着他们母子。“我的儿子，”他想，“他是我的一部分，不过他很漂亮，似乎并不丑。要怎么样才能分辨那些婴儿呢？”他将右手手指伸到加拉罕面前，放进他那胖胖的手掌中让他握住。那只手看起来就像是由一个精巧的娃娃工匠装上去的，手腕有一圈皱褶。

“噢，蓝斯洛！”伊莲叫着。

她试图冲进他怀里，不过他把她推开了。他的目光带着恐惧和愤怒，越过她的肩膀望向布莱珊；然后他发出一阵野性而疯狂的叫声冲出了房门。失去支撑的伊莲倒在床边，哭得比之前更厉害。而布莱珊维持着刚才承受蓝斯洛爵士目光的姿势，僵硬地站在原处，以一种高深莫测的表情看着那扇关上的门。

第十八章

第二天早上，他和伊莲都被召到王后房里。对蓝斯洛来说，他带着一种快乐的感觉前去见她。现在的他，正在回忆桂妮薇昨晚是如何托称身体不适，离开国王的房间，在黑暗中召唤她的爱人。那双经常暗中帮助他们会面的手领着他的手指蹑手蹑脚来到指定的床上。虽然亚瑟的房间就在隔壁，必须保持安静，他们却在一股热情的温柔中尽其所能获得欢愉。自从发生伊莲的事之后，这是蓝斯洛最快乐的一天。他觉得，只要他能说服他的桂妮薇与国王断得干干净净，让整件事情公开，那么仍有维持荣誉的可能。

桂妮薇看起来僵直而严厉，脸上是完全褪去血色的苍白——不过她鼻翼两侧各有一个红色斑点，看起来像是晕船了。她独自一人。

“原来如此。”王后说。

伊莲直视着她那对蓝眼睛，而蓝斯洛像是被人射中似的停下了脚步。

“原来如此。”

他们站在那里，等着看桂妮薇下一步是要开口说话还是会就此死去。

“你昨晚上哪去了？”

“我……”

“别说了。”王后尖叫起来，她移动手，他们可以看到她手里握着一球手帕，已被撕成碎片。“叛徒！叛徒！带着你的娼妇滚出我的城堡！”

“昨晚……”蓝斯洛说，有股绝望在蓝斯洛心中旋绕，但两个女人都没注意到。

“你不要跟我说话。别对我撒谎。滚！”

伊莲平静地开口：“蓝斯洛爵士昨晚在我房里。我的侍女布莱珊趁暗带他来的。”

王后指着门，用手指比出戳刺的动作。她一边颤抖，头发一边开始往下滑，看起来十分骇人。

“滚出去！滚出去！你也是！你这禽兽！你怎么敢在我的城堡里说这种话！你怎么敢在我面前承认这种事！带着你的情夫滚出去！”

蓝斯洛呼吸沉重，定定注视着王后。他可能已经失去意识了。

“他以为他是要去找你。”伊莲双手交叠，顺从地看着王后。

“老掉牙的谎言！”

“这不是谎言，”伊莲说，“我没有他活不下去。布莱珊帮我伪装的。”

王后摇摇晃晃地跑上前，想要打伊莲耳光，但那女孩没动，像是希望桂妮薇打她。

“骗子！”王后尖叫。

她跑向蓝斯洛，他双手抱头坐在一口箱子上，眼神空茫地看着地板。她抓着他的披肩，又拖又拉地把他往门的方向拽，但他一动也不动。

“所以你教她说这些？为什么你不想个新的故事？你可以给我一点有趣的说法啊，你以为那套陈腔滥调还会管用是吗？”

“珍妮……”他说话的时候没有抬起眼睛。

王后想要吐他口水，不过她从来没练习过吐口水。

“你怎么敢叫我珍妮？你全身上下都还沾满着她的味道。我是王后，英格兰王后！我不是你的娼妓！”

“珍妮……”

“滚出我的城堡！”王后用她最高的音调尖声大叫，“永远都别再来！不要让你那张邪恶、丑陋、野兽一般的脸出现在这里！”

蓝斯洛突然大声对着地板说了一声：“加拉罕！”

然后他把手从头上放下来，抬起头，让旁人看着她方才所说的那张脸。那张脸带着一种惊讶的表情，一只眼睛的视线歪斜。

他用一种比较平静的语调说：“珍妮。”但他看起来像个盲人。

王后张嘴想说些什么，不过一个字也没说出口。

“亚瑟。”说完他开始大声尖叫，然后跳到窗外去——那是一楼的窗户。她们听见他冲进灌木丛，树枝劈啪断裂，接着他一边跑过树林和灌木丛，一边发出某种颤抖而响亮的叫声，像是出猎的猎犬。那嘈杂的声音随他远去逐渐消失，留在房中的两个女人陷入一阵沉默。

伊莲现在的脸色和王后先前一样苍白，但仍站得笔直维持着她的骄傲。“你把他逼疯了。在这之前，他的心智本来就已经很脆弱了。”

桂妮薇一句话也没说。

“你为什么要把他逼疯？”伊莲问，“你已经有了一个好丈夫，还是这块土地上最好的男人。你是王后，你有你的尊严与快乐，还有一个家。我没有家、没有丈夫，而我的尊严也消失了。为什么你不让我拥有他？”

王后依旧沉默。

“我爱他，”伊莲说，“我为他生了一个漂亮的儿子，这孩子日后也会是全世界最优秀的骑士。”

“伊莲，”桂妮薇说，“离开我的宫廷。”

“我这就走。”

桂妮薇突然抓住她的裙子。

“别告诉任何人，”她口气急促，“刚刚发生的事你一个字都不能说出去。如果你说了，他就完了。”

伊莲把裙子拉了回去。

“你认为我会这么做？”

“不然我们该怎么办？”王后大叫起来，“他疯了吗？他会好起来吗？之后会发生什么事？我们该做点什么事吧？我们要怎么说呢？”

伊莲没有停步回话，但她在门边回过头，嘴唇颤抖。

“是的，他疯了，”她说，“你赢了，你得到他，但是你也毁了他。你接下来要如何处置他？”

房门关上，桂妮薇坐了下来。那条破破烂烂的手帕从她手中落下。然后，她开始哭泣——那是缓慢、深沉、毫无掩饰的哭泣。她将脸埋在双手中，悔恨地颤抖起来。（那位从不在意王后的波尔斯爵士曾经这么对她说：你的眼泪真是可耻，你只在一切都于事无补的时候才掉眼泪。）

第十九章

两年后，佩雷斯国王和布利昂爵士坐在城顶房间里。那是个和煦的冬日早晨，野地还结着霜，风平雾薄，不会干扰鸽子的视线。昨晚留下来过夜的布利昂爵士穿着镶貂皮的绯红色衣裳。他的马和侍从在庭院中等候，正准备带他回布利昂城堡，不过，动身之前，两人吃了一顿早茶，他们坐在那里，手伸到明亮的炉火前，喝着热香料酒，咬着酥饼，谈论着那个疯子。

“我确定他曾是个贵族，”布利昂爵士说，“他老是做那些只有贵族会做的事，而且他非常喜欢纹章。”

“他现在在哪里？”佩雷斯国王问。

“只有上帝知道了。那些猎犬到布利昂堡的那天早上，他就消失了。不过我确定他以前是个贵族。”

他们啜着热酒，注视着火焰。

“如果你问我，”布利昂爵士压低声音，补上一句，“我相信他就是蓝斯洛爵士。”

“胡说。”国王说。

“他又高又壮。”

“蓝斯洛爵士死了，”国王说，“上帝祝福他。每个人都知道这件事。”

“又没证实。”

“如果他是蓝斯洛爵士，你绝不会认错。他是我见过最丑的男人了。”

“我从来没见过他。”布利昂爵士说。

“有人作证说，蓝斯洛穿着衬衫长裤发了疯到处跑，最后给野猪刺伤了，死在修道院里。”

“那是什么时候的事？”

“去年圣诞节。”

“那差不多就是那个疯子跟着狩猎队跑掉的时候，我们那次也是在猎野猪。”

“这个嘛，”佩雷斯国王说，“他们或许是同一人吧。如果是，事情就有趣了。你那个人是怎么跑来的？”

“那是前年夏季远行探险的时候，我像以前一样，把帐篷搭在一片漂亮的绿地上，在里头等着看会发生什么事。我记得那时在玩西洋棋，外头突然传来一阵骇人的吵闹声，我出去一看，发现有个没穿衣服的疯子正在殴击我的盾牌，而我家的矮人坐在地上揉着他的脖子（那疯子差点没把他的脖子给扭断）大声呼救。我走到那家伙跟前说：‘看这里，你这好家伙。你不会想和我对打的。过来，把剑放下来，乖乖听话。’他手里握着我的一把剑，而且我看得出来他已经疯了。所以我说：‘你不该打架的，老小子。我知道，你需要吃点东西，好好睡上一觉。’说真的，他看起来实在很可怕，眼睛通红，活像是连续三个晚上盯梢哪只幼鹰。”

“他怎么说？”

“他只说：‘言及于此，汝当止步，勿近我身，如若不然，休怪我手下无情。’”

“这倒奇了。”

“对啊，很怪吧。我是说，他居然会说上位语。”

“他做了什么？”

“这个嘛，我那时只穿了一件袍子，而这男人看起来又很危险，所以我回到帐篷里，穿上铠甲。”

佩雷斯国王又递了一块酥饼给他，布利昂爵士点点头接了过来。

“我穿上铠甲之后，”他咬了满嘴食物后继续往下说，“拿了把剑出去，想让那家伙缴械。我不想攻击或打他，不过这家伙是个会杀人的疯子，也没别的办法夺下他的剑。我走向他，就像眼前有条狗那样把手伸出去说：‘可怜的家伙，过来，好家伙。’我以为事情很容易就能解决。”

“结果呢？”

“他一看到我穿着铠甲，又拿着剑，就像老虎一样扑了过来。我从没见过这种攻击法。我试着挡下他，而且我敢说，要是他露出破绽，我就会因为自卫而杀了他。可是我发现自己坐在地上，鼻子耳朵都在流血。他给了我一击，嗯，我整个脑袋都受伤了。”

“天哪。”佩雷斯国王说。

“后来他把剑丢到一边，直直冲进帐篷里。我那可怜的老婆就在里头的床上，身上连件衣服也没穿。不过他就这样跳上床躺在她旁边，一把抢过床单把自己裹在里面，然后就睡着了。”

“一定是个已婚男子。”佩雷斯国王说。

“我老婆发出恐怖的尖叫声，从另一边跳下床，套上罩衫跑到外面来找我。那时我还躺在地上反应不过来，所以她以为我死了。我告诉你，我们还吵闹了一阵子，真是大惊小怪。”

“那他还睡得着？”

“睡得跟木头一样沉。最后我们总算从那一团混乱中清醒过来，我老婆把我的一只臂铠放到脖子下面，好止住鼻血，然后商量了一会儿。我家矮人是个聪明的小家伙，他说我们不应该伤害他，因为他是受到上帝护佑的人。事实上，也是这个小矮子说他可能是蓝斯洛爵士。那年有很多传言都在谈论蓝斯洛之谜。”

布利昂爵士停下来，又咬了一口酥饼。

“最后，”他说，“我们把床跟其他东西全搬上马，用轿子把他抬到布利昂堡。他连动也不动一下。我们把他弄到那里之后，把他的手脚全捆起来，以防他突然醒过来。我现在觉得很抱歉，不过依照我们当时的了解，实在也不能冒险。我们把他放在一间舒适的房间里，有干净的衣服，我老婆还给了他很多营养食品让他恢复体力，不过我们认为还是得一直把他绑住才行。我们把他留在那里待了一年半。”

“他是怎么跑走的？”

“我正要说呢，这可是整个故事最精华之处。一天下午，我出外到森林里晃了半个小时，两个骑士从背后攻击我。”

“两个骑士？”国王问，“从背后？”

“对，两个，从背后。是布鲁斯·索恩斯·匹帖爵士和他的一个朋友。”

佩雷斯国王重重拍了膝盖一下。

“那个人是个众所皆知的败类，”他高声道，“我不懂为何没有人干掉他。”

“问题是要先抓到那家伙才行。不过，我是在和你说那个疯子的事。布鲁斯爵士和另一个家伙让我处于相对的劣势，你一定也会同意我的说法，而我得很遗憾地说，我最后夹着尾巴逃走了。”

布利昂爵士停了下来注视火光。然后他又打起精神。

“嗯，不过，”他说，“总不能大家都做英雄，对吧？”

“当然。”佩雷斯国王说。

“我那时伤得很重，”布利昂爵士说，发现情节似曾相识，“我觉得自己就要昏倒了。”

“是。”

“那两个人一人一边一路追着我到城堡去，其间也一直攻击我。我到今天都还不知道自己是怎么逃掉的。”

“全都写在石柱上了。”国王说。

“我们拼老命地骑，骑过城门塔楼的炮眼洞，那疯子一定就是在那里看到我们，我告诉过你，我们把他安置在城门塔楼的房间里。所以啦，事情经过他全都看到了，而我们后来发现，他赤手空拳地弄坏了脚镣。那脚镣可是铁做的，就扣在他的脚踝上。他为了弄坏它，结果自己受了重伤。之后他从后门冲出来，满手是血，那些铁链还挂在后头。他把布鲁斯的同伙拽下马来，拿了那人的剑，当着布鲁斯的头就是一击，打中他的鼻子，于是他就这么落马了。第二个骑士想要从背后刺杀那疯子（他可是手无寸铁），不过，就在那家伙刺出的那一刹那，我把他的手齐腕斩断了。之后那两个人拉住他们的马逃命去也。我可以跟你保证，他们跑得十分飞快。”

“这就是布鲁斯的结局。”

“那一年，我兄弟待在我那里。我对他说：‘为什么我们要把这个好家伙用铁链锁起来？’看到他受伤的手，我觉得很愧疚，‘他既快乐又亲切，’我说，‘而且他救了我的命。我们不能再把他锁起来了，应该要还他自由，尽我们所能去帮助他。’嗯，佩雷斯，我喜欢那个疯子。他个性温和，又受欢迎，他还叫我大人。一想到他可能就是那个伟大的湖上骑士，而我们居然把他绑起来，还让他谦卑地叫我大人，我就觉得很可怕啊。”

“最后发生了什么事？”

“他安静地待了几个月。之后猎野猪的猎犬到城堡来了，其中一个跟在后面的家伙把他的马和长矛留在一棵树旁边；那疯子拿了矛，骑着马跑掉了。上流的狩猎似乎让他很兴奋，铠甲、对战或是打猎，这些事情触动了他那可怜的脑袋，他也想要参与。”

“可怜的孩子，”国王说，“真是个可怜的孩子！他很可能就是蓝斯洛爵士。有人说他去年圣诞节给一只野猪杀了。”

“我想听听那个故事。”

“如果你说的那人就是蓝斯洛，那么在他们打猎的时候，他就骑在那只野猪正后方。那只野猪很有名，那些猎犬抓了它好几年都抓不到，这也是不能徒步进入这处猎场的原因。蓝斯洛是唯一赶上这场杀戮的人，那只野猪杀了他的马，撕裂他的踝骨，在他的大腿上留下一道很严重的伤，不过后来他就砍下了它的头。他是在一座修道院附近杀死它的，只一击，那野猪就死了。那座修道院里有位隐士跑出来，不过伤口和整个情况让蓝斯洛发了狂，拿起剑就往隐士身上丢。这件事我是从一位当时在场的骑士那里听来的。他说那人毫无疑问是蓝斯洛爵士，从他长得丑和其他事情就可以判断出来。他又说，在那人昏过去之后，是他和隐士把他弄到修道院里。他说，受了那种伤，没人能撑得过去；而且无论如何，他看到那人死了。他说了，他非常确信这个疯子是个伟大的骑士，因为就在那人躺在死野猪旁奄奄一息的时候，他站在旁边，听见那人称呼隐士为'兄弟'。所以你看，或许他最后还是恢复了神智。"

"可怜的蓝斯洛。"布利昂爵士说。

"上帝赐福予他。"佩雷斯国王说。

"阿门。"

"阿门。"布利昂爵士看着火焰，跟着重复了一次。然后他站起身，抖了抖肩膀。

"我该走了，"他说，"我忘了问，你女儿现在怎么样了？"

佩雷斯国王叹了口气，也站了起来。

"她把时间都花在女修道会。"他说，"我想她明年就会正式加入了。不过她下星期六会回家探望几天，到时我们就能见到她。"

第二十章

布利昂爵士离开之后，佩雷斯国王拖着脚步走上楼，开始研究圣经家谱学。他思索着蓝斯洛的事，为了他的孙子加拉罕，他对这事很有兴趣。我们都曾经差点被我们的妻子和亲密爱人逼疯，但佩雷斯国王认为，人类天性之中有种倾向，通常可以让我们不致发狂。而他认为，这种倾向在蓝斯洛身上不大正常——至少，因为情人间的口角而失去理性，是不大正常的。他看着班恩家的家谱，希望能在这家族里找出哪个疯狂分子得为这件事负责。如果有，或许也会遗传到加拉罕身上。这样可能就得把那孩子送去伯利恒医院①，也就是现在的精神病院。不这么做的话，会引起很多麻烦。

"班恩的父亲，"佩雷斯国王喃喃自语，他擦亮眼镜，吹掉了堆积在纹章学、家谱学、招魂问卜术、神秘数学等众多文献上的灰尘。"是班威克的蓝斯洛王，他娶了爱尔兰王之女。而蓝斯洛王的父亲，是乔纳斯，他娶了高卢曼纽尔的女儿。好，那乔纳斯的父亲是

---

① 伯利恒医院（Hospital of Bethlehem），位于英国伦敦，全世界最古老的精神病院，正式名称为伯利恒皇家医院（Bethlem Royal Hospital），又称为Bedlam。

谁呢？”

仔细思考，或许真能在蓝斯洛的心智中找到脆弱的一环。十年前，那个小男孩还在班威克城堡兵器库里来回翻转壶盔时我们就已经注意到，男孩的内心深处或许一直有那么一个他人无法触及的黑色地带。

“纳西安，”佩雷斯国王说，“这见鬼的纳西安，好像有两人叫这名字。”他回头从利赛斯、哈里艾勒葛罗斯、隐士纳西安（蓝斯洛好幻想的特质可能遗传自他）、纳帕斯，再到第二个纳西安（如果他还活着，会对佩雷斯国王有关蓝斯洛只算是我主八等亲的理论感到不满）。事实上，在那年代，几乎所有隐士都叫纳西安。

“见鬼了。”国王又说了一次，之后他瞥了窗外一眼，看城堡外头的噪音究竟是发生了什么事。

以前曾迎接过蓝斯洛的村民追赶着一个疯子（今天早上似乎出现很多疯子），一行人到处乱窜。疯子身上没穿衣服，瘦得像鬼一样，一边跑一边以手护头。几个绕着他跑的小男孩朝他身上丢泥巴，他不时停下来，抓起一个男孩扔到灌木丛去。不过此举不过是让那些男孩开始对他丢掷石块。佩雷斯国王清楚地看到鲜血从他高高的颧骨向下流，也看到他凹陷的脸颊、写满恐惧的眼睛和肋骨之间的蓝色暗影。他也看得出来，这个男人正向城堡而来。

佩雷斯国王步履维艰地下楼。这时，一大群城堡的人站在城堡中庭，把那疯子团团围住，还用一种钦佩的目光看着他。他们放下铁闸门，把村里的孩子挡在外头；他们有意善待这个逃亡者。

“看看他身上的伤，”一个侍从说，“那道伤疤好大。或许他发疯以前是个四处行侠仗义的骑士呢！所以我们应该好好对待他。”

就在女士们咯咯笑，见习骑士在一旁指指点点的当口，那疯子低着头，静静站在圈子中央，等着看接下来会有什么事发生在他身上。

“也许他是蓝斯洛爵士。”

这话引出了一阵大笑。

“不，我是说真的。一直都没人能证实蓝斯洛死了。”

佩雷斯国王直直走向那疯子，看着他的脸。他得站到那人身旁才看得清楚。“你是蓝斯洛爵士吗？”他问。

那张形销骨立的脸很脏，长满胡子，而眼睛连眨都不眨一下。

“你是吗？”国王又问。

这哑巴仍旧没有回答。

“他又聋又哑，”国王说，“我们把他留下来当弄臣吧，我得说，他那张脸实在够有趣的。哪个人给他弄件衣服来吧，嗯，要滑稽的衣服，让他睡在鸽舍里。给他弄点干净的稻草来。”

那个哑巴突然举起双手，发出一声大吼，把所有人都吓得往后退，国王的眼镜也掉了。之后他又放下手顺从地站着，于是大家都发出神经质的笑声。

“最好把他锁在里面，”国王明智地说，“安全第一。食物不要用手拿给他，丢给他就行了。小心驶得万年船呀。”

于是蓝斯洛爵士被带到鸽舍去，做了佩雷斯国王的弄臣。他被人锁在那里面，吃丢过来的食物，睡在干净的稻草上。

佩雷斯国王的侄子（一个叫卡斯特的男孩）下周六要受封为骑士，城堡里洋溢着欢乐的气氛。伊莲也会回来参加这场典礼。国王一直着迷于各种庆典仪式，这回他是以王室的方式来庆祝的，领地里每个男人都得到一件新袍子。令人遗憾的是，这回庆祝，他过度慷慨地使用了布莱珊夫人的丈夫所管理的酒窖。

“祝健康！”国王喊。

“为健康干杯！”卡斯特爵士回应，他可是拿出自己最好的表现来了。

“每个人都拿到袍子了吗？”国王大吼。

“是的，谢谢您，陛下。”参与盛会的人回答。

“确定吗？”

“千真万确，陛下。”

“那久好。袍子万脆！”

国王高兴地披上自己的袍子；他在这种场合中就变了个人。

“陛下这么慷慨地送了礼物给我们，大家都十分感谢。”

“卜客气了。”

“为佩雷斯国王三呼万岁！”

“万岁！万岁！万岁！”

“辣个傻子呢？”国王突然问，“傻子拿到袍子了吗？那口怜的傻子在哪？”

回答这问题的是一片沉默，因为大家都忘记把袍子拿到蓝斯洛爵士旁边。

“每袍子？没纳袍子？”国王大喊，“把傻子大过来！”

于是蓝斯洛爵士从鸽舍里被带出来，做为王室余兴节目。他穿着七拼八凑的弄臣衣服，在火光中笔直站着，胡子里还沾着稻草，看起来十分可怜。

“口怜的傻子，”国王难过地说，“口怜的傻子，来吧，穿上我的袍子。”

于是，佩雷斯国王无视于反对的进言和忠告，脱下那件价值不菲的长袍，盖在蓝斯洛头上。

“方了他，”国王叫喊，“让他今天也快合快合。总不能用远把一个人锁起来吧。”

蓝斯洛身穿那件堂皇的衣服笔直地站着，在大厅中看起来有种奇异的庄严感。如果他能好好修整一下胡子（把胡子剃得干干净净的现代人，已经忘了胡子修整前和修整后会有多大差别）；如果他在那场野猪追猎之后，没在那可怜隐士的小房子里饿到只剩一把骨头；如果没有谣传说他死了——即便如此，大厅中仍有某种敬畏的气氛。只是国王并没有注意到。而当蓝斯洛爵士慎重地踩着步伐回到他的鸽舍去时，整间屋子的乡巴佬都自动让出一条路给他。

第二十一章

伊莲行事仍然不甚优雅。若是易地而处，桂妮薇会越见苍白、引人注目，但伊莲只是越来越丰腴。她穿着见习修女的白衣裳，和几名女伴一起走进城堡花园，走路的模样显得有点笨拙。现年三岁的加拉罕牵着她的手，走在她身边。

伊莲之所以打算成为修女，并不是因为感到绝望。她也不会在往后余生扮演电影里的修女。两年的时光，一个女人可以忘记很多爱情；至少会将它打包收藏，并且适应这段变化。比起一个生意人记得自己因为运气不好，而错失某项可以让他坐拥百万的投资，她对这份爱的记忆也没深刻多少。

伊莲决定离开儿子成为耶稣的新娘，是因为她认为这是她唯一的出路。这件事既不戏剧化，也不全然出于虔敬；她只是明白，她永远无法再像爱她那死去的骑士一般爱上别人。所以她放弃了，她无法再逆风而行。

她不再为蓝斯洛哀叹，也不再为他伏枕哭泣。她甚至很少想起他。他就像个不断钻磨着岩石的贝壳，将她心中那个属于他的角落给磨损了。对她来说，虽然过程是痛苦的，然而现在贝壳已经安稳地留在岩石里，嵌在里面，不会再磨耗岩石了。现在的伊莲和几个女孩子一起走在花园里，脑中只想着卡斯特爵士受封为骑士的典礼、宴会上的蛋糕够不够吃，以及得替加拉罕补袜子。

跟在伊莲身边的一个女孩子在玩某种球戏（就是当尤里西斯遇上瑙西卡[①]时，她手中正在玩的那种球戏），好让自己保持暖和。那颗球引着她朝井边灌木丛的方向去，她旋即又朝伊莲跑回来。

“有个男人，”她悄声地说，仿佛她所说的不是人，而是条响尾蛇。“有个男人睡在井边。”

伊莲的好奇心被勾了起来——并非因为那是个男人，也不是因为那女孩被吓着了，而是因为居然有人会在一月天里睡在户外，实在有点不寻常。

“安静，”伊莲说，“我们去看看吧。”

这位体态丰腴的白衣见习修女蹑手蹑脚地走近蓝斯洛——这名平凡的女孩平心静气地走向他，浑圆的脸蛋从不愿显现高贵的神情；她是想着要给加拉罕补袜子的年轻少妇，无法察觉人性的脆弱与需求。她平静而天真地向他走去，心里忙着想别的事，像只无忧无虑的兔子一边啃着青草，一边蹦蹦跳跳地穿过常走的小路。然而，脖子上的绳圈却突然收紧。

伊莲的心不过跳了两下，便认出蓝斯洛。她的第一下心跳先是升高，在顶端颤抖着，接着第二下心跳便赶了上来，让波顶再次攀

① 希腊神话中，尤里西斯（即奥德赛）得罪海神波赛顿，于特洛伊战争结束后返乡途中，在海上漂流了二十年之久，最后在雅典娜的安排下，为阿尔凯诺奥斯国王（Alcinous）的幺女瑙西卡（Nausicaa）所救。阿尔凯诺奥斯国王派船护送尤里西斯返回故乡，然而护送尤里西斯的船只最后承受了海神之怒，在故乡的海岸上化为石头。

高，之后这两下心跳像是人立的马儿，旋即双双跌落。

蓝斯洛穿着一身骑士的袍子，伸展着身体。布利昂爵士声称那些上流人士的活动触动了他的脑袋，此话不假。这可怜的疯子被那件长袍及他脑中貂皮和色彩的奇异记忆所驱使，离开国王的餐桌来到井边。他独自一人在没有镜子的黑暗中洗脸，用那削瘦见骨的指节清洗眼窝，并试着用马厩的马梳和大剪刀整理头发。

伊莲遣走身边的女伴。她将加拉罕的手交给她们当中一个，他也没有抗拒，就这样走了。他是个神秘的孩子。

伊莲跪在蓝斯洛爵士旁边看着他，她没有碰他，也没有哭。她抬起手轻抚他骨瘦如柴的手，脑中浮现的是那只手先前较完好的模样。她屈身蹲伏好半晌才开始哭泣——她是为了蓝斯洛而哭，为了他在睡眠中放松的疲倦双眼而哭，也为了他手上的那些白色伤疤而哭。

“父亲，”伊莲说，“如果您不帮我，就没人能帮我了。”

“怎么了，亲爱的？”国王问，“我有点头痛。”

但伊莲根本不理会他说的话。

“父亲，我找到蓝斯洛爵士了。”

“谁？”

“蓝斯洛爵士。”

“胡说，”国王说，“蓝斯洛被野猪杀死了。”

“他在花园里睡着了。”

国王突然从王座上站起身。“我一直都知道，”他说，“只是我太笨了，所以不了解。他就是那个疯子。当然是。”

他有点发晕，举起一只手放在头上。

“交给我吧，”国王说，“让我来处理，我知道该怎么做。总管！布莱珊！天杀的每个人都上哪儿去了？啊！啊！你在这里。好，总管，去把你妻子布莱珊夫人带来，再找两个我们信得过的人。我看看，带赫伯特和葛斯吧。你说他在哪里？”

“就睡在井边。”伊莲很快地回答。

“没错。所以，我们得让大家别靠近玫瑰花园。你听到了吗，总管？所有人都要回避，因为国王要来了，没人可以挡路。拿条床单，要牢靠的床单。我们可以用床单四角把他兜起来。准备好塔楼的房间，叫布莱珊把床单晾干，最好是弄张羽毛床来。生上火，然后找医生来，告诉他要看巴托罗谬·安格李克斯[①]书里跟疯病有关的部分。噢，你最好做点果冻之类的。趁他睡得正熟，我们该帮他换件干净衣服。”

他再次醒来时，他们发现他目光澄澈，不过心智状况显然还是很糟，得靠他们拯救。

又一次醒来时，他说：“天哪，我怎么会在这里？”

他们当下只说要他好好休息、等他强壮起来之后再谈云云。医生对皇家交响乐团挥了挥手，他们即刻开始演奏《耶稣基督那温柔的母亲》——因为根据巴托罗谬博士书中的建议，疯子会喜欢音乐。每个人都满怀希望地看着音乐会产生什么效果，不过蓝斯洛只是抓着国王的手，痛苦地大喊：“看在上帝的分上，大人，告诉我，我

① 巴托罗谬·安格李克斯（Bartholomeus Anglicus），英国人，一二二四至一二二五年间曾在法国大学教授神学，编有《事物的本质》（*De Proprietatibus Rerum*）一书，是当时所有科学的百科全书，内容包括神学、哲学、医学、天文学、编年学、动物学、植物学、地理学、矿物学等，共十九册。

是怎么跑到这里来的？”

伊莲把手贴上他的额头，要他躺下。

“你来的时候像个疯子，”她说，“没人认出你是谁。你之前崩溃了。”

蓝斯洛对她投以困惑的目光，紧张地笑了。

“我把自己弄得像傻瓜一样。”他说。

之后他又问：“有很多人看到我发疯吗？”

第二十二章

蓝斯洛的身体向他的心智展开报复。他在一间通风良好的房间里躺了两周，身上每一根骨头都在痛，其间伊莲并没有一直待在他的房间。他完全听任她摆布，而她也夜以继日照顾他，不过，她心里有某样东西让他感到宽慰——不管那是礼仪、骄傲、慷慨、谦卑，或者只是一股不想把他生吞活剥的决心都好。她一天就只来一次，而且也没拿任何事责难他。

一天，她正要离开，他叫住了她。他穿着一件日袍坐起身来，两手放在大腿上。

“伊莲，”他说，“我想我得计划一下。”

她等着他宣告对她的判决。

“我不能永远留在这里。”他说。

“你知道，你想留多久都可以。”

“我不能回宫廷去。”

伊莲有些迟疑地说：“如果你愿意，我父亲会给你一座城堡，我们……可以住在一起。”

他看着她，然后又望向别处。

“或者你也可以只要那座城堡。”

蓝斯洛抓起了她的手，“伊莲，我不知道该说些什么。我没办法好好表达我的想法。”

“我知道你并不爱我。”

“那你认为我们这样会快乐吗？”

“我只知道什么时候我会觉得不快乐。”

“我不希望你不快乐，不过不快乐的种类很多。难道你不认为，如果我们住在一起，以后你会更不快乐吗？”

“我会是全世界最快乐的女人。”

“听着，伊莲，只有把话摊开来说，我们才有希望，就算实话听起来很伤人也得如此。你知道我并不爱你，也知道我深爱王后。之前发生的事是一场意外，也已经无可挽回。事情就是这样，我不能改变它。你设计骗我两次。如果不是因为你，我现在应该还在宫廷里。你认为在这种情况下，我们住在一起会快乐吗？”

“在你成为王后的人以前，”伊莲骄傲地说，“你已经是我的人了。”

他抬起一只手遮住眼睛。

“你希望你丈夫和你的关系是这样吗？”

“有加拉罕在。”伊莲说。

他们并肩坐着，一起看着火焰。她没有哭泣，也没有要求怜悯；他也明白，她没用这些事情让他难堪。

虽然很难开口，不过他还是说了：“伊莲，如果你希望我留下来和你在一起，我就这么做。但我不懂你为何想这么做。我喜欢你，非常喜欢你。发生了那些事之后，我也不明白为何还喜欢你。

我不希望你受伤害。但是伊莲，我不能娶你为妻。”

“我不在乎。”

“这是因为……因为婚姻是一种契约，而我……我一直都以自己说话算话为傲，如果我无法守住承诺……如果我对你没有那种感觉……该死的，伊莲，欺骗我的人是你，我没有任何义务要娶你为妻。”

“是没有义务。”

“义务！”蓝斯洛大吼，面孔扭曲。他朝着火吐出那个字眼，仿佛尝起来味道很糟。“我必须确定你能够了解，我不是在欺骗你。我不会娶你为妻，因为我并不爱你。这一切并不是我造成的，我不能给你我的自由，我不能保证我会永远和你在一起。这些条件很伤人，伊莲，我不希望你接受。这是情势所逼。如果我不这么说，那我就是在说谎，那样事情会更糟……”

他没再继续说下去，把头埋在双手中。

“我不懂，”他说，“我一直试着尽我所能把事情做到最好。”

伊莲说：“不管是什么条件，你都是我善良仁慈的主人。”

佩雷斯国王给他们一座蓝斯洛爵士已经去过的城堡。向国王承租该地的布利昂爵士得搬出去，腾出位置给他们；布利昂爵士一旦得知这是为了向曾经救他一命的疯子表达感激之意，他更是欣然从命。

“他是蓝斯洛爵士吗？”布利昂问。

“不是，”佩雷斯国王说，“他是自称‘残缺骑士’的法国骑士。我告诉过你，蓝斯洛爵士已经死了，这事我可没说错。”

经过安排，蓝斯洛从此将隐姓埋名过日子，因为如果让人知道他还活着，还住在布利昂堡，只会在宫廷引起一阵骚动。

布利昂堡有条很不错的护城河，它其实是一座岛。要进城唯一的办法是到陆地那边的城门塔楼搭船。城堡本身环绕着一道铁制的魔法栅栏，或许是挡住马不让其跑出去之类的东西。有十名骑士受命服侍蓝斯洛，另有二十名女士服侍伊莲。

她欣喜若狂。

“我们要叫它欢乐岛，”她说，“我们在这里会很快乐。还有，蓝斯……”听到她用小名称呼他，他畏缩了一下。“我希望你能做你喜欢的事。我们要举办比武大会、放鹰，还要做很多事。你一定要请人来住，这样我们就有伴了。蓝斯，我答应你，我绝不会嫉妒，也不会想花你的钱。只要我们小心行事，我们就会很快乐，不是吗？欢乐岛真是个可爱的名字，对吧？”

蓝斯洛清了清喉咙，“确实是个很棒的名字。”

“你得打造一面新的盾牌，这样就能参加比武大会，又不会被认出来。你想用哪种盾徽？”

“随便，”蓝斯洛说，“以后再慢慢安排吧。”

“残缺骑士。真是个浪漫的名字！有什么含义吗？”

“它有好几层意思。其中一个是‘丑陋的骑士’，或是‘犯错的骑士’。”

他没有告诉她，这名字的另一层意思是“不幸的骑士”——也就是“受到诅咒的骑士”。

“我不觉得你丑，也不认为你犯了什么错。”

蓝斯洛重新振作起精神。他知道，如果他表现得郁郁寡欢，或是来个彻底退隐，那么他留下来和伊莲在一起会很不公平；不过话说回来，伪装是件空虚的差事。

“那是因为你很讨人喜欢。”他说完迅速又笨拙地亲了她一下，好掩饰他话中的玩笑意味。不过伊莲注意到了。

“你可以亲自教育加拉罕，”她说，“你要把你的本事全教给他，这样他长大之后就会是全世界最伟大的骑士。”

他再次亲吻她。她说了“只要我们小心行事”，而她也试着要谨慎小心。他同情她的努力，却也感激她高尚的心。他就像个一心两用的人，同时做两件事，一件重要，另一件则不重要，而他认为自己要对那件不重要的事尽义务。不过，被人所爱总是一件困窘的事。而基于对自身的评价，他也不想接受伊莲的谦卑。

他们出发前往布利昂的那天早上，最近受封为骑士的卡斯特爵士在大厅里拦下蓝斯洛。他只有十七岁。

“我知道你自称残缺骑士，”卡斯特爵士说，“不过我认为你是蓝斯洛爵士，你就是吧？”

蓝斯洛抓住了这男孩的手臂。

“卡斯特爵士，”他说，“你觉得这是个很有骑士精神的问题吗？假设我是蓝斯洛爵士，却自称为残缺骑士，你难道不认为我是因为什么理由才这么做吗？出身高贵的绅士应不应当尊重这些理由？”

卡斯特爵士涨红了脸，他单膝跪下。

“我不会和任何人说的。”他说。而他也确实守住这项承诺。

第二十三章

春天缓缓到来，新家也安顿下来；伊莲为她的异乡骑士安排了一场比武大会。奖赏是一名美丽的女仆和一只矛隼。

有五百名来自全国各地的骑士在这场比武大会中出战，不过残缺骑士以一种心不在焉的凶残击倒所有站在面前的对手，这事成了个败笔。离去的骑士既困惑又吃惊，因为没有一个人被杀——他把人撂倒之后，就漠不关心地饶了对方的性命，无一例外；而且，无论情况如何，这位异乡骑士都不发一语。那些败阵的骑士带着淤伤慢跑回家，没有出席通常会在比武大会之夜举行的盛宴，一边猜测着那位沉默寡言的冠军究竟是谁，一边以迷信的口吻互相讨论这些事。伊莲露出勇敢的微笑，然而最后一位骑士离开之后，她便回到房间哭了起来。之后她擦干眼泪，起身去找她的主人。他在打斗结束的那一刻便消失了，因为他养成一个习惯，每天晚上日落时分都会独自离去，而伊莲并不知道他去了哪里。

她在城垛上找到他。两人沐浴在金色光芒中，他们的影子、他们脚下那座高塔的影子以及所有好像烧起来似的树木底下阴暗的幽影，在绿地上拉出一条条靛蓝色的宽带。他的眼睛绝望地望向卡美洛。那面新盾牌在他身前支撑着他，上面有个用来掩饰身份的盾徽，是个站在黑色原野上的银色女子身形，有名骑士跪在她脚边。

伊莲个性单纯，所以她很喜欢这盾牌所呈现出来的敬意。她从来就不聪明，但她现在才发觉，那银色女子是戴了王冠的。她无助地站在那里，不知道自己究竟能做些什么，然而她什么也不能做。她的武器不仅钝，还是质地柔软的金属。她能用的武器只有耐性和自制，然而，如果你的对手是内心的痴情狂爱，这两样武器都派不上用场，而古人无不为爱壮烈牺牲。

一天早上，他们坐在湖边绿地上，伊莲正在刺绣，蓝斯洛看着他的儿子。加拉罕正和他的娃娃玩着某种私密的游戏，他是个一本正经又沉默寡言的小男孩——其他男孩子老早就开始玩玩具兵时，他仍然非常喜爱这些娃娃。蓝斯洛用木头刻了两个披着铠甲的骑士给他，它们骑在附有轮子的马匹上，可以拆下来，而且用托子[1]拿着矛。将两匹马朝向彼此，拉动系在它们脚下两个平台上的线，这两个骑士就会进行长矛竞技，可以让双方都跌下马鞍。但加拉罕完全不理它们，只是玩着一个叫大圣人的破布娃娃。

“关妮丝会毁了那只雀鹰。”蓝斯洛说。

在他们视线所及之处，有位城中仕女朝他们快步跑来，手上带着一只雀鹰。她的匆忙刺激了那只雀鹰，它不断拍翅，但关妮丝不以为意，只是偶尔生气地摇它一下。

“怎么了，关妮丝？”

“噢，夫人，有两个骑士在对岸等着，他们说要来向异乡骑士

---

① 托子（Fewter），用来托矛的支撑器具，与马鞍或胸甲相连。

挑战。”

“叫他们走，”蓝斯洛说，“就说我不在家。”

“但是大人，门房已经告诉他们要怎么搭船了，他们正要过来，一次一个。他们说他们不会一起过来，如果您打败了第一位，第二位才会过来。第一人已经上船了。”

他站起身来，拍去膝上灰尘。

“叫他在比试场等我，”他说，“我二十分钟后过去。”

比试场是一块铺了沙子、夹在两道墙之间的长形空地，两端各有一座高塔。墙上设有可以俯瞰的看台，像是壁球的球场，不过是露天的。伊莲和仆人们坐在看台上观看底下两名骑士交锋，他们打了很久。这场竞技两人平分秋色，各自落马一次，而长剑比试已持续了两小时之久。两小时后，那陌生骑士大喊：“停！”

蓝斯洛马上停手，仿佛他是个获准休工吃晚餐的农夫。他把剑像干草叉那样往地上一插，然后站在一旁耐心等候。他的确一直都带着农家雇工的缄默耐性行事，并未试图伤害他的对手。

“你是谁？”那陌生人问，“请告诉我你的名字，我从来没遇见过像你这样厉害的人。”

蓝斯洛突然将两只臂铠举到头盔上，像是想将那张已经隐藏起来的脸掩藏在双手后，他痛苦地说：“我是湖上的蓝斯洛爵士。”

“什么！”

“我是蓝斯洛啊，德加里斯。”

德加里斯将他的剑锵啷一声往石墙一扔，随即往护城河旁的高塔奔去，铁鞋在比试场的地面敲出回音。他一边跑，一边解开头盔扔到一旁。当他跑到门房铁闸边时，他把两手圈在嘴边，使尽全身力气大喊："艾克特！艾克特！真的是蓝斯洛！快过来！"

他随即又回头跑向他的朋友。

"蓝斯洛！我亲亲爱爱的朋友！我就知道是你，我就知道是你！"

他摸索着系绳，想用笨拙的手指拿掉蓝斯洛的头盔。他一把除去自己的臂铠，也匡啷一声往墙上掷。他等不及要看蓝斯洛爵士的脸。蓝斯洛站在那里，一动不动，像个疲倦的孩子，任由大人为他脱去衣服。

"可是，你这一阵子都在做什么？你为什么在这里？大家都担心你已经死了。"

头盔也除了下来，和其他被扔在一旁的甲具作伴去了。

"蓝斯洛！"

"你说艾克特和你一道吗？"

"是，就是你的兄弟艾克特。我们找了你两年了。噢，蓝斯洛，我真高兴见到你！"

"你们一定要进来休息一下。"他说。

"但是，这么久了，你都在做些什么呢？你躲在哪里？王后一开始派出三位骑士搜寻你的下落，最后我们一共有二十三人在找你。这起码花了她两万英镑。"

"我一直来来去去的。"

"连奥克尼一族也来帮忙了。加文爵士也是搜索队的一员。"

就在这时候，艾克特爵士搭着船到了（这位是艾克特·德马瑞斯爵士，不是亚瑟王的监护人），闸门升起，让他通过。他朝异乡骑士跑去，仿佛像在足球场上要铲对方球似的。

“兄弟！”

伊莲从看台下来，在比试场一端等候。她十分清楚，她现在欢迎的人将会粉碎她的心。然而她没有打扰他们之间的问候，只是看着他们，像个被摒除在游戏外的小孩。她站在那里，集中她所有的气力。此时她召唤了她所有的力量与她心墙上所有的护卫，在她心中那座要塞集合。

“这位是伊莲。”

他们转向她，鞠躬行礼。

“欢迎来到布利昂堡。”

第二十四章

“我不能离开伊莲。”他说。

艾克特·德马瑞斯说：“为什么不行？你不爱她，对她也没有任何义务。你留在这里和她在一起，只会让你自己变得很悲惨而已。”

“我对她有某种义务。我无法解释，但确实有。”

“王后很绝望，”德加里斯说，“她花了一大笔钱找你。”

“这我无能为力。”

“你犯不着生气，”艾克特说，“在我看来，你在生气。不管王后做了什么，既然她有了悔意，你就该大方点原谅她。”

“没有什么好原谅的。”

“看吧，这就是我的意思。你应该回到宫廷去做你该做的事。别的不提，这是你欠亚瑟的，别忘了，你是向他宣誓效忠的骑士。他现在非常需要你。”

“需要我？”

“奥克尼的老麻烦。”

“奥克尼怎么了？噢，德加里斯，你不了解我听到这些熟悉的名字有多高兴。把所有闲言闲语都告诉我吧。凯伊最近还是老做蠢事吗？迪纳丹还是那么好笑吗？崔斯坦和马克王最近有没有什么消息？”

“如果你那么想知道这些事，就该回宫廷。”

“我已经告诉过你了，我不能回去。”

“蓝斯洛，你该用务实一点的态度来看这件事。你真以为你隐姓埋名和这个乡下姑娘躲在这里，还能做你自己吗？你以为你在一场比武大会里打败五百名骑士，还不会被人认出来？”

“我们一听说那场比武大会，马上就赶了过来，”艾克特说，“德加里斯说：‘这要不是蓝斯洛，我就是个荷兰人。’”

“这意味着，”德加里斯说，“如果你坚持留在这里，就得放弃战斗。再交战一次，你的事就会传遍全国。事实上，我想是已经传出去了。”

“和伊莲在一起就表示要放弃所有，也就是你要完全退下来——没有长矛竞技、没有比武大会、没有荣誉、没有爱情，可能还得一辈子躲在屋里。你知道，要忘记你的长相，可不是件容易的事。”

“不管怎么说，伊莲都是个仁慈的好女人。艾克特，若有人信任你又仰赖你，你怎么能去伤害他？连对待狗都不能这样残忍。”

“可是人可不会跟狗结婚。”

“该死的，那女孩爱我啊。”

“王后也爱你啊。”

蓝斯洛把帽子拿在手上转着。“我最后一次见到王后的时候，”他说，“她叫我永远都不要再接近她。”

“但是她花了两万英镑找你。”

他静了半晌，然后用一种粗哑的声音问：“她好吗？”

“非常糟。”

艾克特说：“她知道这是她的错。她一直哭，波尔斯说她是个傻瓜，她也没有反驳。亚瑟也很惨，因为圆桌整个乱了套。”

蓝斯洛将帽子扔到地上，站起身。

“我告诉过伊莲，我不能保证会留下来和她在一起，”他说，“所以我必须留下。”

“你爱她吗？”德加里斯追根究柢地问。

“是的。她一直都对我很好，我很喜欢她。”

在他们的目光中，他改变了自己的用词。“我爱她。”他辩护似的说。

两位骑士留下来待了一星期，蓝斯洛饥渴地听他们带来的圆桌消息，却日渐消沉。晚餐时间的高桌上，伊莲坐在她的主人身旁，席间对话充斥着她从没听过的人名和她完全听不懂的事。她能做的只是再端上一份餐点，艾克特接过餐点，却仍滔滔不绝地说着某则趣闻，完全没停下来。他们把她夹在中间谈笑风生，她也忙着笑。蓝斯洛每天都在日落时分到他的塔楼去，完全不知道这个地点已经被人发现了，因为她第一次发现他在那里时，转身轻手轻脚离开了。

“蓝斯洛，”一天早上，她说，“有个人带着马和铠甲在护城河的另一边等你。”

“是骑士吗？”

“不，他看起来像是侍从。”

“我倒想知道这次会是谁。叫门房带他过来。”

“门房说那人不愿意过来。他说他要在那里等蓝斯洛爵士。”

“我去看看。”

就在他要下楼搭船的时候，伊莲拦住他。

“蓝斯洛，”她说，“如果你要离开，你要我把加拉罕教养成什么样的人？”

“离开？谁说我要离开的？”

“没有人说，不过我想知道。”

“我不懂你在说些什么。”

“我想知道加拉罕应该接受什么样的教育。”

“这个嘛，我想就一般的方式吧。我希望他能学着当一个好骑士。但是这整个问题都是凭空想像出来的啊。”

“这就是我想知道的。”

然而，她又把他拦下来。

“蓝斯洛，你能再告诉我一件事吗？如果你要离开，如果你必须离开我……你会回来吗？”

“我告诉过你，我没有要离开。”

她一边说话，一边想着要如何准确表达自己的意思，就像个正慢慢穿越沼地的人，边走边试探着前方的路。

“这对我日后教养加拉罕会有帮助……对我要怎么活下去会有帮助……如果我知道未来有什么在等着我……如果我知道有朝一日……如果我知道你会回来……”

“伊莲，我不知道你为什么要说这些。”

“我不是想要阻止你，蓝斯。或许离开这里是你最好的选择，或许这事终究要发生，只是，我要知道我能不能再见到你……因为这对我来说很重要。”

他执起她的手。

“如果我离开了，”他说，“我会回来的。”

护城河另一边的人是戴普大叔。他站在蓝斯洛那匹老了两岁的战马旁，马鞍上整整齐齐放着蓝斯洛惯用的铠甲，仿佛在做工具检阅似的。每样东西都叠放端正，用皮带扣在适当的战斗位置上。无袖短铠卷成一束，头盔、护肩甲和臂甲都已磨光，实实在在地打磨了好几个星期，表面呈现出光亮的色泽，那是只有刚从店里买来、还没让家庭清洁方式弄糊的全新商品才有的色泽。空气中有马鞍皂[①]的气味，混合着一股独一无二、专属于铠甲的味道，就像你走进高尔夫球场的专卖店所闻到的味道那样独特，而对骑士来说，这是一股令人兴奋的气味。

蓝斯洛全身肌肉都回想起他穿着那副铠甲的感觉，打从他离开卡美洛后就再也没见过它了。他的食指想起那把剑的握柄是以它为支点来运作的；他的拇指清楚知道，当它得在这个支点的近侧施力时，要用上几盎司力道；手掌内侧的肌肉想要紧紧握住剑柄；而他整只手臂都记得欢悦剑的平衡感，想拿着它在空中挥舞。

戴普大叔看上去老了些，他一句话也没说，只是拉着缰绳，排出马具，静待骑士上马驰骋。他严厉的眼神凶猛如苍鹰，坚守自己的岗位，他沉默地拿出一顶巨大的顶盔，盔上有个很眼熟的羽饰，是鹭鸟的颈羽和银线。

蓝斯洛用双手从戴普大叔那儿接下头盔，拿在手上转着。他的

---

① 马鞍皂（saddle soap），混合中性肥皂与牛趾油，专门用来保养皮革产品的清洁配方。

手十分精确地知道这盔的重量，刚好二十二磅半。他看着头盔出色的打磨、崭新的衬里和后面的新披饰。披饰是天青色的薄绸，上面用金线手工绣上许多小小的远古法兰西百合。他马上就知道这刺绣是谁做的了。他将那顶头盔凑上鼻端，对着披饰吸了一口气。

刹那间，她就在那里了——不是他在城垛上遥想的桂妮薇，而是以不同姿态现身、真实的珍妮；他能细数她眼睑上每一根睫毛、肌肤上每一个毛孔、声音里每一种语调和她微笑时所牵动的每一块肌肉。

蓝斯洛头也不回地离开了布利昂堡，伊莲站在城门塔楼上，没有挥手送他。她定定看着他，就像遭逢船难之后，拼命往小船上载运清水的人。她还有几秒钟的时间可以储存有关蓝斯洛的信息，陪她度过往后的岁月。她现在所有的是这些记忆、他们的儿子以及一大笔钱。他把所有钱都留给她，她终生都会有一年一千英镑的收入——在那个年代，这可是一大笔钱。

第二十五章

离开伊莲十五年后，蓝斯洛仍然留在宫廷。而国王与桂妮薇和她的爱人之间，关系也一如往常，只是所有人都老了。蓝斯洛发疯后初次归来时才二十六岁，头发刚刚转成獾灰色，现在已经相当白了。亚瑟也是少年白，不过掩藏在这两人柔细胡子底下的嘴唇依然红润。只有桂妮薇设法保持头发乌黑。她在四十岁时仍保有曼妙体态。

还有一点不同，新世代进入了宫廷。圆桌的这几位主角心中仍有他们一贯的热情，但是他们现在已成了一种形象，而不再是有血有肉的人了。对周遭的年轻食客来说，亚瑟不是未来的十字军战士，反被公认为过去的一个征服者；而蓝斯洛是战无不胜的英雄，桂妮薇则是倾国的传奇美人。对这些年轻人来说，看到亚瑟在苍郁的林地中狩猎，就等于看到王者风范。他们眼中所见到的不是人，而是英格兰。而当蓝斯洛骑马走过，与王后一同为了某个私密的笑话笑出声来时，这些平民会对“他会笑”这件事感到惊异不已。“看，”他们会对彼此说，“他在笑唉！像我们这样的粗人一样笑呢！蓝斯洛爵士笑了，这真是太纡尊降贵、太平民化了，就好像他是个普通人似的。或许他也会吃喝、晚上也会睡觉呢。”不过，在这些新世代人们的心中，他们很确定伟大的湖上骑士不会做这种事。

确实，二十一年的岁月中，滔滔河水流经卡美洛的桥墩，建筑物也有同样的岁数了。一开始那些年，投石器和攻城射石机在辙痕斑斑的大道上往返，城堡石墙在一场又一场围城战事中摧毁；可在轮上移动的木制高塔，笨重地在那些怯战的要塞之间来去，好让上面的弓箭手往下射出箭矢，将死亡送进那些叛徒的堡垒；技师匠人成群结队走在夏日飞尘之中，肩上扛着鹤嘴锄和铲子，在那些已然变节的望台下挖凿，让巨石塌落。当亚瑟无法用正攻方式攻下一座铜墙铁壁的城堡时，他会在墙上特定的地方挖出通道，这些通道会先用梁柱支撑，然后在适当的时机烧掉梁木，使通道崩塌，让通道上方那些填满粗砾石的外墙坍倒。

早年的岁月都是战事，那些坚持自己因剑而生的人也因剑而亡。在那些岁月里，整座塔里的战士都在烧烤食物，火光遍照，仿佛来了许多盖伊·福克斯[①]似的，他们完全不认为这座塔是个要塞，他们把它搞成了一根顶级的烟囱；在那些岁月里，战斧砍在防斧门板上，发出锵锵声响，防斧门的第一层木板是平行钉上的，但第二层则是垂直的，所以不会顺着木头的纹理裂开；在那些岁月里，诺曼巨人的步伐摇摇晃晃，很容易解决，只要先砍掉他们的腿就能击中他们的头；长剑绕着头盔和肘甲轻快敲击，若是状况激烈，还会

① 盖伊·福克斯（Guy Fawkes，1570—1606），于一六〇五年十一月五日密谋炸毁伦敦西敏宫（今国会大厦），杀害英王詹姆士一世及英格兰上下议院的议员，然而计划尚未实施便被捕，并予处决。伦敦今天在十一月五日仍会施放烟火庆祝，称为“盖伊·福克斯日”。

伴随一阵火花，让那些奋战的骑士看起来耀眼夺目。

早先那几年，不管你到什么地方去，都会在路的尽头看到一些东西：可能是佣兵的行进队伍、抢劫或苏格兰与英格兰边境上的木桩；可能是某个新秩序的骑士正和某个保守派贵族对战，因为他想阻止对方杀害农奴；可能是某个金发少女让人从高耸的要塞里用皮制绳梯救出来；可能是布鲁斯·索恩斯·匹帖爵士正全速奔驰，蓝斯洛爵士紧追在后；或者可能是军医正在替某个不幸的战士仔细诊察，并且让他吃下洋葱和大蒜，以便藉由伤口的味道来诊断肠子是否被刺穿。他们在检视伤口时，会让伤患穿上一件带有羊脂的毛衣，那是用羊只乳房附近的生羊毛制成的。这里是坐在对手胸膛上的加文爵士，他用一把尖长的随身匕首插进对手面甲下方的通气孔了结了对方，而那把匕首的别名就叫做“上帝恩典”。有几个骑士是在战役中被自己的头盔给闷死的，在那个年代从事这种激烈的活动，通气孔又小，常常会发生这样不幸的意外。战场这一头，一些地位比较低的老派贵族架设了宽敞的绞刑台，要吊死亚瑟王的骑士和信赖他们的撒克逊平民；那是一座华丽的绞刑台，和隼丘[1]搭建的那一座几可媲美，可在十六根石柱中吊上六十具尸体，看起来像土褐色的倒吊金钟。比较简陋的绞架上装了横木，像是电线杆上的踏脚处，让刽子手可以爬上爬下。战场另一头有个地方，四周围了树篱，里头的灌木丛都放了陷阱，没有人敢走近方圆一英里之内。前方可能会有个笨蛋骑士掉进抓鹿的陷阱，而这个陷阱会弹开一根粗大的树枝，把他整个人吊起来，挂在树枝末端，任

① 隼丘（Montfaucon），巴黎近郊的山丘，古代是处刑之地，在法国大革命期间设满了绞刑台。

他在天地之间无助地摆荡。后方可能正进行一场惨烈的比武大会或派系战争，所有传令官对着打算冲锋的骑士团大吼：“不可恋战！”这句口号相当于现在还能在英国大马赛[①]中听到的那句：“别追了！”

这个世界原本应该在公元一千年就结束的，然而得到缓刑之后，便爆发了无法无天的暴虐行为，毒害欧洲长达数个世纪之久。要为此负责的就是被圆桌视为敌人的强权教条。那些强权派的好斗领主在尚未开发的林地里狩猎（凡事总有例外，野森林城堡的艾克特爵士就是个好人），以至于索尔兹伯里的约翰[②]必须告诉他的读者：如果这些伟大而无情的猎人即将经过你的居所，你该带上你家里所有的食物，或是你能立即向邻居购买或借用的食物，快点离开，否则你就完了，甚至还会被冠上叛国的罪名。迪律伊[③]告诉我们，孩童会被人绑着大腿吊在树上。而当时一个不算太罕见的景象是，你可能会看到一个全副武装的人，脸红得像龙虾，看起来像是一团黏糊糊的燕麦粥，因为围城战事的过程中，这家伙给人当头浇下一桶滚烫的谷糠皮。乔叟还提过其他更戏剧性的奇景：人们脸上挂着微笑，斗篷底下暗藏利刃；死尸抛在树丛里，喉咙多了一道开口；冰冷的尸体张大了嘴，仰躺在地[④]。各地的刀剑都沾着血迹，天

① 大马赛（Grand National），英国从一八三九年起，在三四月的时候于利物浦举行的全国性马赛。

② 索尔兹伯里的约翰（John of Salisbury，1115？—1180），中古世纪的英国哲学家，也是同时代最杰出的拉丁文学者。

③ 迪律伊（Duruy，1811—1894），法国历史学者及政治家。据说怀特藏书中有一本迪律伊所著的法国史。

④ 出自乔叟《坎特伯雷故事》中《骑士的故事》第三部分的内容，只是怀特将其中几个字换成现代英文。

空都看得到黑烟，所有权力都不受约束；而在这段普遍混乱的时代中，加文最后成功谋害了我们亲爱的老友派林诺国王，为他父亲洛特王报仇雪恨。

这就是亚瑟所继承的英格兰，也是他追求文明教化的过程中经历的阵痛期。如今，在二十一年孜孜不倦的努力之后，这个岛成功地呈现出不同的风貌。

那些黑骑士一度满怀狂暴怒气，等在某个浅滩边，要向那些冒冒失失往那条路走的人收取过路费，然而现在无论哪位少女，就算身上佩戴金饰和其他饰物，也可以在整个国境里安全来去，不用害怕受到伤害。而那些麻风病人（当时他们称之为麻疹）以前常穿着白色的蒙头斗篷在林间漫游，如果他们想要警告别人，会敲起悲伤的响板；如果他们不想警告你，则敲也不敲，直接冲上来一把抓着你。然而现在有了合适的医院，隶属宗教骑士团管辖，可以照顾这些从十字军东征回来得了麻风病的人。所有暴虐的巨人都死了，而所有危险的飞龙（它们以前会发出粗浊的声音，像游隼一般朝下扑击）都已不能再伤人。过去，结伙的强盗会带着飘扬的三角旗在干道沿途来去，而现在，快乐的朝圣者成群结队，在前往坎特伯雷的路上分享低级的故事。那些一本正经的神职人员到沃辛汉的圣母那儿去做一日游，嘴里唱着《哈利路亚喜乐颂》；没那么正经八百的神职人员，则即兴唱首绝妙的中世纪饮酒歌：《我想死在客栈里》。彬彬有礼的修道院长躁动不安地骑在缓步而行的驯马上，头上戴着毛皮制成的兜帽（这可违反了他们教团的戒律）；配备时髦的侍从让鹰停在拳头上；体格结实的农夫和老婆为了新斗篷而争吵；另外有一伙快乐的家伙身上也没穿戴铠甲之类的装备就出去打猎了。有些人骑着马去了跟特鲁瓦[①]一样盛大的市集；有些人则去了可与巴黎匹敌的大学，那里有两万名学者，里头最后出了七名教宗。修道院里，僧侣们都以活跃的创造力描绘手稿上的起首字母，精致复杂的程度使得这些手稿的第一页都很难读。而那些现在没在手稿开头画基督标记“χρ”的人，正仔细抄写图尔的格列高利主教所著的《法兰克人史》、《黄金传奇》[②]、《西洋棋戏》[③]，或是某本放鹰专论——前提是，如果他们没让神奇的路尔那本《伟大艺术》[④]或最最神奇的那位魔术师所编纂的《巨鉴》[⑤]迷住。厨房里，几个有名的大厨正在准备菜肴，其中一轮菜就包括：牛睾丸汤、甜酒汤[⑥]、八目鳗冻、牡蛎炖洋葱、酱烧鳗鱼、烤鳟鱼、腌猪肉配芥末、雄鹿内脏、填料烤猪、熏鸡、酒酱鹅肉、野鹿麦粥、清炖母鸡、烤松鼠、香羊肚[⑦]、阉鸡脖子布丁、内脏、牛胃、杏仁凝乳白肉、甘蓝菜、牛油煮蔬菜、苹果慕斯、姜糖面包、水果塔、牛奶冻、榅桲蜜饯、斯第尔顿乳酪

---

① 特鲁瓦（Troyes），法国东北部大城，是中世纪的贸易重镇。

② 《黄金传奇》（*Legenda Aurea*），十三世纪时以拉丁文写就，在欧洲风行一时；曾翻译成多种欧陆语言流传，作者为 Jacobus de Voragine，内容是关于圣徒的行迹，如圣乔治屠龙之类的故事。

③ 《西洋棋戏》（*Jeu d'Echecs Moralise*），作者为 Jacobus de Cessolis，原拉丁书名为 *Liber de ludo scacchorum*，怀特在此使用法文译名。盛行于十四世纪欧洲宫廷，内容主要解释西洋棋在中世纪时所代表的象征寓意与社会意涵。

④ 《伟大艺术》（*Ars Magna*），为展现作者瑞门·路尔（Ramon Llull）逻辑体系的一本书。路尔是十三世纪的哲学家，能以阿拉伯语、拉丁语、西班牙语等多种语言写作。

⑤ 《巨鉴》（*Speculum Majus*），意为巨大的镜子，作者为博韦的樊尚（Vincent of Beauvais），是一部百科全书，全书共有八十本，分为九千八百八十五章，是十八世纪时欧洲最大部头的百科全书。

⑥ 甜酒汤（caudle ferry），一种用葡萄酒或麦酒混合糖、蛋、面包、香料等物的饮品。

⑦ 香羊肚（haggis），苏格兰传统名菜，将羊的心、肺、肝等内脏绞碎，佐以燕麦、洋葱等馅料，填入羊胃袋中煮熟。

等。用餐的大厅中，那些让酒坏了味觉的年长绅士正在享用中世纪的奇珍异馐——调味很重的鲸肉和海豚肉。美丽的女士在盘里放上玫瑰和紫罗兰，烤过的金盏花让面包牛油布丁的风味更加美妙，而那些侍从则偏爱羊奶乳酪。育儿室里，所有小男孩都想尽办法说服他们的母亲，把硬梨子放在蜂蜜糖浆里和醋一起炖煮，再配上发泡奶油当晚餐。餐桌礼仪也远远超过我们的文明程度。现在，他们不再使用面包做的盘子，用的是有盖的盘子、加了香料的洗手钵、华丽的桌布和供过于求的餐巾。用餐者戴着花环、穿着优雅的服饰，侍者则以正规的芭蕾动作上菜。葡萄酒瓶放在桌上，没那么体面的麦酒则放在桌底下。众音乐家组成奇特的乐团，在人们用餐时演奏铃、大号角、竖琴、维奥尔琴①、齐特琴②和风琴。亚瑟王尚未建立他的骑士之道时，塔中骑士兰德里③必须警告他女儿，晚上不可独自一人到自家餐室去，正是担心暗处会发生什么事；然而现在，餐厅里有了音乐和灯光。而在烟雾弥漫的拱形大厅内，原本只有邋遢的贵族在那里啃骨头，手指上还沾满了血；现在人们吃东西时手指都很干净，他们会从木碗里取出带有药草香味的盥洗皂洗手。在修道院的地窖里，总管从桶子里取出新酿与陈酿麦酒、蜂蜜酒、波特酒、波尔多红酒、干雪莉酒、莱茵白酒、啤酒、搀了香料的蜂蜜酒、洋梨酒、香料甜酒和上好的白威士忌。法官在法院里施行的是

---

① 维奥尔琴（viol），中世纪的六弦提琴，是现代小、中、大提琴的前身。

② 齐特琴（zither），一种类似古琴、古筝的乐器，上有数十条弦。也是这类扁平型拨弦乐器的总称。

③ 塔中骑士兰德里（the Knight of the Tower Landry，1320—1391），著有*Livre pour l'enseignement de ses filles*，用来教导女儿适当的宫廷礼仪。

国王的新法令，而非强权恶法。农家的好妻子正烘着令人口水直流、热腾腾的铁盘面包，他们不惜成本把上好的泥炭放进火里，平时畜养的肥鹅就足以让二十个家庭吃上二十年。亚瑟在位的时候，撒克逊人和诺曼人开始认同自己是英格兰人。

无怪乎，欧洲所有野心勃勃的年轻骑士都群聚在这伟大的宫廷里。也难怪他们视亚瑟为王，视蓝斯洛为征服者。

在这段日子来到宫廷的年轻人之中，有加瑞斯以及莫桀。

第二十六章

“这年头我们很少看到箭在人的心脏里颤抖了。”一日下午，蓝斯洛在弓箭靶场如是说。

“颤抖！”亚瑟高声说，“用这个字眼来形容箭射中之后所产生的振动，真是太妙了。”

蓝斯洛说：“我是从歌谣里听来的。”

他们离开靶场坐在凉亭里，从那里他们可以看到正在练习射靶的年轻人。

“这倒是真的，”国王阴郁地说，“在这衰颓的年头，是没那么多我们熟悉的争战了。”

“衰颓！”他的最高司令官抗议，“你干吗不高兴呢？这样的日子不就是你要的吗？”

亚瑟转移了话题。

“加瑞斯很有前途，”他看着那男孩，“这倒有趣。他没小你几岁吧，不过一想到他，就觉得他还是个孩子。”

“加瑞斯是个好人。”

国王伸出手，亲密地紧搭着蓝斯洛的膝盖。

“说到加瑞斯，大家认为你才是那个好人，”他说，“这事已经成为传奇了。一个男孩隐姓埋名来到宫廷，待在厨房里工作，连自己的兄弟都认不出他来。凯伊有次故意使坏，还给他取了个绰号叫‘大小姐’。在他完成伟大的冒险成为骑士之前，你是唯一亲切待他的人。”

“这个嘛，”蓝斯洛反驳，“你不能怪加文，他十五年没见到他弟弟了。”

“我没有怪任何人，我只是说，你会去注意一个厨房的见习骑士，并且一路帮助他，最后还授与他骑士勋位，这是件好事。不过，你一直对人很好。”

“奇怪的是，他们会一直来这里，”他朋友说，“我想那是因为他们无法不来。只要是有想法的孩子，都会觉得必须去亚瑟的宫廷，就算在厨房工作也好。因为这里是新世界的中心。这也是为什么加瑞斯会离开他母亲。她不会肯让他来，所以他离家化名而来。”

“胡说。摩高丝是个恶毒的老女人——只能这么说她了。她不许他到宫廷里来是因为她恨你，不过无论如何他还是来了。”

“摩高丝是我的异父姐妹，而我曾经做过很对不起她的事。她每个儿子都离开她，跑来服侍她憎恨的人，这对女人来说并不好过。就连莫桀也来了，那是她最小的儿子。”

蓝斯洛看来有些不自在，他直觉地不喜欢莫桀，同时也不喜欢心里有这样的芥蒂。他并不知道亚瑟就是莫桀的父亲，因为早在他或桂妮薇来到宫廷之前，这故事就已经给遮掩藏匿起来，一如过去亚瑟出生的秘密。但他确实感到这个年轻人和国王之间有些什么。他毫无来由地讨厌莫桀，就像狗不喜欢猫；但他对自己的偏见感到羞愧，因为这有违他协助年轻骑士的原则。

“莫桀到这里来，一定伤她最深，”国王继续说，“女人总是最疼爱幺子。”

“就我所知，她从来不偏爱他们当中哪一个。如果他们到宫廷来会伤她的心，那不过是因为她恨你。她为什么恨你？”

“那是个很糟的故事，我不想谈。”

国王说着又补上一句：“摩高丝是个……很有主见的女人。”

蓝斯洛坏心眼地笑了。

“从她行事风格看来，一定是的，”他说，“我听说她虽然已经做了祖母，却还对派林诺的儿子拉莫瑞克死缠烂打。”

“谁告诉你的？”

“已经传遍全宫廷了。”

亚瑟站起身，烦乱地迈出三步。

“上帝啊！”他叫道，“拉莫瑞克的父亲杀了她丈夫！她的儿子又杀了拉莫瑞克的父亲！拉莫瑞克才几岁啊！”

他坐下来看着蓝斯洛，仿佛很害怕他又会说出什么事来。

“都一样，她就是会这么做。”

国王突然激动地问：“加文上哪去了？阿格凡呢？莫桀呢？”

“他们应该是远行去探险之类的。”

“不会……不会是到北方去了吧？”

“我不知道。”

“那拉莫瑞克呢？”

“我想他还留在奥克尼。”

“蓝斯洛，如果你认识我姐姐……如果你真的了解奥克尼一族就好了。他们对家族十分狂热。如果加文……如果拉莫瑞克……噢，上天啊，请怜悯我的罪过，请怜悯他人的罪过，请怜悯这纷扰的世间吧。”

蓝斯洛惊惶地看着他。

“你在怕什么？”

亚瑟再次站起身来，开始急促地说话。

“我担心我的圆桌，我担心接下来要发生的事，我担心圆桌彻头彻尾错了。”

“胡说。”

“我设立圆桌，是为了终结无政府的混乱状态。它为暴力提供出路，让那些习惯用武力解决事情的人，可以用一种有益的方式来行使武力。但这整件事都错了。不，让我继续说。它之所以错，是因为它奠基于武力。正义必须倚赖正义来建立，不能靠强权恶霸的行径。但那就是我一直想做的事。现在，我要自食恶果了。蓝斯洛，恐怕现在恶报要来了。”

“我不明白你在说什么。”

“加瑞斯来了，”国王突然说，语气平静，仿佛一切都结束了。“我想你马上就会明白。”

就在他们说话时，一个裹着皮绑腿的信差来到靶场，国王的眼角余光发现那信差十万火急地寻找加瑞斯爵士，并拿了一封信给他。他看着那男孩把信读了一次、两次、三次，接着困惑地对来人说话。加瑞斯无意识地向那信差鞠了一个躬，然后慢慢朝他们走了过来。

“加瑞斯。”国王说。

这年轻人跪下，握住国王的手，仿佛他的手是栏杆或救生索。他看着亚瑟，目光呆滞，眼中也没有泪水。

“我母亲死了。”加瑞斯说。

“是谁杀了她？”国王问，仿佛那是个再自然不过的问题。

“是我哥哥阿格凡。”

“什么！”

惊叫的人是蓝斯洛。

“我哥哥杀了我母亲，因为他发现她和一个男人睡在一起。”

“蓝斯洛，拜托安静一点，”国王说，然后转向加瑞斯，“他们怎么处置拉莫瑞克爵士？”

不过加瑞斯还没把故事的前半段说完。

“阿格凡砍下她的头，”他说，“就像那只独角兽。”

“独角兽？”

“拜托，蓝斯洛。”

“他杀了生育他的母亲。”

“我很遗憾。”

“我一直都知道他会这么做。”加瑞斯说。

“你确定这消息是真的吗？”

“是的，是真的。杀了独角兽的人就是阿格凡。”

“拉莫瑞克就是独角兽吗？”国王温和地问。他不知道外甥在说什么，不过他急于帮忙。“拉莫瑞克死了吗？”

“噢，叔叔！他们说阿格凡发现她光着身子和拉莫瑞克爵士一起躺在床上，于是他砍了她的头。然后他们也逮住拉莫瑞克。”

蓝斯洛对往日悲剧所知不多，所以他没有国王那样的耐性。

“他们是谁？”他问。

“莫桀、阿格凡，还有加文。”

“所以事情是这样的，”蓝斯洛爵士说，“你那三个兄弟先杀了那个连苍蝇都不忍伤害的派林诺国王，只因他在一场比武大会中失手杀死你们的父亲；然后又在床上杀了自己的亲生母亲，最后再宰了派林诺的幺子拉莫瑞克，只因为你们那位年纪大他三倍的母亲勾引他。我想，他们是联手对付他一个人吧？”

加瑞斯把国王的手抓得更紧了，垂下头去。

“他们将他团团包围，”他麻木地说，“莫桀从背后捅了他一刀。”

第二十七章

加文和莫桀在原住民地区劫掠了一阵后，直接回到卡美洛，但阿格凡没和他们一道回来。拉莫瑞克才刚断气，或者说，他们才刚开始明白事件始末，便起了争执。摩高丝王后之死是意外；阿格凡受了极大刺激的后果，用他自己的话说，是一时怒极攻心。不过他们本能地知道，真正的原因是出于嫉妒。所以他们用一贯的罪名指控他，说他不过就是个肥胖的恶霸，而他最崇高的工作就是杀死手无寸铁的男人或女人。在那场暴怒的意外过后，他们便恸哭着离开了他。加文现在忆起他对那位特立独行的母亲所怀抱的恋慕之情，也是那位巫后期望她那几个儿子能怀抱的感情。他阴郁而悔恨地驰向国王的宫廷，心里明白，他们杀死小拉莫瑞克的方式会让亚瑟大为震怒，因为那孩子是排名第三的圆桌骑士，不过，他并不后悔杀了他。在他看来，拉莫瑞克确实该死，就像重罪犯该当处死，因为他和他父亲都伤害了奥克尼一族。他知道，由于他杀了亲生母亲，现在宫中的人都会睥睨他，而他年轻时在盛怒下杀死一名女人的旧事也会有人重提。然而这些并不足以让他沮丧，让他悔恨不已的，是他亲爱的奥克尼族母亲已逝（直到现在，他才开始厘清这件事的来龙去脉），是他又重创了亚瑟的理念，而他其实本性宽厚。他希望国王吊死他，将他放逐，或严厉惩治他。他走进王室会客厅，整个人阴郁羞愧。

莫桀没事人似的跟在加文身后走进房内，他身材细瘦，头发是浅金色，看起来就像个白化病者，那对明亮的眼睛则是蓝色，是褪尽了色彩的浅蓝，以至于你根本看不进他眼底深处，他的胡子也剃得很干净。不管是他身上哪个部分，都让人难以掌握，头发、眼睛、胡子都一样，整个人似乎连颜色都洗刷殆尽，捉摸不定。在那张粉红色的削瘦脸庞上，只有明亮的蓝眼周围长了鱼尾纹——如果你喜欢，可以假定他闪烁的双眼中带着幽默，亦或是讥嘲，或就只是强调天蓝色的瞳孔，好使其显得更幽远深邃。他走进来，姿态笔直，同时带着迎合与叛逆的味道，不过肩膀一边高一边低。由于接生婆技术笨拙，他生来便略微驼背，就像理查三世。

亚瑟正在等他们，桂妮薇和蓝斯洛分立于国王左右。

体格壮硕的红发加文笨拙地单膝跪下，双眼不是看向国王，而是看着地板。

“请求赦免。”

“请求赦免。”莫桀也跟着说，他跪在同母异父的兄弟身边，却直视国王眉心。他的声音高深莫测，修饰优雅，但话里的意思可能与话面意思恰恰相反。

“我赦免你们，”亚瑟说，“去吧。”

“去？”加文问。他不确定自己是否被驱逐出境。

“对，去吧。我们可以等到晚餐再见面，但是现在，去吧。请你们离开，拜托。”

加文粗鲁地说："那件事有一半是因为运气不好。"

这回亚瑟的声音既不疲倦也不哀伤了："滚！"

他像战马一样顿着脚，并且以手指门，仿佛要将他们扔出去似的。他的眼睛闪着光，仿佛一道突来的灰绿色火焰，因此即便是莫桀，也很快地站起身。加文吃了一惊，神色困惑，摇摇晃晃走出门去，而那驼背的家伙在离开之前便恢复镇定了。他行了一个演员式的礼：腰弯得很低、看似谦卑的华丽幻影——然后他直起身，与国王相对而视，微笑，之后才离去。

亚瑟颤抖地坐了下来，蓝斯洛和桂妮薇越过他头顶互使了个眼色。他们想问，他为何原谅自己的外甥；他们也想抗议，因为原谅弑母之罪，必然危及圆桌。但他们从未见过亚瑟如此震怒，这其中或许有什么隐情，因此他们忍住不语。

不久，国王开口："蓝斯，在这件事发生之前，我曾试着告诉你一些事。"

"是的。"

"一直以来，你们两个都听我在讲圆桌的事，我希望你们明白。"

"我们会竭尽所能。"

"很久以前，梅林还在我身边帮助我的时候，试着教导我如何思考。因为他知道他最后必须离开，所以他逼我自己去思考。蓝斯，绝对不要让人教你如何思考，思考是这世界的诅咒。"

国王坐在那里望着他的手指，往昔的念头有如螃蟹一般穿过指间，而他们只是等待。

"梅林赞同圆桌的想法，"他说，"在当时，它显然也是个好主意。它必定是个过渡阶段。现在我们得想想，下一步该怎么走。”

桂妮薇说：“我看不出来圆桌有什么问题，就因为奥克尼一族弑亲吗？”

“我对蓝斯解释过。圆桌的想法在于：重要的是公理，而非强权。遗憾的是，我们想要用强权来建立公理，那是不对的。”

“我不明白为什么不对。”

“我想要为强权挖一条发泄管道，让它有效地流泄。这概念应该要阻止那些好战分子，让他们为正义而战；我希望这样可以解决问题，但并没有。”

“为什么？”

“就是因为我们已经得到正义。我们已经达到我们奋战的目标，但现在我们手边还是有那些战士。你不懂发生什么事吗？我们已经把奋战的目标消耗殆尽，所以圆桌所有的战士都会开始腐化。看看加文和他那些兄弟，以前还有巨人、飞龙和邪恶骑士的时候，我们可以让他们有些事做，可以让他们遵守规则。但是现在这条路已经走到尽头，他们再也无处运用他们的力量，所以他们发泄在派林诺、拉莫瑞克和我姐姐身上——愿上帝慈悲。腐化的第一个征兆，就是我们的骑士精神整个变成一种对竞赛的狂热，就是那些关于谁长矛比试的平均分数最高之类的屁话。杀戮再次开始，则是腐化的第二个征兆。这也是我为什么会说，如果亲爱的梅林现在还在这里帮我，他会要我再去思考别的方法。”

“那是因为安逸和奢华的生活让我们怯懦了，那条弦松了，弹出来的音自然会变调。”

“不，完全不是这样。一切只是因为我把强权收起来放在背后，以便随时拿出来运用。虽然我并不知道要怎么做才能把强权连根除去，但我应该这么做，而不是试着去适应它。现在强权留了下来却无从发泄，于是逐渐变成一条邪恶的管道。”

“你应该惩处此事。”蓝斯洛说，“当初贝第维爵士杀妻，你让他带着她的头去找教宗。你现在也该要加文去找教宗。”

国王摊开双手，第一次抬头往上看。

“我要把你们所有人都送到教宗那里去。”他说。

“什么！”

“倒不是真的送到教宗那里。看吧，就像我说的，问题在于我们的强权已经没有世俗目标，所以现在只剩下心灵目标了。我一整夜都在想这个问题，如果我的斗士已经把可以较量的现世事物消耗殆尽，那么为了让他们免于沉沦，我就必须让他们转而与心灵对抗。”

蓝斯洛的眼神燃烧起来，开始热切地看着亚瑟。在此同时，桂妮薇一言不发，她先是迅速地偷偷瞥了她的爱人一眼，然后回头以一种全新的保留态度面对丈夫。

“有些事如果我们不去做，整个圆桌就会走向灭亡，”国王继续说，“不仅仇恨会越结越深，人开始在光天化日之下杀人，一些放肆的下流话也会四处流传。看看崔斯坦和马克王后的事吧，大家似乎都站在崔斯坦那边。道德是很难议论的，不过事实如此，我们自己先弄出一种道德感，但这股道德感现在正在腐化，而我们莫可奈何。道德感一旦腐化，比完全没有还糟。我想，所有纯粹追求世俗目标的努力，都带有堕落的种子，就像我那著名的文明教化一样。”

“这跟送我们到教宗那里去有什么关系？”

“这是一种比喻。我的意思是，我的圆桌理念是一种暂时的理想。如果我们要救它，就得把它转化成一种精神上的理想。我忘了还有上帝。”

“蓝斯洛他，”王后的声音很奇怪。“可从来没忘记过。”

不过她的爱人太专注这个话题，没注意到她的语调有什么不对。

“你想怎么做？”他问。

“如果你了解我的意思，我想我们一开始可以试着做一些对灵性有助益的事。我们已达到实质的目标，也就是和平与繁荣，现在无事可做了。如果另外找个实质目标，一个暂时目标，像是扩张版图之类，只要目标达成，我们就会再次面临同样的问题，说不定还会更糟。但是，为什么我们不能把圆桌的力量转向灵性层面，让能量再次凝聚起来？你知道我说的灵性是怎么回事。如果我们的强权已经打通一条通道，让力量能为上帝服务，而不是为人的权利服务，那当然就可以阻止腐化，而且值得一试，对吧？”

“十字军！”蓝斯洛大喊，“你要送我们去拯救圣墓①！”

“我们可以试试，”国王说，“我还没有确实想过，不过或许是个不错的选择。”

“或者我们可以去寻找圣徒遗物，”这位司令官现在已经整个人燃烧起来了，“如果所有骑士都去寻找真十字架的碎片，他们可能甚至不须和别人对战。我是说，如果我们发动十字军东征，我们应该还是会动用武力，会把强权运用到对抗异教徒上。不过，如果我们当真凝聚整个圆桌的力量，去寻找某个上帝的所有物，啊，这绝

① 圣墓（Holy Sepulchre），耶稣基督的陵墓，又指建在基督受难和埋葬原址的教堂。

对值得一试。还有，既然我们到时候会很忙，那么，或许根本没有必要和别人对战。若是如此，也许我们不必把要找的东西限为一种。想想看，我们一共有一百五十名骑士，全都是探险专家，就像侦探一样；如果我们所有的骑士都把力气用在寻找属于上帝的东西上，那么可能会找到好几百件价值不菲的物品。说不定圆桌就是为此而生的，为了要朝这个目标前进。我们甚至可能会找到新的福音书，整个基督教世界都可能因为我们的作为而获益。想想看，一百五十名受过搜索训练的人！而且现在去做一点也不嫌迟。真十字架是在三二六年发现的，不过圣尸衣[1]要到一三六〇年才在雷内找到。我们或许能够找到那枝刺杀了我主的长矛[2]！”

“我正在考虑。”

“我们一定要特别去找圣经手稿。”

“是的。”

“我们得到各地去，到圣地去，到所有的地方去！就像尊贵的德·儒安维尔[3]一样！”

“是的。”

“我认为，”蓝斯洛爵士说，“这是你有史以来最了不起的想法！”

“这恐怕有困难，”这次，轮到国王的声音变了调，“夜深时，

---

① 圣尸衣（Holy Shroud），耶稣受难之后，用来包裹他尸体的裹尸布，亚麻材质，上有一个人形印在上面，现存意大利都灵（Turin）。

② 是罗马士兵隆基努斯（Longinus）刺伤耶稣侧腹的那柄长矛。

③ 此指 Jean de Joinville（1225—1317），中世纪法国编年史家，在第七次十字军东征中随侍法王路易九世，著有《圣路易史》（*Histoire de Saint Louis*）。

我在想，或许这想法的企图太大了。你知道，人一旦达到完美的境界，就会消失不见。那样一来，或许圆桌就完了。如果有人要去寻找上帝呢？”

不过蓝斯洛并不了解这种形而上的理论。他没注意到亚瑟语调里的变化，开始对着自己哼唱十字军的圣歌：

木十字的碎片啊，
是领袖的象征，
人民将追随其后……①

“我们可以去寻找圣杯！”他得意洋洋地大喊。

就在此时，佩雷斯国王的信使到了。他说，有人要求蓝斯洛爵士去修道院为一名年轻人授予骑士勋位。他是个像鸽子一般温文有礼的英俊年轻小伙子，在一座女修道院受教长大。至于他的名字，那位信使说，应该是加拉罕。

桂妮薇王后站起身又坐下，松开双掌又握起来。她知道，蓝斯洛爵士就要到另一个女人为他生的儿子那里去了——然而她不怎么在意。

① 原文“Lignum crucis, Signum ducis, Sequitur exercutus...”采自十字军时代的文献。其英文解释为“wood of the cross, sign of the leader, the multitude was followed.”，其中 Lignum crucis 指基督受难的十字架上所留下来最大的一块碎片。

第二十八章

如果你想看圆桌骑士出发寻找圣杯的过程；想看加拉罕抵达的惊奇场面，想看桂妮薇出于好奇、嫉妒与恐惧等错综复杂的心思，竟半认真地起意勾引他；想看宫廷最后的晚餐，彼时雷声响起，还有日光、覆盖的器皿和弥漫整座大厅的甜香气息——如果你想看这些，你得去看马洛礼的描述。那种说故事的方式只能用一次。重点是，圆桌骑士在圣灵降临节之后成群结队出发了，他们的首要目标就是圣杯。

蓝斯洛再次回到宫廷，已经是两年后的事了。对留守的人来说，这两年是很寂寞的。劫后余生的骑士三三两两回来，这些疲惫的人带来死伤或胜利的消息。他们或拄杖跛行，或牵着再也无法载人的倦马；如果他们在战争当中失去一只手，回来时就用另一只手持断肢。所有人看起来都既憔悴又困惑，脸上有股狂热，喃喃说着一些梦境，带回来的东西有自动航行的船、奇异弥撒中的银桌、在空中飞过的矛、公牛与带刺树木的幻象、古老墓穴中的魔鬼、活了四百年的国王和隐士——这些都成了宫中流言的内容。据贝第维爵士计算，有半数骑士失踪，可能都死了。而蓝斯洛爵士一直没回来。

第一位回来提出可信报告的证人是加文，他抵达宫廷时，头缠绷带，情绪很差。他是奥克尼一族当中唯一拒绝正确学习英语的人，因此说话有北方口音。只是那口音几乎是装出来的，他心中还有一半是用盖尔语思考。加文对南方的英格兰人有防卫心，并以他的种族为傲。

“这场远行探险实在盲目又黑暗，”加文说，“如果要说我出过什么无谓愚蠢的任务，这就是了。”

“发生了什么事？”

亚瑟和桂妮薇像是两个好孩子，手放在大腿上坐着听故事。而他们也像孩子那样伶俐急切，极力想推究真相。

“发生了什么事是吧？这个嘛，就是我浪费了十八个月，一直漫无头绪到处乱闯，最后带着这个你说是‘脑震荡’的东西，搞得半死不活。无论如何，愿上帝在这场圣杯探险中护佑我。”

“从头开始把故事告诉我们吧。”

“从头开始？”

他叔叔对这件事深感兴趣，他颇感诧异。

“啧，总有点什么事可说吧。”

“还不就是那些事。”

“给加文爵士拿点喝的来，”王后说，“坐下来吧，大人，我们都欢迎你回家。放轻松点，把故事告诉我们——当然，如果你不是很累的话。”

“不累，就是脑袋瓜有点疼。我可以说说这个故事。谢谢你，夫人，我要威士忌。我瞧瞧，那一团糟的鸟事要从哪说起呢？”

奥克尼的族长坐下来，试着回忆。

“当我们离开瓦庚堡的时候……你们知道吗？第一天，我们一群人骑马到瓦庚，第二天早上解散后就再也没碰头了。我们离开那里时，我往西北方搜索。走哪个方向倒也不重要。在我们分开的前一天，蓝斯洛给了所有人一条线索，说老佩雷斯国王曾经对他提起过一个圣盘，就在他其中一座大城堡里。他倒没强调它的重要，只告诉大家它的价值。我们当中最好的一半往那方向去了，不过我才不管那些。我往西北方去找。”

他喝了一大口酒。

“我首先碰上加拉罕，”他说，“那个自大无情的蛮子，我对那小子的印象可好了。”

“那个小鬼，”加文爵士又喝上一大口酒，身子也暖得差不多了。他继续说，“不消说，那个漂亮小鬼一定是个变童，我真是有够倒楣，闻到这个世界的恶臭——就是他。”

“他打败你了吗？”

“没，没，那是后话。我一开始就碰上他。”

“他在修女院里头，在一群母鸡的包围下长大！”他生气地继续说，“很多和他交手过的人都说过他，那个圣洁的懦夫，心好比冷酷的鹞子……不过那孩子是英格兰人，如果他胆敢到苏格兰去，一定会被砍死的。”

“除非他在那之前就已经被砍死了。”他下了结论，被自己这念头给吓到了。

“加拉罕爵士做错了什么？”

“没什么，那家伙不喝酒不吃肉，还相信自己是个处子。不过我碰上了梅里亚斯爵士——你们知道吗？梅里亚斯爵士残废了。他告诉我那个加拉罕干了什么好事。为了某些缘故，梅里亚斯爵士被带到那个蛮子跟前，请求那男孩让他同行。我不懂他为什么这么做，因为第一个去找加拉罕的人是尤文，而加拉罕爵士拒绝了！尤文爵士对他来说不够好！好吧，好吧，不过他纡尊降贵让梅里亚斯跟着去了，而且还册封他为骑士！把我的灵魂卖给恶魔吧！居然让一个十八岁的笨蛋册封你为骑士！他册封梅里亚斯时，是这么说的：‘现在，这位好先生，你是国王与王后的后裔，如今授予你骑士的身份，你当成为所有骑士精神的明镜！’你说说，这是什么意思？嗐，这个英格兰的势利鬼！后来，他们两个出发探险，来到一个十字路口，梅里亚斯说，他想往左边去。加拉罕说：‘你最好别走那条路，因为我认为我比你更该往那儿去。’瞧，漂亮的加拉罕可不来假装谦虚那一套，对吧？总之，梅里亚斯还是往左边去了，然后就如加拉罕所预言，有个神秘骑士向他骑来，一出手，便隔着他的锁子甲把他打成重伤。他就快死了，而那根断折的棍子就在他旁边。当伟大的加拉罕找到重伤的他时，我们那个小子只说：‘所以，走另一条路会比较好！’这漂亮孩子跑去对一个半死不活的人说那种‘我早告诉过你了’的话！也不帮他半点忙！”

“梅里亚斯爵士后来怎么了？”

“他对加拉罕说：‘爵士，如果死亡能取悦他，就让它来吧。’他把那根棍子举到面前。梅里亚斯是个好骑士，我很高兴能告诉各位，他还活着。”

亚瑟说：“加拉罕毕竟只是个孩子！或许他的成长过程也很辛苦。我觉得不该因为这些枝微末节的社交错误，就这样不近人情地批判他。”

“你知道他攻击他的父亲，把他打下马来吗？你知道他让自己的父亲跪在他身前请他赐福吗？你知道有人请求加拉罕，说要死在他的怀里，而他还大发慈悲允许他们这么做？”

“这个嘛，或许真的算是大发慈悲。”

“恶魔啊！”加文大喊，把鼻子埋进酒杯当中。

“你没告诉我们你发生了什么事。”

“我碰上的第一个冒险，嗯，事实上，应该不能只算成一个冒险，那就是闯进了少女堡。这事最好别在王后面前说。”

亚瑟的语气有些冷峻。“加文爵士，我的妻子不是孩子，也不是傻瓜。每个人都知道那座城堡的风俗。”

桂妮薇十分礼貌地说：“在法文里，这叫做‘领主权’。”

“好吧，那么，我和尤文及加瑞斯爵士来到少女堡。这座城有七名骑士，总之，他们固守这个风俗。我们在城外找到这七名全副武装的骑士，和他们好好打了一场，把他们全杀了。等到一切安顿，却发现加拉罕已经抢在我们前面。一开始就是他把那些骑士赶出来，不过他一个人也没杀，而我们忙着打斗的时候，他人就在城堡里。我们不过就是做了屠夫，替不属于我们的功绩收尾。”

“运气真差。”

“加拉罕骑着马离开，不愿跟我们说话。意思是说，我们是有罪的人，而他则是受到上帝祝福的人。那之后发生什么事，我就不管了。”

“你继续和尤文及加瑞斯一道吗？”

“没，我们离开少女堡之后就分道扬镳了。我到处乱走，最后来到一座修道院，碰上住在那里的宗教人士。你知道那种人嘛，就是救世军[①]那一类。我问他能不能让我住一晚，他第一个要求是：‘我要知道，为何上帝与你之间有所阻碍？’嗯，他既是主人，也是教士，所以他逼着我告解，我也不能断然拒绝。他就那七个骑士的事劈里啪啦哀叹了一堆废话。他说，这是七件死罪。然后又说，我只不过是个杀人凶手，语气平静得像阳光一样。”

“他有没有告诉你，”国王兴致勃勃地问，“无论什么理由，杀人都是错的，尤其你当时正在寻找圣杯？”

“我的灵魂一定是被他卖给恶魔了！他一直说教，说加拉罕驱逐了那七个骑士，却没杀半个人，又说，圣杯不该扯上流血事件。”

“他还说了什么？”

“我不记得了。就像我说的，这家伙讲了一堆好话，又劝我应该苦修赎罪。他说，一个人要好好告解，而且要绝对坦白，否则找到圣杯也没用。那孩子是个笨蛋，一个浪游骑士是不苦修的，也跟那些劳动工人一样，四旬斋[②]不斋戒——我就是很好的榜样。我对那人撒了谎，继续前进，之后碰上了阿格洛法和葛里菲特……后来呢？后来，我和他们同行了四天，我想想……之后再次分道扬镳。米迦勒节[③]之前的日子，如果没有那些冒险，我还真是笼罩在黑暗中，什么也没得做。”

---

① 救世军（Salvationist），此指基督教救世军（Salvation Army）成员。救世军成立于一八六五年，总部设于伦敦，现为国际慈善组织。

② 四旬斋（Lent），又译“大斋期”，时间从复活节前四十天起算，到复活节前一天为止（周日不计），是基督徒缅怀基督受难的日子，期间教徒会斋戒祷告。

③ 米迦勒节（Michaelmas），纪念大天使米迦勒的节庆，为九月二十八日。

“事实上，”加文又加了一句，“英格兰这几年已经找不到还有什么险可探了，这地方完了。”

“给加文爵士再拿一杯酒来。”

“米迦勒节之后，我碰上了艾克特·德马瑞斯。他也像我一样运气很差。我们骑到一座位于森林里的小礼拜堂，当晚睡在那里做了一个梦，而且两人都做了同样的梦。梦里有只连在膀子上的手，穿着织金缎子，拿着一副马缰绳和一根蜡烛。有个声音告诉我们，我们两个会需要这两样东西。后来我碰上第二个教士，他说马缰代表克己，蜡烛则代表信仰，看起来艾克特和我缺少这两样。你看看，人把梦境扭曲成什么样子。之后我们碰上一件沉重的不幸，就像一直笼罩在我身边的那种。我俩碰上了我的表亲尤文，他的盾加了罩子，我们也没认出他的盾徽。艾克特把第一次和尤文交手的机会让给我，他是我的表亲、我的族人啊。我的矛漂亮地穿过了他的胸口，那地方是他那件锁子甲上的弱点。”

“尤文死了吗？”

“咳，那老家伙死了。对我来说，这实在可怕极了。”

亚瑟清了清喉咙。

“在我看来，这对尤文来说比较糟糕。”他说，“愿上帝让他安息，如果你听了一开头那位教士的话，或许就不会发生这么惨的事了。”

“我不想杀他！他是奥克尼一族的表亲！想想看，那个南方来的道学先生，拿着白色盾牌，他之前还拒绝与尤文共骑！”

“你是说加拉罕？他用的是素面盾吗？”

“是啊，是加拉罕。那不是素面盾，他在某些场合都拿着一面盾牌，据他自己说，那是亚利马太的约瑟的盾牌。徽纹是银底，上面有个红色的T形十字[①]。我们后来才知道，银底是代表处子的纯白，红色十字则是代表圣杯……我离题了。”

“你刚刚说到杀了尤文。”亚瑟耐着性子说。

“我和艾克特继续往另一座修道院骑去，我们告诉那里的修士梦里出现的马缰绳。我告诉你，那修士是吃素的！他说了一个杀人的老故事，十分激动，想要我们悔改。我们找了一些藉口，很快就离开了。”

“他有没有告诉你们，你们之所以运气不好，是因为你们只寻求杀戮？”

“有，他说了。他说，跟我们比起来，蓝斯洛善良多了，因为他很少杀害他的敌人，特别是他根本没参与这次探险。他还说，还有许多其他骑士因为各自的罪行，都和我们一样倒楣，艾克特自己就碰上了二十个。他说，杀人和这次远行探险的宗旨相违背。我们只和他谈了一下，之后趁他还讲个没完，我们就开溜了。”

“然后呢？”

“我们来到一座城堡，就艾克特和我两个，前方正是一场美妙的竞赛。我们加入了攻击方，打了场漂亮的仗。就在我们强行攻入、大家情绪都有点高昂的时候，加拉罕出现了。只有全能的上帝知道是哪阵妖风把那小子带来的。他似乎不是来支持这些拿对战当消遣的骑士，因为他加入了另一方阵营，把我们逼出城堡，然后给

---

① T形十字（Tau Cross），又称圣安东尼十字（St. Anthony Cross），这种十字并非十形，而是T字形。

了我这个。”

加文碰了碰他身上的绷带。

“艾克特没跟他打，因为他们是亲戚，”加文解释，“我没管那些就打了，不过就算去在意那些也是白搭。他给了我一击，劈裂我的头盔，打碎了铁制的防护帽，是，然后长矛擦过去，杀了我的马。我以基督之名起誓，我就这么玩完了。我在床上躺了一个多月。”

“然后你就回来了？”

“是啊，回来了。”

“你的运气似乎真的很不好。”王后说。

“差透了！”

加文看着他手上的空杯子好一会儿，然后又高兴起来。

“我杀了巴德马格斯王，”他说，“你们还不知道那件事。我刚刚说故事时忘了讲。”

亚瑟一直都专心倾听，同时转着自己的念头。现在，他显出不耐烦的模样。

“去睡吧，加文，”他说，“你一定累了。去睡一觉，好好想想吧。”

第二十九章

下一个回家的人是莱诺爵士，他是蓝斯洛的表弟。蓝斯洛有个兄弟叫艾克特，还有两个表兄弟，叫莱诺和波尔斯。莱诺有点像加文，脾气很差，不过他恼火的对象不是加拉罕，而是他自己的哥哥波尔斯。

“道德这码子事真是荒诞，”莱诺说，“去找个向来择善固执的人给我，我就能够告诉你，连天使也插翅难飞的麻烦长什么样子。”

国王和王后一如往常并肩而坐，聆听这些旅人的故事。他们养成一个习惯，就是在骑士归来时，亲自带着点心饮料到大厅，以便在他吃东西时听他说最新消息。阳光穿过高处的彩绘玻璃，落在他们之间的桌面，所以他们的手在杯盘之间移动时，那些餐具看起来就像红宝石、翡翠或成簇的火焰。他们置身于一个宝石的魔法世界，在一座树叶都是珠宝的森林中。

“波尔斯对道德有兴趣？”

“波尔斯一向如此，真该死，”莱诺说，“看来我们家族有道德的基因呢。起头的是蓝斯洛，这已经够糟了，但波尔斯会把自己逼疯的。你们知道波尔斯只发生过一次性行为吗？”

“是噢。”

“是啊，真的。而且，讲到这回寻找圣杯的探险，他似乎一直在学某种天主教义的进阶课程。”

“你是说他在读经吗？”

莱诺的态度稍稍软化。他打从心里喜欢他哥哥，不过他也经历了一场危及他们兄弟情的大危机。现在他可以谈这件事，也有时间想这件事，他开始看到这场争执的另一面。

“不，你们千万别把我的话当真，”他说，“波尔斯是个好家伙，如果我们家族要出个圣人，一定会是他。他脑袋不是很灵光，也有点道貌岸然，不过他的想法有时候很有价值。在这次探险中，我相信上帝在试探他，而我也不确定他能不能胜出。我之前想杀了他。”

“你最好从头开始说你的故事，”亚瑟说，“不然我们不知道事情是怎么发生的。”

“我的故事没什么。我就像加文那样乱晃，而且被几个修士说成杀人凶手。我要告诉你们波尔斯的故事，因为我也参与其中。”

“我认为，”莱诺说，“上帝正在考验波尔斯。这就像是他即将就任神职，所以他们要确定他是个循规蹈矩的人。你们知道吗？我认为，加文、我、艾克特和其他所有人都偏离正道，因为一开始我们没去告解。波尔斯第一天就去了，而且还进行苦修。他发誓只吃面包和水，穿衬衣，睡在地上，当然，也不会和女士们发生关系——不过他只做过一次就是了。这就是他的问题。嗯，就在他把自己的生活搞得这么规矩之后，首先，他开始看见幻象。他看到以血哺育幼鸟的鹈鹕[①]，还有天鹅、渡鸦、腐木和一些花。这些东西都和他的神学有关，他向我解释过，不过我记不得了。再来，有个女士请求他救她逃离一名叫普里丹爵士的骑士。救出那位女士易如反掌，他也有机会杀了普里丹爵士。你们要注意，他是在我们对战之后才告诉我这个故事，他本人坚持那是他的第一项考验。他说他觉得自己像是参加障碍马赛，栅栏一次比一次高。他很担心，要是哪一次搞砸了，就会被送回马厩去。要是他杀了普里丹爵士就玩完了，他们会把他再次丢到场外的草地上去，就像加文和我们其他人一样。他说没有人告诉他这些事，但这些栅栏突然就这么在他面前冒出来，好像有人监视他的一举一动，但那人既不会出手帮忙，也不会给他提示，只在一旁看他跳不跳得过去而已。所以啦，他没杀普里丹，只是尖声叫他认输，并且用剑身平打他的脸，直到他投降为止。于是他就这么平安跳过了这次栅栏。国王啊，你认为在这场探险当中，有东西在阻止我们杀人吗？你知道，就是某种超自然的东西啊。有没有？”

“莱诺，即便你之前真的想杀了你哥哥，我还是认为你很聪明，”国王说，“继续说吧。”

“这个嘛，接下来的考验和我直接相关，也就是为什么我曾想杀了他。现在我觉得很抱歉。我刚刚才觉得很抱歉。但是在当时，我并不明白。”

“第二项考验是什么？”

---

① 中世纪的欧洲人认为鹈鹕找不到食物时，母鸟把自己胸膛啄出血来喂食幼鸟，是基督教中重要的意象，象征基督的牺牲。

“你知道，波尔斯和我感情一直都不错。这次吵架是件小事。我们一直都以自己的方式表达亲爱之情。波尔斯当时正穿过森林，同时碰上两件事。其中一件是我，那时我全身赤裸给人绑在马上，两个骑士骑在马上，分别从我左右用荆条鞭打我。另一件则是个少女，她策马狂奔，有个骑士紧追在后，想夺取她的贞操。这两件事发生在方向相反的两处，但波尔斯只有一个人。”

“想想看，”莱诺爵士难过地说，“我被人用荆条鞭打，实在是倒楣透了。我之前也被特昆爵士打过一次。”

“波尔斯选了哪一边？”

“波尔斯决定去救那个少女。后来我和他对战时，问他天杀的到底是什么意思，居然遗弃自己的兄弟不管。他说，虽然他喜欢我，但那时我像是一条脏狗，而少女毕竟是少女。所以他认为，他的职责是先去救比较好的那一方。这就是我为什么想杀了他。”

“不过现在，我可以了解他的意思了，”莱诺又说，“我了解到，这是他的第二项考验，他被迫要做出一个困难的决定。”

“可怜的波尔斯，希望他在这件事情上没表现得太过道貌岸然吧？”

“他很谦和。当时这些考验常常突然出现在这老家伙面前，而他会瞎猜一通，通常都觉得自己猜错了——最后他走出迷阵，却发现自己猜对了。他一直诚惶诚恐，尽其所能把事情做好。”

“第三项考验是什么？”

“这些考验一样比一样糟。在第三项考验中，有个神父打扮的男人来找他，说是附近的城堡里有位少女，如果波尔斯不和她做爱，她就会死。这个像是神父的家伙点明说，波尔斯之前已经做出错误的选择，去拯救那个少女，牺牲了自家兄弟，也就是我的性命；因此，如果他现在不和这位少女触犯戒律，就会内疚到死。我应该要先交代一下，那两个骑士把我丢在那里等死；波尔斯后来发现我好像死了，就把我的尸体带到修道院去埋葬。当然，我后来康复了。

“正如那个伪神父所说，城堡里的确有一位少女，而她也证实了那个故事。她说，如果我哥哥不善待她，魔法会让她为爱而死。于是波尔斯发现，他要么得犯下道德上的罪行，来拯救这位少女，要么就是拒绝犯罪，任她去死。他后来跟我说，他想起天主教义问答入门的一些内容，和先前在卡美洛出任务时听到的布道，所以他认为，他只能对自己的行为负责，不能为这位少女的行为负责。于是他拒绝了那位少女。”

桂妮薇咯咯笑了起来。

“这事还没完。那位少女美如天仙，她带着十二位可爱的仕女，爬上城堡最高的塔楼，表示如果波尔斯不愿放弃他的纯洁，她们要一起跳下来。她说她会逼她们跳，又说他只需要与她共度一夜就好，所以，为何不享乐并让所有仕女得救？那十二位仕女全都对波尔斯大叫，求他大发慈悲，哭着乞求怜悯。”

“我敢说，我哥哥左右为难。那些可怜的人是那么害怕，又那么美丽，而他只要不那么固执，就能救她们的性命。”

“他怎么做呢？”

“他让她们跳楼了。”

“这真是羞耻！”王后大叫。

“噢，当然啦，她们不过是一群魔物罢了。那座塔整个上下反转，马上就消失了，事实证明他们全都是魔物，连那神父也是。”

“我想这件事的寓意是，”亚瑟说，“你绝不能犯下道德上的罪行，就算有十二条人命会因此获救也不行。以教义来说，我相信这是合理的。”

“我不知道教义是什么玩意儿，我只知道，这事让我哥哥的头发几乎变灰了。”

“这是好事。第四项考验又是什么？还有吗？”

“第四项考验是我，这是最后一道障碍了。他把我留在修道院里等着下葬，不过我在那里醒了过来；等我康复得差不多了，立刻骑马动身去找他。我现在对这件事感到很抱歉——顺道一提，我先前做了一些事，也应该请求赦免。不过，你们想想，被自家兄弟弃之不顾而被人打死，似乎有些过分吧。我那时一部分是因为从壁炉上拿了某人的食物，一部分是因为不了解到底波尔斯经历了哪些事，还有一部分是因为在我失去意识之前，刚好知道他丢下我，把我交付给我的命运——我得说，我心里很痛苦。事实上，我想杀人。

“我在森林里的一座礼拜堂找到波尔斯，而且马上告诉他，我是来杀他的。我说：‘我应该把你视为重犯或叛贼，因为你是我们尊贵的骑士世家中最虚假的一个。’波尔斯拒绝和我对战，于是我说：‘如果你不打，就算你站着不动我也要杀了你。’波尔斯说跟所有人对战都行，但就是不跟自家兄弟。又说，在圣杯探险的旅途中，一般人他都不杀了，更何况是自家兄弟。我说：‘我不管你能不能杀人，如果你要防御，我就和你对战；如果你不防御，我也不管，反正我就是要杀了你。’我那时很生气。而波尔斯只是跪下来，请求我宽恕。”

“现在我了解到，波尔斯所做的事相当正确，”他继续说，“他寻找圣杯，反对杀戮，而我是他兄弟。他也十分勇敢。不过当时我无法了解这些事，只觉得他很固执，所以我在他跪下来的时候，把他打得四脚朝天，接着又拔出剑来，要砍掉他的头。”

莱诺沉默了一分钟，看着身前的盘子，彩色玻璃在那里落下一团明亮的宝石红，形状像是一颗蛋。

“要知道，”他说，“如果只有你自己一个人，醉心于道德与教条是很不错，不过，如果有别人搅进来，该怎么办呢？我想，看到波尔斯跪下来让我杀他，就很清楚了吧。不过，后来有个隐士从礼拜堂冲出来，护住我哥哥的身体。他说，他会竭尽所能不让我杀了自己的兄弟。于是我杀了那个隐士。”

“你杀了一个手无寸铁的人？”

“国王，我十二万分抱歉，不过这是事实。别忘了，我当时是在盛怒之下，而这家伙阻止我杀波尔斯啊！在我能力所及之处，我也不过是个普通人而已。他们用某种道德武器来阻挠我，我就用我的武器与之对抗。我觉得波尔斯是以一种不公平的方式来和我对决，而这隐士是站在他那边的。我觉得他是以他的意志来与我的意志相抗，如果他要救那个隐士，只要放开他的固执，站起来和我对战就行了。我不知道你们是否明白我的意思，总之我觉得他才该为那隐士负责，和我没有关系。”

“当时我恐怕只是意气行事，”过了一会儿，莱诺承认，“一个人总会知道自己是怎么搞的。我想打，而且我也会去打。我说，如果不杀那隐士，我就会杀了波尔斯，而我也确实准备杀了他。你们知道那是什么情况，这叫怒不可遏。”

大厅有一股令人不安的沉默。

“我最好把故事说完。”他尴尬地说。

“继续吧。”

“这个嘛，波尔斯让我杀了那个隐士。他只是躺在地上要我大发慈悲。我的怒火更盛了，一部分是羞愧所致。我举起剑要砍下我兄弟的头，就在那时，高尔的卡格凡斯爵士来了。他挡在我们之间，对我吐口水，说我不该试图杀害我父亲的骨肉。这时我脚下满是那隐士的血，他的话成了压死骆驼的最后一根稻草，于是我丢下波尔斯，找上卡格凡斯爵士。没三两回合，我就解决了他。”

“波尔斯在做什么呢？”

“可怜的波尔斯。他那时的感觉是什么，我不愿去想。他再一次留在自己的围墙里，你看，他只要舍弃固执就能拯救另一个人的性命。他已经让那隐士送死，原因显然是顽固；而我现在就要杀了无辜的卡格凡斯，那个想要帮助他的人。卡格凡斯也一直哭着对他说：‘起来啊，为什么要让我代替你被杀呢？’”

“这是消极抵抗，”亚瑟显然对此很有兴趣。“这是一种新式武器。不过用起来似乎很困难。请继续吧。”

“这个嘛，我在一场公平决斗当中杀了卡格凡斯。我很抱歉，不过我这么做了。然后我回头找波尔斯，想把事情做完。他拿起盾遮住了他的头，不过没有挣扎。”

“发生了什么事？”

“上帝来了，”男孩庄重地说。“他来到我们之间，让我们惊异不已，并且使我们的盾牌起火燃烧。”

之后是很长一段静默。亚瑟一直期盼着某些事，同时也对那些事怀抱着恐惧；现在他消化着这些事物带来的第一波浪潮。

“知道吗，”莱诺说，“波尔斯祈祷了。”

“然后上帝就来了？”

“我不知道究竟发生什么事，不过异象出现了，阳光在我们的盾牌上起火燃烧。我们突然停止争执，开始大笑。我看着波尔斯，觉得他是个白痴；他亲了我一下，于是我们就和好了。然后他把他的故事告诉我，就像我刚刚告诉你们的那样；之后，他坐上一艘覆着白色绸缎的魔法船离开了。如果有人能够找到圣杯，那一定是波尔斯。我的故事就到此为止。”

他们沉默地坐在那里，发现要谈论属灵的事实在有点困难，最终，莱诺爵士说了最后一段话。

“对波尔斯来说，这一切都很好，”他发着牢骚，“但是那隐士呢？卡格凡斯爵士呢？为什么上帝不救他们呢？”

“神的旨意是很深奥的。”亚瑟说。

桂妮薇说：“我们并不知道他们过去发生了什么事。这些杀戮不会伤害他们的灵魂，或许这样的死法会对他们的灵魂有所助益。或许上帝让他们这样死去，是因为对他们来说，这是最好的选择。”

第三十章

回来的人当中，第三位重要人物是阿格洛法爵士。他来到宫廷时已是午后向晚，宝石红的彩光已经离开桌面爬上了墙。他有张漂亮的高贵面孔，也颇有幽默感，年纪很轻，还没度过他生命中第二十个夏天。他盾牌的纹章上多了一条识别用的黑色饰带，表示仍在为他父亲派林诺国王哀悼。至少，他们这么认为。不过事实上，他们上次与他分别之后，他母亲也过世了；此外，他还带来另一个噩耗，他的一名姐妹去世了——整个派林诺家族的运道都很不好。

“加文在吗？”阿格洛法问，“莫桀和阿格凡人在哪？”

他四下看着，仿佛这样就能在大厅找到他们。在他头顶上方，那些彩色光束照在一块小而朴素的绣毯上，毯上的画是几位穿着锁子甲的骑士，他们头上戴着连有鼻甲的上漆头盔，正在追一只熊。

亚瑟说：“阿格洛法，他们在这里没错。我的快乐完全掌握在你手里了。”

“我了解。”

“你要杀了他们吗？”

“我要先杀了加文。在寻找圣杯之后这么做，似乎有点奇怪。”

“阿格洛法，你绝对有权向奥克尼一族复仇，如果你这么做，我不会阻止你。不过我希望你知道自己在做什么。你父亲杀了他们的父亲，而你弟弟和他们的母亲睡在一起——不，先别解释，让我提醒你事实是什么。后来，奥克尼一族杀了你父亲和你弟弟，而现在你要来杀奥克尼族人，所以日后加文的儿子会去杀你儿子，如此继续下去。这是北方的律法。

“不过，阿格洛法，我正想在不列颠建立新的律法，好让人不再继续屠杀下一代。你可曾想过，这对我来说会是一项艰巨的工作？俗话说：‘以牙还牙，于事无补。’我喜欢这句话。别把这件事揽在你身上，把它交给我。我可以用谋杀你弟弟的罪名来惩处奥克尼一族，我可以砍下他们的头。你要我这么做吗？”

“是的。”

“或许我该这么做。”

亚瑟看着他的手，他碰上麻烦时常常这么做。

然后他说：“可惜你从来没有机会看看奥克尼一族在家里的样子。他们没有像你那么快乐的家庭。”

阿格洛法说：“你认为我的家庭生活现在很快乐吗？你知道我母亲几个月前过世了吗？父亲以前都叫她小猪。”

“我很抱歉，阿格洛法。我们还没听说这件事。”

“国王，大家总是嘲笑我父亲。我知道，他不是个杰出的人，不过他绝对是个很好的丈夫，对吧？不然我母亲不会在他过世之后，也跟着孤寂而死。国王，我母亲并不是个内向安静的人，但是，在奥克尼一族杀了父亲和拉莫瑞克之后，她就逐渐失去生气。现在，她也躺进同一座坟墓里了。”

“阿格洛法，你必须做你认为正确的事。我知道，你是个纯种派林诺汉子，你一定会这么做。我不会要求你赞同我的看法，不过你能让我提三件事吗？第一，我虽然没有处罚加文，不过你父亲是我第一个打从心里敬佩的骑士；第二，奥克尼一族都仰慕他们的母亲，他们非常爱她，而她却只爱她自己。第三，噢，阿格洛法，请听我这一句吧——国王只能尽可能利用手边最好的人才。”

“我恐怕不了解所说的第三件事。”

“你认为世仇是件好事吗？”亚瑟问，“这会让你们两家快乐吗？”

“不尽然。”

“如果我想遏止世仇这种规则，你认为加文以及其他像他这样的人会服从吗？”

“我了解了。”

“如果我将奥克尼一族全数处死，又有什么好处呢？阿格洛法，我们会少掉三个共事的骑士，而他们一直都过得很不快乐。所以，你懂吗？我的希望全系在你身上了。”

“我得想一想。”

“你一定得想想，无论任何事，都不要仓促决定。不必考虑我，只要做你认为对的事情就好。你是派林诺家的人，所以我知道，最后一切都会很圆满。现在，把你的圣杯探险故事告诉我吧，今晚就让我们先把奥克尼一族的事放在一边。”

阿格洛法重重叹了口气，“据我所知，截至目前为止，并没有什么圣杯冒险。不过我已经失去了一个妹妹，或许还失去了一个弟弟。”

“你妹妹死了吗？我可怜的孩子。我以为她平安地待在修女院里。”

“他们发现她死在某艘船上。”

“死在船上！”

“对，一艘魔法船。她手里还拿着一封长信，里面说的都是圣杯探险的事，还有我弟弟帕西。”

“如果我们问问题，会让你痛苦吗？”

“不，我想聊这件事。我还有多拿尔。而且，帕西似乎一直都很出名。”

“帕西法爵士做了什么呢？”

“或许我应该从头开始，先告诉你们那封信的事。”

“你们都知道，”阿格洛法爵士说，“帕西是我们家族中最像老爸的一个。他个性温和谦卑又有点迷糊，还很害羞。他在那艘魔法船上碰到波尔斯时，觉得很不安，信里是这么说的。你知道，他和加拉罕一样是个处子骑士[①]。我以前看到他和老爸在一起时就常想，这真是一对好父子啊。比如说，他们都很喜欢动物，也知道怎么跟它们相处。之前老爸有寻水兽，而帕西离家后，似乎主要都和狮子交朋友。帕西也是个仁厚朴实的人，有一天，他们试着要将一把神圣的剑从鞘里拔出来，我是说，那艘圣船上的三个人。帕西第一个试。当然，他没有成功——这类事情都是要留给加拉罕做的。不

① 处子骑士（Virgin knight; maiden knight），意指无罪的骑士，只有这样的骑士才可能找到圣杯。

过，他失败之后，只是傲然地四下看了看，说：‘说真的，我失败了！’不过这是后话。

“信上所说的是帕西在离开瓦庚后的第一次冒险，他和蓝斯洛爵士同行，最后碰上加拉罕爵士。他们与他进行长矛比试，而加拉罕把他们两人都打下马。后来帕西离开蓝斯洛，来到一个隐士的住处，在那里告解。隐士建议帕西跟着加拉罕去古斯或卡波涅克，而且绝对不要与他对战。事实上，那时候帕西对加拉罕有股狂热的英雄崇拜，便接受了建议。他骑往卡波涅克，在那里策马穿越森林的时候，听见修道院的钟声，他也是在那里碰上四百多岁的艾弗列王①。我最好还是别说艾弗列的事，因为这部分我不大了解。我想，要等到发生圣杯被人找到之类的事，这个老人才会死。不过信里的这个部分又混杂了佩雷斯国王的事，不是很好懂。总之，有八个骑士和二十个武装的男人在卡波涅克攻击帕西，就在危险关头，加拉罕现身救了他。不幸的是，他的马死了，但天色还没暗下来，加拉罕就又骑马离去了。”

“你知道，”莱诺迟疑地说，“圣洁又所向披靡可能很不错，我也不会说加拉罕当个处子骑士有什么不对，但是你们不觉得这家伙太不近人情吗？我不想说恶毒的话，不过他让我毛发直竖。他为什么不能说句早安什么的，非得这样救个人，然后再一言不发地骑马离开，姿态还摆得老高。”

亚瑟一句话也没说，那个年轻人继续说着他的故事。

---

① 艾弗列王（King Evelake），即Afallach，亚法隆之王，克尔特传说中的冥神，最终将重伤死去的亚瑟带到塞尔特传说中的天堂亚法隆。

“帕西想要遵照指示，加入加拉罕的行列。但加拉罕已经骑马离开了，这可怜的老家伙只能跟在后面边跑边叫：‘喂！’他想向人借马，不过到处碰壁，最后才弄到马夫的一匹马，尽全力追加拉罕。不过有个骑士跑出来，把他打下马来，于是帕西只能步行，所以完全赶不上加拉罕。说到这里，我得说，我们家族还都真不是英雄型的人呢。这时候呢，有位女士出现了，他们后来发现她是个精灵，而且不是个好精灵。她热切地问他要去做什么，帕西说：‘我不是要行善，但也不是要作奸犯科。怎么样？’于是那位女士借了一匹黑马给他，不过后来发现，她是个魔物。那天晚上，帕西很幸运地对自己画了个十字，结果那匹马就戏剧性地消失了。当时他在某个沙漠里头，从一条大蛇口中救了一只狮子，并和它交了朋友。就像我说的，帕西一直很喜欢这些不会说话的朋友。

“后来，有位非常美丽的仕女带着全套野餐用具出现，邀帕西共进晚餐。因为身处沙漠，以及其他原因，他饿了，再加上他一直不大会喝酒，所以他在那场晚宴玩得很尽兴，我想他可能有点激动。结局是，他纵情大笑，非常兴奋，又要求那位女士——呃，你们知道我要说什么。那位女士同意了，不过，接下来事情就好转了，因为帕西把剑放在地上，他看到剑柄末端的十字架时再次对自己画了个十字，结果帐篷整个翻了过来，那位女士身后的水燃烧起来，她又吼又叫地坐上一艘船逃走。

“帕西对自己的行为深感羞愧，而且第二天早上头痛得厉害，所以他把剑刺进大腿，作为惩罚。在那之后，那艘圣船出现了，而且波尔斯就在船上。他们两人一起航行，船带他们去哪里，他们就去哪里。”

桂妮薇说：“如果这艘船是要送人去找圣杯，那我就完全能够了解波尔斯为什么会在船上，因为我们知道他通过了一些可怕的考验。但是为什么帕西法爵士也行呢？阿格洛法爵士，我无意无礼，但是你弟弟似乎没做什么呀。”

“他保有了他的童贞，”亚瑟说，“他和波尔斯一样纯净，说起来，他还更纯净些。他是非常纯真的。上帝说过，受苦的孩子会到他身边去。”

“但这样一个迷糊蛋！”

亚瑟生气了。

“上帝让某些人的天堂之路崎岖难行，但某些人只要爬上去就好，”他反驳道，“如果他是慈悲的神，我看不出这有何不可。阿格洛法爵士，继续说你那封信吧。”

“就在这时，我妹妹也来了。你知道她是个修女，而她们初次为她落发时，出现了一个幻象，指示她们把那些头发收在一个盒子里。我妹妹是个受过教育的女人，她的天命就是要从事宗教研究。就在帕西和波尔斯上船的时候，修道院里出现了新的幻象，要她去做几件事。第一项就是找加拉罕爵士。

“我妹妹找到加拉罕的时候，他刚打败加文爵士，在卡波涅克附近的一个隐士居所过夜。她把他叫起来，为他穿上铠甲，一起骑到可利比海去，在一座坚固城堡的另一头，他们看到一艘神圣的船，波尔斯和帕西就等在船上。他们所有人一起航行，来到位于两座高耸岩石当中的凹坑，另一艘船在那里等着。要上那艘船，有些限制，因为船上有份卷轴警告上船的人必须要有无瑕的信仰。于是加拉罕带着他那令人无可忍受的自信，稀松平常地上了船。他们跟在他后面走上船去，发现船上有张华丽的床，上面有顶丝制王冠和一把半出鞘的剑。那是大卫王[①]的剑。那里还有三个用伊甸园的树做成的魔法纺锤，还有两把较差的剑，要给帕西和波尔斯。当然，那把重要的剑是要给加拉罕的；剑柄上面覆盖着两只怪兽的肋骨，是蛇妖卡利东和鱼怪尔塔纳[②]，末端的圆球是用美丽的石头做成，剑鞘则是蛇皮做的；剑的一面殷红如血，不过剑带只是一般的麻料。

“我妹妹遵照指示把剪下来的头发装在盒子里带来找加拉罕，这时她坐下来，用那些纺锤将头发织成一条新的剑带。她在书里读过那把剑的由来，这时也对他们解释，又说那些纺锤为什么是用多种色彩的木头制成[③]。最后，那把剑就交到加拉罕手上了。她是个处女，而她用处子之木制成的纺锤把自己的头发织成剑带，整理好这把剑。之后他们回到第一艘船上，航向卡利西[④]。

“在前往卡利西的途中，他们救了一名被几个恶徒囚禁在自家城堡里的老人，他们在对战中杀了许多恶徒。对此，波尔斯和帕西很不高兴，但加拉罕说，那些人没有受洗，杀了也没有关系，后来也发现他们的确没受洗。于是城堡的老人提出请求，希望能死在加拉罕怀里，而加拉罕纡尊降贵地允准了。

① 大卫王（King David），圣经中曾打败巨人歌利亚的以色列王。

② 蛇妖卡利东（Calidone）、鱼怪（Ertanax），均为马洛礼《亚瑟之死》中的怪物。

③ 根据马洛礼《亚瑟之死》，这些织梭是以夏娃在伊甸园生命之树上摘采果实的那根树枝制成的。夏娃将树枝种到土里，一开始长出白色的树；亚当来了，树变成绿色；亚伯（亚当与夏娃之子，为哥哥该隐所杀）来了，树变成红色。参见《亚瑟之死》第十七卷第三章。

④ 卡利西（Carlisle），英国地名，在英格兰西北部，有人认为亚瑟的宫廷位于此地。

“他们来到卡利西时，那里另有一座城堡，城堡主人是一位得了麻风病的女士。医生对她说，唯一的治疗方法，是要找到一位具有王室血统的纯洁处女，在大碗里盛满她的血，让这位女士在里头沐浴。所有经过这条路的人都会被城堡里的人放血，而我妹妹完全符合这些条件。他们三个骑士奋战终日，想保护她，然而那天晚上，有人对他们说明放血的原因，于是我妹妹说：‘一人牺牲总好过两人死。’她同意放血止战，所以他们第二天就这么做了。她先为医师祝福，并且做了安排，要人把她的遗体放在圣船里，拿着这封信向外漂流，接着她就在手术中途死了。”

阿格洛法爵士接受了几句常见的吊慰和感叹后，往楼上的寝室走去，他走到国王身边。那时大厅很暗，宝石般的光芒已经消失了。

“唉，”他有些不好意思地说，“你能不能请奥克尼一族明天和我共进晚餐？”

透过昏暗的微光，亚瑟细细端详他，接着露出大大的微笑。他亲吻阿格洛法，眼泪滑到微笑的嘴角边。他说：“现在我又有一个亲爱的派林诺了。”

第三十一章

伟大的湖上骑士还是没有半点消息。不管他在哪里，他的名字对所有人的心都有一种神奇的温暖力量，尤其对女性而言。他成了一位大师级人物，就像戴普大叔从前在他心目中的地位那样。如果你曾学过怎么飞行或曾经师事伟大的音乐家或剑客，只要想想那位老师，就知道卡美洛的人是怎么看待蓝斯洛的。他们会为他而死，因为他的成就确实伟大。而现在，他失踪了。

那些还活着的人陆续回来了——帕洛米德，他现在受了洗，快被寻水兽给烦死了；为了赢得伊索德的爱，他与崔斯坦爵士之间有一场漫长而诗意的竞争，也因而逐渐老去；格鲁莫·格鲁穆森爵士，如今年近八十，头秃得像颗蛋，为痛风所苦，但仍勇敢地外出探险；凯伊，目光热切，喜欢讽刺别人；迪纳丹爵士，虽然累得眼睛都睁不开了，但还是会拿自己惨败的事情开玩笑；还有野森林城堡的老艾克特爵士，已八十五岁高龄，步履蹒跚。

他们带回了折断的武器和传言。有人说，加拉罕、波尔斯、另一个艾克特和一名修女参加了一场神奇的弥撒，主祭的是一只羔羊，而助祭的有一个人、一头狮子、一只鹰和一头牛；弥撒结束后，那只主持弥撒的羊穿过教堂一面窗户上的彩色玻璃羔羊，却没把玻璃弄破，象征着无玷受胎。又有人说，加拉罕是如何无情地对付一只墓穴中的魔物，如何冷却欲念之井，最后又是如何打败麻风病女士的城堡。

这些甲胄生锈、盾牌伤痕累累的人在各个地方看到蓝斯洛的身影。他们说，有个全副武装、相貌丑陋的男人对着路旁的十字架祈祷；他们说，在月光下有张疲惫的脸枕着盾牌睡着了。他们还说了一些难以置信的事，说蓝斯洛被人打下马，被人击败，败阵落马后还跪在地上。

亚瑟问了几个问题，派出使者，并不忘为他的司令官祈祷。桂妮薇心思处于危险的状态，开始在言语的悬崖上徘徊，随时可能说出一些话或做出一些事，危及她自己和她的爱人。莫桀和阿格凡这两个最先从圣杯探险退下来的人，睁着明亮的眼睛等待着；他们按兵不动，像置身伊莉莎白女王议会里的伯利爵士①，也像滑溜的猫咪正偷偷盯着鼠洞——聚精会神，专心看着。

传言开始说蓝斯洛死了。一位黑骑士在某个浅滩杀了他；他和自己的儿子比试长矛，结果被弄断脖子；他被自己的儿子打败后，又发了疯，骑着马这里来那里去；一个神秘骑士偷走他的铠甲，他让野兽给吃了；他和两百五十个骑士对战成了阶下囚，像狗一样被吊起来。大多数人相信并暗指他在睡梦中被奥克尼一族谋杀，埋在一堆树叶底下。

---

① 伯利爵士（Lord Burleigh），本名威廉·塞西尔（William Cecil），在一五五八至一六〇三年间担任伊莉莎白一世（Elizabeth I）的首席顾问。

骑士团最后溃不成军，先是三三两两晃回来，然后一次只回来一个，最后要隔上一阵子，才有单骑归来。而贝第维爵士记录的死亡及失踪名单也逐渐确立为一张死亡名单，因为失踪的人要么筋疲力尽地回来，要么就是有可靠报告说他死了。和蓝斯洛有关的耳语中，开始出现死亡的色彩。由于几乎所有人都喜欢他，因此那些说话的人也只敢轻声低语谈论他的死，深怕要是提高了音量，事情就会成真。不过，他们轻声谈到他的善良与突出的外貌，讲到他以前是如何又如何给了谁谁谁一击，又说到他的滑腿打法。几个卑微的见习骑士和厨房女仆仍清楚记得他的微笑或他在圣诞节赏的小费，虽然他们知道这位伟大的司令官甚至不大可能记得他们的名字，却仍在哭湿的枕头上入睡。凯伊抽着鼻子公开表示自己一直都是个刻薄的无赖，随即擤鼻涕快步走出房间，把大家都吓了一跳。一股紧张的气氛和世界末日就要到来的感觉在整个宫廷里滋长。

蓝斯洛在一场暴雨中归来，全身湿透，看起来缩得很小。他牵着一匹白色母马，那马年纪老大，已经跑不动了。他们身后跟着乌黑的秋日云朵，而马瘦得身体都凹陷了，肋骨突出的雪花白和其间的靛蓝暗影形成对比。那时一定有某种魔法、某种读心术或直觉发挥了作用，因为在他出现前，宫殿中所有的城垛和塔楼，以及正门的吊桥上，都挤满了人，他们等待、期盼，在沉默中指指点点。这些人看到一个小小身影疲惫地穿过猎场远方的树林，便交头接耳起来。白马旁边，那个一身绯红的人就是蓝斯洛。他平安无事。至于他的冒险究竟如何，他还没说出来，大家全都知道了。亚瑟疯了般奔跑，要所有人都进去，把城垛让出来，给那男人一个机会说话。因此在那人影抵达之前，已经没有人等在那里刺激他了，只有敞开的正门及背已弯驼、白发苍苍的戴普大叔站在那里，等着把他的马牵进去。窗帘后躲了几百双眼睛，看着那个疲累不堪的男人把缰绳交给他的侍从；看着他把头压得低低的，一直不抬起来；看着他转身走进他的房间，消失在塔楼阶梯的黑暗中。

两小时后，戴普大叔来到国王寝室。他已服侍蓝斯洛脱衣就寝。他说，在那件绯红色长袍下，有件洁白的衬衣，而在衬衣下，他穿着一件可怕的发织衬衫。蓝斯洛爵士要他送个口信，说他非常疲倦，请国王见谅，他明天会去找国王。不过，重大的消息也不该延误，因此他要戴普大叔转告国王，圣杯已经找到了，是加拉罕、波尔斯和帕西法找到的。他们带着圣杯和帕西法妹妹的遗体，已经抵达巴比伦的萨拉斯[①]。圣杯不能带到卡美洛来。波尔斯最后会回家，但其余人永远都不会回来了。

① 萨拉斯（Sarras），传说中的城市，其旧时边界接近埃及，由圣杯历史中的艾法拉王（King Evalach，据说亚利马太的约瑟使他后来改信基督教）统治。传说中圣杯最后的所在，加拉罕和帕西法在此将圣杯交还给上帝。

第三十二章

为了这个场合，桂妮薇把头打扮了一番。她化了不必要的妆，而且化得很难看。她四十二岁了。

蓝斯洛看到她站在亚瑟身旁，在桌边等着他的时候，只觉得体内的心脏破了个洞，内藏的爱意在他血管中奔流。那是他所熟悉的爱，对那二十岁少女的爱，当时的她骄傲地站在王座旁，底下是呈献给她的俘虏；不过，眼前的女孩虽然还是同一个，但打扮大不相同，妆化得很糟，还穿着过于鲜艳的丝绸衣裳，她想要用这些东西来抗拒人类无可违抗的命运。在他看来，她是个热情而无垢的年轻灵魂，遭到戏弄青春的把戏围攻——身体背叛，血肉化成青森骸骨。他不觉得她那身愚蠢的华服俗不可耐，反而感到贴心。那个女孩还在那里，对他来说，在破碎的胭脂障壁之后的她仍有吸引力。她勇敢地对外宣告：我不会被打败！在拙陋的媚态和有失庄重的服装底下，有个人类正在呼救。那双年轻的眼睛困惑地说着：是我，我就在这里面，他们对我做了什么？我不会屈服。她一部分的灵魂明白，这股力量让她动弹不得，使她痛恨不已，她想要单用她的眼睛去拥抱她的爱人。她的眼睛诉说着：别看这些东西了，看着我，我还在这里，就在这双眼睛里。看看正在囚牢中的我吧，救我出来。而她灵魂的另一个部分则说：我才不老，这都是幻觉。我打扮得很美丽。你看，我的一举一动都像个年轻人，我会打败岁月大军的。

蓝斯洛只看到一个灵魂，那是个被判罪的无辜孩童，以染发剂和橙色绸衣如此脆弱的武器来守护她薄弱的地位，这些东西，是她想要用来取悦他的，而她又是带着何等的恐惧啊。他看到：

那热情的小手
朝云端紧握，不愿屈服，
那样的骄傲，将使命定失败的主角
与幽灵巨人搏斗。

亚瑟说："你休息够了吗？觉得怎么样？"

"我们真高兴看到你，"桂妮薇说，"真高兴你回来了。"

他们看到的是个态度沉着的人——吉卜龄[①]也是这么描述吉姆的。他们看到的，是个崭新的蓝斯洛，沉默而有洞察力。他正从灵魂的高处向他们走来。

蓝斯洛说："我精神恢复得差不多了，谢谢你。我认为，你们会想知道圣杯的事。"

国王说："恐怕我是自私了些，没让大家进来。我们会把故事

① 吉卜龄（Joseph Rudyard Kipling，1865—1936），英国小说家，《吉姆》（*Kim*）是他一九〇一年出版的长篇小说。

写下来，放在索尔兹伯里的教堂圣油柜里。不过蓝斯，我们想要在不受任何打扰的情况下，先听你说。”

“你确定有体力说故事吗？”

蓝斯洛微笑着握住他们的手。

“没什么好说的，”他说，“毕竟，找到圣杯的人并不是我。”

“坐下来，别再斋戒了，先吃点东西再说。你瘦了好多。”

“来杯香料甜酒？还是洋梨酒？”

“我现在不喝酒，”他说，“谢谢你。”

在他吃东西时，国王和王后分坐在两边看着。他还不知道自己要盐（就在他的手指刚刚要伸出去拿盐）的时候，他们就已经把盐递到他手上。他取笑他们严肃的面孔，说他觉得不自在，还假装用杯子里的水向亚瑟洒圣水，好让他们笑一笑。

“你们想要圣徒的遗物吗？”他问，“喜欢的话，可以拿我的靴子去。我已经快穿烂了。”

“蓝斯洛，这事可不能拿来开玩笑。我相信你亲眼见过圣杯了。”

“就算我看过，你们也不用帮我递盐啊。”

不过他们还是看着他。

蓝斯洛说：“请你们了解，是加拉罕和其他人找到圣杯的。我没有那样的资格。所以，你们这样大惊小怪是不对的，而且对我来说，这很伤人。有几个骑士回来了？”

“一半，”亚瑟说，“我们已经听过他们的故事了。”

“我想你们知道的已经比我多了。”

“我们只知道那些杀人以及不愿告解的人被赶回来。你说加拉罕、波尔斯和帕西法是有资格的人。有人告诉我，加拉罕和帕西法是处子骑士，至于波尔斯，虽然他不算处子，却成了一流的神学家。我想，波尔斯的资格是来自于他的教义，而帕西法的资格则来自于他的纯真。至于加拉罕，我只知道所有人都不喜欢他，此外什么也不知道。”

“不喜欢他？”

“他们抱怨他太不近人情。”

蓝斯洛看着杯子沉思。

“他是不近人情，”最后他说，“不过，他为什么得有人情味？你觉得天使有人情味吗？”

“我不大了解你的意思。”

“你觉得，如果大天使米迦勒此刻出现在这里，他会说：‘今天天气真好！要不要来杯威士忌？’这样的话吗？”

“我想是不会。”

“亚瑟，我说这些话，你可别认为我无礼。你要记住，我之前去了奇怪而荒凉的地方，有时候相当孤单，有时候坐在一艘船上，只有上帝和呼啸的大海与我同在。你知道吗？当我回来和其他人在一起的时候，我觉得我快疯了，不是因为海，而是因为人。这些人环绕着我，让我逐渐忘却我所有得到的东西。对我来说，甚至连你和珍妮所说的许多话，似乎都没有必要，只觉得是奇怪的噪音，感觉很空洞。你知道我的意思吗？‘你好吗？’‘请务必坐下来。’‘天气真好。’这有什么重要？人说太多话了。我之前去的地方，也就是加拉罕待的地方，‘礼貌’是一种浪费时间的行为。只有人与人之间才需要礼貌，因为它可以让无聊的工作有秩序地运作。你知道

‘礼貌能造就人品’，却无法使人近神。这样你应该能了解了吧，为什么在那些对加拉罕叨叨不休的人眼中，他似乎很不近人情，而且又无礼诸如此类。他的灵魂已经走远了，活在孤岛上与寂静和永恒为伍。”

“我了解了。”

“请不要认为我说这些话很无礼，我是想解释一种感觉。如果你们去过圣派翠克的炼狱[1]，就会明白我的意思。等你从那里出来，也会觉得人很荒谬。”

“我确实了解，我也明白加拉罕的为人了。”

“他实在是个可爱的人。我跟他在一艘船上待了很长一段时间，所以我懂。不过，这不表示我们要一直把船上最好的座位让给对方。”

“这就是所有骑士最不喜欢他的一点。我了解了。不过，蓝斯，我们在等你说你自己的故事，不是加拉罕的故事。”

“是啊，蓝斯。告诉我们你发生了什么事，别管那些天使了。”

“既然我没有碰上天使的资格，”蓝斯洛爵士微笑着说，“我也只能对你们说故事了。”

“继续吧。”

“我离开瓦庚的时候，”这位首席司令官说，“有个狡猾的想法，就是找圣杯最好从佩雷斯国王的城堡开始……”

---

① 圣派翠克的炼狱（St. Patrick's Purgatory），位于爱尔兰红湖（Lough Derg）中的一座小岛，是古代很受欢迎的朝圣地点。传说中有个爱尔兰人对圣派翠克表示，除非他能得到实质证据，否则他不会相信上帝。于是圣派翠克向上帝祈求，而上帝应其所请，在这岛上揭示了炼狱的模样。

桂妮薇突然动了一下，这让他顿了一顿。

“我没去那座城堡，”他温柔地说，“因为我出了一场意外。发生了一件不在计划内的事，之后，我就被带到后来去的地方了。”

“什么意外？”

“其实那不算是意外。加诸在我身上的训诫中，这不过是第一击而已，我对此很感激。你知道吗？我应该常常谈到上帝，而这个字眼对那些不敬神的人来说，是有所冒犯的，就像对那些敬神的人来说，‘天杀的’之类的字眼也会冒犯他们。那我该怎么做才好呢？”

“你就假设我们都是敬神的人，”国王说，“继续讲那件意外吧。”

“我和帕西法爵士并肩共骑，遇上了我儿。他只一击，就把我打落马下，我儿子做的好事。”

“是偷袭。”亚瑟很快地说。

“那是一场公平的比试。”

“你当然不会想击败你的儿子。”

“我确实想赢他。”

桂妮薇说：“每个人都有时运不济的时候。”

“我骑向加拉罕的时候，用上了我所有的技巧，而他让我落马了，我有史以来最了不起的一次落马。”

“事实上，”蓝斯洛咧嘴而笑，补上一句，“我可以说，他是有史以来让我落马的少数几人之一。我记得，我躺在地上的第一个感觉只是惊奇而已。要到后来，那股惊奇才有所转变。”

“发生什么事了？”

"我躺在地上，加拉罕骑着马站在我旁边，一句话也没说。我们对战时，有个住在那片荒地上的女隐士走出来，行了一个宫廷礼，她说：'全世界最杰出的骑士，上帝与你同在。'"

蓝斯洛看着桌子，一手作势敲击桌巾，然后清了清喉咙，说："我抬头看，想知道是谁在对我说话。"

国王和王后等待他的答案。

蓝斯洛再次清了清喉咙："如果你明白我的意思，我想谈的不是我的冒险，而是我的灵魂。所以我不能在这件事上表示谦虚。我知道我是个坏人，不过战斗一向都是我拿手的项目。对我的恶德来说，心里一面想着——知道自己是全世界最好的骑士，有时是一种慰藉。"

"然后呢？"

"这个嘛，那位女士不是在对我说话。"

他们默默消化着整件事的意义，同时看着他右嘴角开始抽动。

"加拉罕？"

"是的，"蓝斯洛爵士说，"这位女士的目光越过了我，直接看向我儿加拉罕。她才刚说完，加拉罕就慢步离开。随即，这位女士也走了。"

"她说的是什么恶心的话！"国王高声道，"这真下流！根本是有预谋的侮辱！应该要鞭打她一顿！"

"她说的是事实。"

"但是她故意跑到你跟前来说给你听！"桂妮薇大叫，"更何况，不过就落马一次……"

"我现在比以前更敬神了，"蓝斯洛认罪地说，"不过当时我不能忍受这种事，我觉得有人把我的支柱拿走了。我明白，她只是说出一个简单的事实，但感觉却好像将我的心完全粉碎了。所以我独自一人像只受伤的动物，离开了帕西法。帕西法说要找些事做，不过我只说：'随你高兴。'我心情沉重地离开，骑着马漫无目的地走，想要找个地方，自个儿把心给扯裂。最后我来到一间礼拜堂，觉得自己可能又要发疯了。亚瑟，你看，我脑子里有很多问题，这似乎是一个知名的骑士为了那么一点虚名必须付出的代价，而当这虚名消失的时候，我觉得自己似乎什么都没有了。"

"你的一切都还在。你还是全世界最杰出的战士。"

"有趣的是，那礼拜堂没有门。但不知道是不是因为我有罪，还是当时因为心碎而愤愤不平，我就是进不去。我睡在外面，枕着盾牌，做了个梦，梦见有个骑士偷走我的头盔、我的剑和我的马。我试着醒来，却没办法。我所有象征骑士的东西都被拿走了，但是我醒不过来，因为我的心充满了痛苦的念头。有个声音对我说，我再也不能做礼拜了，不过我只想着跟那个声音对抗，所以，等我醒来，那些东西都不见了。

"亚瑟，如果我不让你了解那晚发生什么事，你就没办法了解其余的事。我本可以去追蝴蝶，但是，我把童年都花在学习做你最好的骑士。后来我变坏了，但我拥有一样东西。以前在内心深处，我觉得非常骄傲，因为众人都认为我是顶尖的；我知道，这样的感觉很卑劣，但我也没有什么别的事可骄傲。起先，我的承诺和奇迹都离我而去；现在，就在我所说的这一晚，这种感觉也不见了。我醒来时，发现所有的武器都不见了，于是我痛苦地走来走去。这事说来不大光彩，但我哭泣、诅咒。也就是这时候，这些悬念从我内心挣脱了。”

“我可怜的蓝斯。”

“这是有史以来最好的事了。你们知道吗？到了早上，我听见鸟儿的叫声，这让我好过一些。被一大群鸟安慰，实在也蛮好笑的。我小时候从来没有时间去偷鸟巢，所以我不知道那是什么鸟，不过亚瑟，你应该会知道。那只鸟很娇小，它看着我，尾巴高高翘起。它只有马刺上的齿轮那么大而已。”

“也许是鹪鹩。”

“是吗？那么就当它是鹪鹩好了。你明天能找一只给我看看吗？我的心因为黑暗而无法独自了解的事，这些鸟让我了解了。那就是：如果我受到惩罚，那是因为我的天性使然。不管这些鸟儿身上发生什么事，都是依据它们的天性。它们让我了解到，如果你是美丽的，那么这世界就是美丽的，你要有舍，才会有得，而且你要不求回报地舍。所以我接受加拉罕打败我，也接受铠甲被人拿走，而在这个神圣的时刻，我找到一个人，向他告解，因此，我不再邪恶了。”

“所有去寻找圣杯的骑士，”亚瑟说，“都觉得他们必须先去告解。”

“在那之前我从来没有好好告解过。我这辈子几乎都活在道德之罪中。不过这一回，我告解了所有的事。”

“所有的事？”王后问。

“所有的事。亚瑟，你懂吗，终其一生，我的良知都是有罪的，我一直认为不能将这个罪告诉别人，因为……”

“如果说了会伤害到你，那就别告诉我们了，”王后说，“毕竟我们不能听你忏悔。你只要告诉神父就够了。”

“别再烦她了，”国王也同意，“无论如何，她生了一个好儿子，一个似乎能找到圣杯的好儿子。”

他所说的人是伊莲。

蓝斯洛突然悲伤地看着他们，目光在两人之间流转，然后他握紧拳头。三人都屏住呼吸。

“我告解了，”最后他开口说话，他们又开始呼吸，然而他的声音颇为沉重，“接着，我就开始苦修赎罪。”他停了下来，仍然有些犹疑，而他隐约意识到眼下正是他人生的十字路口。他们全都知道，如果说什么时候该把这件事说出来，那就是现在了，他应该在这个时候把事情告诉身为朋友和国工的他——但是桂妮薇正在阻止他。那也是她的秘密。

“这项苦修，要穿上一件某位已故修道者的头发制成的衬衫，那位修道者我们都认识，”他最后败下阵来，继续往下说。“我不吃肉、不喝酒，每天望弥撒。三天后，我离开神父的房子，骑着马，回到我失去装备的地方，到那附近的一个十字架旁。那神父借了我一点钱让我继续前进。总之，我当晚睡在十字架附近，做了另一个梦——第二天早上，那个偷了我铠甲的骑士回来了。我和他比试长矛，取回了铠甲。这不是很不可思议吗？”

“我想那是因为你现在好好告解了，得到神的恩典，所以你可以信任你的能力。”

“我当时也是这样想，不过你马上就知道了。我那时想，现在我已经把我的罪从心中拔除，所以应该能再次获准成为全世界最优秀的骑士。我非常快乐地骑马离去，想要唱点歌，后来我来到一处美丽的平原，上面有城堡、帐篷，应有尽有。那是一场比武大会，有五百名骑士，分成黑白两边。白队骑士占了上风，所以我认为我应该加入黑队。我认为，既然已经获得宽恕，就应该拯救弱小，成就丰功伟业。”他停了下来，闭上眼睛。“不过，白队的骑士，”他睁开眼睛，补上最后一句，“很快就让我沦为阶下囚。”

“你是说你再次被打败了吗？”

“我被打败了，而且受了羞辱。我觉得我的罪比以前更重了。他们放我走的时候，我像第一晚那样，一边骑着马，一边诅咒。夜色降临时，我躺在一棵苹果树下，哭着睡着了。”

“但这与教义不合啊，”王后高声说，她和大多数女人一样，是个优秀的神学家，“如果你确实告解，又苦修赎罪，而且也得到赦免……”

“我为一项罪行苦修赎罪，”蓝斯洛说，“但是我忘了我还有另一项罪行。那天晚上，我做了另一个梦，有个老人来跟我说：‘噢，信仰邪恶又薄弱的蓝斯洛啊，面对你的死罪，你的意志也几乎毫不动摇呢。’珍妮，我这一生当中，都背负着另一项罪行，那是最糟的罪行。骄傲让我想成为全世界最优秀的骑士；同时也因为骄傲让我自我炫耀，在比武大会中去帮助较弱的一方。是。你可以说那是虚荣心作祟。我只为了……为了那女人的事告解，并不会让我成为好人。”

“所以你被打败了。”

“是的，我败了。第二天早上，我去找另一个隐士再次告解。这次，所有该做的事我都彻底做了。但他告诉我，在圣杯的探险过程中，光是禁欲、不杀人是不够的，我得将这世上所有的夸耀与骄傲都抛诸脑后，因为上帝不会想要它的探险出现这样的行为。我必须放弃所有世俗的荣耀，而我要确实放弃了才能得到宽恕。”

“后来发生了什么事？”

“我骑着马，来到莫托斯之水[①]，我在这里和一个黑骑士比试长矛，他也把我打下马。”

“这是第三次了！”

桂妮薇大叫：“但是，你这回确实得到宽恕了啊！”

蓝斯洛将手放在她的手上，微笑起来。

“如果有个男孩偷了糖果，父母惩罚他，”他说，“他可能会感到十分抱歉，从此变成一个好孩子。这不会让他去偷更多的糖果，对吧？但这也不表示，父母应该要给他糖果。上帝让我被黑骑士撂倒，不是在惩罚我，他只是保留那份胜利的大礼，至于要不要给我这份礼物，一直都是由他来决定。”

“但我可怜的蓝斯，你放弃了你的荣耀，却没有得到任何回报啊！你是个罪人时，战无不胜；那么，为什么在你接近天国的时候，却一直落败呢？为什么你总是被你所爱的事物伤害呢？那你后来怎么做？”

“我在莫托斯之水中跪下，珍妮，就跪在黑骑士击败我的地方——我为这场冒险感谢上帝。”

① 莫托斯（Mortoise），马洛礼《亚瑟之死》中出现的地名，蓝斯洛在此登船，遇上他儿子加拉罕。

第三十三章

亚瑟再也听不下去了。

“这实在太过分了！”亚瑟愤愤不平地高声说，“我不想听了。为什么一个善良、仁慈又体贴的人要受到这样的折磨？就算只是用听的，也让我打从心里感到羞耻。到底……”

“嘘，”蓝斯洛说，“我很高兴放弃了爱情和荣耀。还有，我真的不得不这么做。上帝并没有让加文或莱诺承受这样的痛苦，对吧？”

“呸！”亚瑟王说，他此刻的语调是加文以前在他面前用过的。

蓝斯洛笑了。

“好，听你的口气是确定没有了，”他说，“不过也许你该听一下这个故事的结局。

“那天晚上，我在莫托斯之水的岸边躺下，做了一个梦，要我上一艘船。当然，我醒来的时候，船已经在那里了。我上了船之后，有绝妙的香气、感觉和可口的食物等着我，还有……嗯，你想得到的任何东西。我那时‘为我所思所欲之物所盈满’。我知道现在没办法向你们解释那艘船的事，因为，在我回到人群后，它便逐渐离我远去了。不过，你们可别以为船上只有熏香或珍贵的布匹。是有这些东西没错，不过，这艘船之所以可喜，并不在此。你们要想想焦油的气味和海的颜色。海有时候很绿，就像厚玻璃那样，可以看到底部。有时候是个宽大的缓坡，沿着坡顶飞翔的水鸟会消失在凹谷当中。在暴风雨中，激浪的巨牙咬在岩岛上，海水退去时，在悬崖上露出白色利齿。到了夜晚，万籁俱寂，你可以看见星光反射在潮湿的沙滩上，其中有两颗星星相当靠近。沙地起伏，就像口腔顶端的构造。还有海草的气味以及孤独的风所发出的噪音。有几个岛，鸟停在岛上，远看就像兔子的形状，而彩虹就是它们的鼻子。冬天是最棒的，因为岛上会有鹅，它们会排成好几列，像长长的炊烟，然后在早晨冰冷的微光中像猎犬那样唱起歌来。

“亚瑟，不需要为了上帝一开始加诸于我的事愤愤不平，因为它回报给我的东西更多。我说：‘公正亲爱的我主耶稣基督，我不知道自己身处何种喜乐，因为这喜乐超越了地上所有我曾经历的喜乐。’

“那艘船还有一点很奇怪，里面居然有位死去的女士，手上拿着一封信，那信告诉我其他人的经历。更奇怪的是，她已经死了，我却不觉得害怕。她的脸十分平静，就好像在陪伴我。在船上、在海里，我们都觉得彼此有了某种交流。我不知道我的勇气是从哪儿来的。

“我和那位死去的女士在船上待了一个月后，加拉罕被带来我们这里。他赐福予我，让我亲吻他的剑。”

亚瑟的脸红得像是只公火鸡。

“你要他为你赐福？”他质问蓝斯洛。

“当然。”

“好吧！”亚瑟说。

“我们一起在圣船上航行了六个月，在这段时间里，我渐渐了解我儿子，而他似乎也很关心我。他常常用很有礼貌的态度说话。我们不时在外岛冒险，冒险内容都和动物有关：海鼬的叫声很美，加拉罕还指引我看沿着水面飞翔的鹤，它们的影子也在底下飞，不过上下颠倒。他告诉我，渔夫把鸬鹚叫做老黑巫，还有，渡鸦的寿命和人类一样长。它们会在高空中嘎嘎叫着，以失速下坠来取乐。有一天，我见到一对红嘴山鸦，真是美极了！还有海豹！它们像人一样说话，一路随着船上的音乐前进。

“我们在某个星期一来到一处林地，有个白骑士骑下海岸，要加拉罕下船。我知道他会被带去找圣杯，所以我很难过我不能一起去。你可还记得，当你还小的时候，孩子们会为了游戏选边，而你可能完全落选？我当时的感觉差不多就是那样，不过还更糟。我要加拉罕为我祈祷，我要他祈求上帝约束我，让我服侍他。之后我们亲吻对方，互道再见。”

桂妮薇抱怨：“我不懂，如果你已蒙受宽恕，为什么你不能跟着去。”

“这问题很难解。”蓝斯洛说。

他张开双手，从指缝中看着桌子。

“或许我心术不正，”最后他才说，“或许，在我内心深处，也可以说在我的潜意识里，我并不是为了一个正当的目的而想要改变……”

王后听着，脸上露出一股微妙的神采。

“胡说。”她轻声说，不过意思却恰恰相反。她亲密地压着他的手，但蓝斯洛把手拿开。

“我之所以祈求上帝约束我，”他说，“或许是因为……”

“在我看来，”亚瑟说，“你让你自己沉浸在不必要的温柔良知里。”

“或许吧。但无论如何，我没有入选。”

他坐在那里，看着那片在他双手之间现身的海洋，听着岛上的塘鹅在悬崖边发出笨拙的叫声。

“那艘船乘着一阵强风，又把我带出海，”最后他说，“我没怎么睡，不过常常祈祷。我祈求，虽然我没有入选，但是或许能够给我一些圣杯的消息。”

当下三人各怀心思，室内一片寂静。亚瑟想着一幅悲惨的景象——有个尘世的罪人，是他们之中最善良的人，他步履艰难地跟在那三个超凡的处子骑士身后，这是他命中注定、勇敢但徒劳的苦工。

“有趣的是，”蓝斯洛说，“无论祈祷的人如何声称祈祷会得到回应，不祈祷的人还是认为不会有回应出现。夜半时分，那艘船乘着一阵大风，把我带到卡波涅克城堡后面。这也很奇怪，因为那就是我一开始要去的地方。”

“船靠岸时，我知道，我的愿望有一部分能够达成。当然，我看不见全貌，因为我不是加拉罕，也不是波尔斯。不过他们对我很好，已经算是逾矩了。”

“城堡后面有如死亡一般漆黑，我穿上铠甲走上去。有两只狮子等在阶梯入口，想要阻止我前进。我拔出剑跟它们对战，其中一只前脚击中了我的手臂。当然，我实在很蠢，我应该信赖上帝的时候，却选择信赖我的剑。于是我用我那只麻木的手画了十字，往里头走去，两只狮子并没有伤害我。途中每一扇门都开着，只除了最后一扇门，我在那里跪了下来，然后祈祷，接着门便开了。

“亚瑟，我说这些，听起来一定很不真实。我不知道要如何把它化为言语。最后一扇门后面有个礼拜堂，正在举行弥撒。

“噢，珍妮，那个美丽的礼拜堂盈满光和一切！你或许会说：‘是鲜花和蜡烛。’不过不是这些，或许那里什么都没有。

“那是，噢，呐喊——力量与荣耀的呐喊。它攫住了我所有的感官，把我拉了进去。

“不过我进不去。亚瑟、珍妮……有把剑阻止了我。加拉罕在里面，还有波尔斯和帕西法。还有九名骑士，分别来自法兰西、丹麦和爱尔兰；此外，船上那位女士也在。亚瑟，圣杯就在那儿，在一张银桌上，和其他圣物放在一起！不过就算我在门这头再怎么渴望，我都无法进入。我不知道主持弥撒的神父是谁，或许是亚利马太的约瑟，或许是……噢，算了。他带着一样看起来很沉重的东西，搬不大动，于是我丢下剑走进去，想要帮他。上帝为证，亚瑟，我只是想要帮忙。但是，在那最后一扇门旁，有股气息打在我的脸上，像是从火炉中吹出的热风，之后，我就无声无息地倒在地上了。”

第三十四章

侍女们在黑暗的房间里来来去去，水罐和水桶在楼梯上哐啷作响，蒸气氤氲。她们踩过地上的水滩，发出啪跶啪跶的脚步声，隔壁房间则传出低语，夹杂着丝绸摩擦的神秘声响。

王后爬上通往澡盆的六阶木梯台，坐在澡盆里的木板上，只露出一颗头。这个澡盆像个大啤酒桶，她头上缠着白色头巾。她全身赤裸，只戴着一串珍珠项链。角落有面镜子（这在当时非常昂贵），另一角落里有张小桌子，放着香水和香油。没有粉扑，只有放在羚羊皮袋里的白垩粉，搀了十字军带回来的玫瑰油来增添香气。地板上的水滩间散落着用来擦干的亚麻巾，此外还杂有珠宝盒、织锦、衬衣、袜带、衬裙，这些都是从别的房间带来供她挑选的。有些被主人厌弃的失宠头巾散置一旁，被浆成奇怪的形状，像是熄烛盖、蛋白霜，还有像两只牛角的。将它们固定在一起的发网上串着珍珠，手帕布料则是东方的丝绸。一名侍女站在王后的澡盆前，拿着一块刺绣披饰给王后检查。刺绣的图案是一个由她丈夫与她父亲的纹章所组成的钉合纹章[①]：一边是后腿直立的红龙，象征英格兰；一边是六只身体朝前、头往后看的美丽狮子，象征罗德格兰斯王，他名字的字首"Leo"就代表狮子。这块横在她胸前的披饰上缀着沉沉的丝质流苏，就像窗帘绳。丝质盾徽的边缘则饰有银蓝两色的逆松鼠纹[②]。

桂妮薇已经卸掉糟糕的浓妆，让人为她穿上她挑选的衣服，没有多余的装饰。那些侍女洋溢着欢乐的情绪，过去一年多来，她们服侍的王后易怒而冷酷、自我矛盾又憔悴痛苦；但是现在，她们不再受责，任何事都能取悦她。她们都很确定蓝斯洛必定会再次成为她的情人。然而事实并非如此。

桂妮薇看着那六只身体朝前、头往后看的狮子，它们吐出红色的舌头、探出脚爪，正在行军，一面傲慢地朝背后眨眼，一面摆动尾巴尖端的火焰。她带着一种困倦的满意点了点头，于是那名侍女行了个礼，把披饰带到更衣室去。王后目送她离去。

你可以说，桂妮薇本身就是一只会吃人的狮子，或者说，她是那种坚持要在每个地方掌权的自私女性。其实，只要稍微检视一下就会发现，她所作所为似乎就是如此。她美丽、嗜血成性、坏脾气、颐指气使、任性、贪得无厌、迷人——所有食人动物的本性她都具备了。但是，这些简单的解释都建立在一个基础上：她并不是

① 钉合纹章（Impaled arm），一种象征婚姻或同盟关系的纹章形式，是将纹章分成左右两半，分别放上双方（如父亲与丈夫家族的）的完整纹章图案。

② 逆松鼠纹（Countervair），是种称为毛皮纹（fur）的基本装饰纹，原形是松鼠纹（Vair），纹路形似某种松鼠的生皮，形状像是成排的钟，而逆松鼠纹是将上下两排的钟对齐，并将"钟口"两两合在一起。不管是松鼠纹或逆松鼠纹，基本色都是蓝白色。

个随便的女人。她的人生除了蓝斯洛和亚瑟以外，没有别人。她并没有吃掉其他人。即使如此，她也不是当真吃了他们。那些被狮子吃掉的人通常像个游魂，只能仰赖狮子维生，如同行尸走肉。但是，那两个显然已经被她吞进肚子里的人，无论是亚瑟或蓝斯洛，都活得很好，也有自己的成就。

无论真实性有多少，有人这么解读桂妮薇：以前他们把她这样的人称为“真实人物”。她不是那种会乖乖让人贴上诸如“忠诚”、“不忠诚”、“牺牲”或“嫉妒”等标签的人。她有时忠诚，有时不忠诚。她的行为就像她自己。而在这个自我当中，一定有些什么：一颗真诚的心，否则她没办法占有亚瑟和蓝斯洛这样两个男人。他们说，物以类聚，而他们至少能够确定，她的两个男人都十分慷慨，因此，她必然也是个慷慨的人。要描述一个真实人物是很困难的。

她活在战乱的年代，当时年轻人的生命就像二十世纪的飞行员一样短暂。在这样的时代，年长的伦理学家会愿意把道德法则放松一些，以便得到保护。那些倍受挞伐的飞行员渴望着可能很快就会消逝的生命和爱情，他们触动了年轻女性的心，也可能唤醒了某种虚张声势的回应。慷慨、勇气、诚实、怜悯、直视生命无常的力量（显然这是指友谊和温柔）。这些特质，或许可以解释桂妮薇为何选择蓝斯洛和亚瑟。其中，勇气最为重要，在时机到来时，要有能以真心相待的勇气。诗人总是鼓励女性要有这样的勇气。她在有花堪折时收集了她的玫瑰花苞，而惊人的是，她只拿了两朵，同时也是其中最出色的两朵花，并且一直留在身边。

桂妮薇最大的悲剧是她没有孩子。亚瑟有两个私生子，蓝斯洛有加拉罕，但桂妮薇（她是他们三人当中最该有孩子、最能善尽父母义务的人，似乎也是上帝造来生育可爱孩子的人）是个空壳，是一片看不到海水的海岸。当她到了海水终将干涸的年龄时，这件事让她心碎。为此之故，她有一阵子变得错乱发狂，不过那是后来的事了。这件事或许也能解释她为何会有两份爱情——她对亚瑟可能抱持着对父亲的爱，而蓝斯洛，则是她无法拥有的儿子。

圆桌和那些丰硕战果很容易让人目眩神迷。你读到蓝斯洛成就了某些高贵的功绩，而当他回家，回到他情妇身边时，你会讨厌她，因为她阻挡或破坏了这些功绩。然而，桂妮薇没办法去寻找圣杯。她不能带着矛在英格兰森林里消失一年从事探险。即便她再热情，即便她那热切而温柔的心是那么真实，那么渴望能如此，她的本分都是待在家里。除了那些和现代女性桥牌聚会差不多的娱乐以外，并不获允从事其余休闲活动。她可以带着雌灰背隼去放鹰，玩蒙眼捉迷藏[①]或掐玛莉[②]，这些，就是那个年代成年女性的消遣。但是大型鹰隼、猎犬、纹章学、比武大会——这些都是蓝斯洛的事。对她来说，除非她喜欢做一点纺织或刺绣，否则除了蓝斯洛，她无事可做。

所以，我们得把王后想成一个被剥夺了最重要特质的女人。她逐渐衰老，开始做出奇怪的事。甚至有人怀疑她是不是对一位骑士下毒。她也变得不得人心。不过，说一个人不得人心通常是种赞

① 蒙眼捉迷藏（Blind man’s buff），游戏名，当鬼的要蒙起眼睛去抓别人，并辨识对方的身份。

② 掐玛丽（Pince-merille），游戏名，玩家要掐别人的手臂，叫出“M[e']rille”或“Morille”。不过详细玩法已不可考。

美，而桂妮薇——虽然她的生活骚动不已，又在心有怨怼的情况下过世（她和蓝斯洛不同，天生就不适合宗教），但她从来都不会做无意义的事。她以王室的方式做女性会做的事，并且大致来说都处理得宜；而此时此刻，当她在澡缸里拿着绣有狮子图案的披饰时，她也正忙着做这样的事。

如果一个男人亲眼见过上帝，不管他还有多少人性，你都不能期待他立刻恢复情人的身份。如果这男人是蓝斯洛，是一个在任何情况下都会为上帝疯狂的人，那么，这样的期待既乐观又残酷。不过女人在这方面是残酷的。她们不接受藉口。

桂妮薇知道，蓝斯洛会回到她身边。从他祈求上帝“约束”他的那一刻，她就知道了。知道这件事让她雀跃起来，就好像一朵太久没有浇水的花得到滋润。他刚回来时，她的胭脂和俗丽的丝绸引起他的怜惜，如今则扔在一边。现在，她身上只剩下平静而完整的调和，没有急躁。

蓝斯洛并不知道，他将会为了王后再次背叛他所深爱的上帝，因此她的态度虽然让他吃了一惊，他却感到很高兴。他一直担心会有一些可怕的嫉妒和指控。他不知道该怎么向那孩子解释，向那个被囚禁在涂了胭脂的眼睛里、正遭受折磨的孩子解释，他不能到她身边去；虽然她十分痛苦，但他有了更甜美的义务。他担心她会攻击他，会在他面前布下拙陋的陷阱——正因为它很拙陋，所以更显出这欺骗的可悲。他实在不知道自己该如何面对这样的悲哀。

桂妮薇没这么做，相反，她抹去了胭脂，容光焕发。她没有攻击，也没有指控。她真正开心地微笑着。他明智地对自己说，女人是无法预测的。他甚至还能开诚布公地和她讨论这件事，而她也同意他所说的话。

桂妮薇坐在澡盆里，心不在焉地看着那些狮子。她回想起他们的对话时，脸上有种做梦般的表情，底下藏着秘密的快乐。她看到那张迷人的丑陋脸庞，非常严肃地谈论他那颗真诚的心所向往的事物。她爱那些向往；她爱这位年老的士兵，他忠实地追随自己对上帝的纯洁之爱。她知道，他的尝试终究会失败。

蓝斯洛向她道歉、并乞求她不要认为他侮辱了她。他很小心地指出几点：一、在找到圣杯之后，他们不能再像以前那样了，那不大好；二、如果不是因为他们有罪的爱，他或许会有接近圣杯的资格；三、无论如何，他们在一起很危险，因为奥克尼一族已经盯上他们了，尤其是阿格凡和莫桀；四、这件事对他们来说是一项很大的耻辱，对亚瑟也是。

其余时间，他试着用混乱冗长的言语向她解释他对上帝的认识。他认为，只要他能使桂妮薇皈依上帝，就可以解决道德上的问题。如果他们能一起走向上帝，他就不必为了他自己的快乐而牺牲爱人的快乐。

王后率直地笑了。他真是个贴心的人。她同意他所说的一字一句——这就已经是一种皈依了。

她从澡盆里举起一只雪白的手臂，拿起澡刷的象牙长柄。

第三十五章

在他归来初期，一切都很好。像王后这样的女人或许能看到一般男人看不到的事，但她们的眼界也是有限的。蓝斯洛忠于神的时间若只有一个星期或一个月，那她还能带着一颗温暖的心好好等待，但当时间从几个月拉长到一年时，就是另一回事了。或许——或许他最后还是会与她旧情复燃，但是，女人是无法耐着性子等待胜利的，因为到时她可能就老得无法享受胜利的果实了。时光匆匆，若是欢愉就在门口，你却只能枯等，那未免太愚蠢了。

桂妮薇慢慢起了变化，她没有变得消沉，却开始感到愤怒；接连好几个月的神圣关系，让她内心深处酝酿起一股风暴。神圣？是自私吧？她对自己大叫，为了拯救自己的灵魂，居然放弃另一个人的灵魂，真是自私。波尔斯宁愿让十二个假仕女被人从城堡塔楼丢下去，也不愿犯下道德之罪来拯救她们，这件事让她打从心里震惊。现在，蓝斯洛也在做同样的事。这对他当然很好，他可以带着他的骑士精神、他的神秘主义、他在男性世界中能够得到的所有补偿，放弃这段爱情。但是，放弃一段爱情是两个人的事，就好比两个人才能调情或吵架。她可不是毫无知觉的物品，可以随他方便拿起来又放回去。你今天要抛弃的是一个人的心，可不是酒。酒是你拥有的物品，你可以丢开不喝，但你爱人的灵魂并不是你自己的灵魂，并不任由你支配，你对它有责任。

对于这些事，蓝斯洛和果敢的桂妮薇一样明白，但是，随着他们的关系逐渐恶化，他也很难坚守心意。他处境之为难，和有个手无寸铁的隐士挡在身前的波尔斯不相上下。对他而言，他绝对有权坚持顺服于他钟爱的上帝，就像当时波尔斯向莱诺投降一般。但是，桂妮薇就像那个隐士挡在波尔斯身前一般，挡在他身前，此时他是否有权牺牲自己往日的爱情，让它如同那个隐士一样被牺牲？蓝斯洛和王后一样，都被波尔斯的解决之道给吓到了。这两个恋人的心太过慷慨，无法适应教条。而慷慨是第八个死罪。

事情在某天早上爆发了，当时他们单独在城顶房间里唱歌，两人之间有张桌子，桌上放着一种叫做簧管小风琴①的乐器，看起来像是两本厚重的圣经。桂妮薇唱了一首法兰西玛丽②的歌，而当蓝斯洛吃力地唱着另一首阿拉斯驼子③的歌时，王后的右手突然按住手中所有的音符，左手往那个像两本圣经的乐器一压，簧管小风琴发出一声可怕的冷笑，之后便归于死寂。

“你为何这么做？”

“你还是走吧，”她说，“走吧，去探险吧。你难道看不出来，

---

① 簧管小风琴（Regal），一种可以搬动的小型管风琴，由两口风袋轮流上下鼓风，经常造成圣经样式。

② 法兰西玛丽（French Mary，Marie de France），十二世纪后期的女诗人，在法国出生，但后来住在英国。

③ 阿拉斯驼子（the hunchback of Arras）即亚当·德拉阿尔（Adam de la Halle，1273—1287），法国诗人、音乐家和最早的法国通俗剧的创始人。

你快让我筋疲力尽了吗？”

蓝斯洛深吸一口气，然后说：“是，我的确看出来了，天天皆如此。”

“所以你还是走吧。不，我不是凭空妄想。我不想为此争吵，也不想改变你的想法。不过，对我仁慈点，走吧。”

“听起来像是我故意要伤害你似的。”

“不，这不是你的错。不过，蓝斯，我希望你走，让我喘口气。只要一阵子就好。我们无须为此事争吵。”

“如果你要我走，我当然会走。”

“没错，我要你走。”

“也许那样比较好。”

“蓝斯，我希望你了解，我不是想骗你去做什么，也不想强迫你。只是我认为，让我们像朋友那样分开一两个月会比较好。只是这样而已。”

“我知道你从没想过要骗我，珍妮。我觉得我自己也很混乱。我一直希望你能了解这一点，了解我身上到底发生了什么事。如果你也在那艘船上，或是你能亲身感受，事情就简单多了。但我无法让你感同身受，因为你不在那里，所以我很为难。我觉得，我似乎为了另一种新的爱情牺牲了你，或者你可以说，是牺牲了我们。而且，”他转过身说，“这看来仿佛——仿佛我也不要自己往日的爱情了，但我并没有这么想。”

说完，他沉默片刻，站在那里看着窗外，双手僵硬地放在身侧，过了好一会儿，他头也不回地用着苦涩的语气说：“如果你要，我们可以重新开始。”

他从窗边回过头时，房中已空无一人。晚餐过后，他来到王后门前，要求晋见，但只得到一句口信，求他去做她之前所要求的事。他收拾了一些行李，虽然他并不了解到底发生了什么事，不过他觉得自己像从灾难中死里逃生。他的侍从如今无论如何都老得没办法再追随他，因此，次日清晨，他向又老又驼的侍从道别，之后便骑着马，离开了卡美洛。

第三十六章

王后这段秘密恋情看似重新开始；如果说，那些侍女因此感到高兴，宫廷中其他人则不然。或者你也可以说那些人确实高兴，但那是一种残酷、等着看好戏的高兴。宫廷中的风向已经第四度改变了。

最初是亚瑟在伟大的十字军东征中开启的年轻同袍情谊；接下来，在这全欧洲最伟大的宫廷中，骑士的竞争一年比一年腐败，最后几乎都变成宿怨和空洞的竞赛；在那之后，圣杯的热情烧毁了这种不良的气氛，成就了短暂的美景。而现在，最成熟也最悲伤的时期来了：一切热诚都消耗殆尽，只剩下著名的第七感可用。现在，这个宫廷有了“人生知识”，它结了许多果实：英雄事迹、文明教化、生活礼仪、蜚短流长、流行风潮、怨憎恶意，以及对丑闻的容忍态度。

半数骑士被杀——而且是最好的那一半。亚瑟在圣杯探险刚开始时担心的事已经发生了：一旦至臻完美，你就会死去。因此，除了死亡之外，加拉罕对上帝别无所求。最好的骑士都至臻完美，糟的那一半则继续汲汲营营。的确，有些仁善的影响力留下来了——

蓝斯洛、加瑞斯、阿格洛法；还有几个步履蹒跚的老人，如格鲁莫爵士和帕洛米德爵士。但是，风向已经变了。现在的风气，是加文的乖戾愤怒、莫桀的虚伪优雅、阿格凡的冷嘲热讽。康瓦耳的崔斯坦也好不到哪里去，传说那里有件魔法斗篷，只有忠贞的妻子才能穿——也有人说那是个魔法角杯，只有忠贞的妻子才能喝里面的酒。他们在隐名盾[①]上表达无声的吃吃窃笑，在盾徽中埋下线索，暗示盾牌主人的妻子不贞。骑士的忠诚变成一种“新闻”，服装则变得古怪荒谬。阿格凡脚穿短统便鞋，长长的鞋尖用金链子固定在膝下的袜带上；而莫桀鞋尖的链子则固定在环腰的带子上。原本穿在铠甲外面的背心罩衣，做得后摆长、前缘高。你几乎无法走路，因为担心被袖子绊倒。想赶流行的女士争相剃掉刘海，把头发全都藏起来，她们的袖子得先打结，才不会曳地。男士展露他们的腿，其程度也同样令人吃惊。他们的衣服色彩斑斓，有时两条腿一红一绿。他们也不再穿戴锯齿状的披饰，浮夸的衣服虽有丰富的视觉效果，但实在称不上优雅。莫桀以一种轻蔑的方式穿着那些可笑的鞋子，就像对自己的一种讽刺。宫廷变得相当时髦。

因此，现在有几双眼睛盯上了桂妮薇——那些眼神既非强烈怀疑，也非温情纵容，而是算计与上流社会冷酷的厌烦目光。狡诈的猫咪在鼠洞前一动也不动。

莫桀和阿格凡认为亚瑟是个伪君子——如果你认为这世上没有所谓的礼仪，那全天下有礼貌的人必然都是伪君子。他们还认为桂

① 隐名盾（Canting shield），盾面绘上藏有持有人之名的图案，来暗示持有人是谁。比如说，盾牌的持有人叫 Castletons，则他的隐名盾可能就会使用城堡（castle）的图案。

妮薇品位粗俗。

他们说，美人伊索德以一种文明的方式让马克王戴了绿帽。她公然做这件事，非常公开、非常时髦，而且品位绝佳。每个人都可以拿这件事去刺激马克王，享受其中乐趣。她在服装上表现出完美的鉴赏力，她戴着滑稽的帽子，看起来像只微醺的小母牛。她还花了马克王好几百万，用孔雀舌头做晚餐。

反观桂妮薇，穿着打扮活像个吉普赛人，款待客人的方式则像个公寓管理人，也不公开她的情人。最让人受不了的是，她惹人厌恶。她毫无风格可言，衰老得毫不体面，像个渔妇般大嚷大叫、丢人现眼。据传，她和蓝斯洛大吵一架，指控他移情别恋，然后将他遣走。大家认为她是这么嚷的："我每天都看到也感觉到，你的爱开始消逝了。"莫桀用他一贯含糊又富旋律的声音说，他了解渔妇，却不了解渔贵妇。这句嘲弄的话可说是无人不晓。

在这股离他而去、而非与他同在的新氛围中，亚瑟显得快快不乐，他衣着朴素，在宫中走来走去，试着不失礼。王后比较积极：她一如当年他们初次见面时，是个果敢的女孩，黑发红唇，头抬得高高的。她挺身面对这情势，并试图款待客人，假装自己跟得上流行，冀求以此解决问题。蓝斯洛先前回来时，她曾以胭脂华服装扮自己，现在这些东西又拿出来了，而且她的举止变得有点疯狂。在所有辉煌的王朝中，要是在位者不受欢迎，都会出现这样徒劳的补救行径。

蓝斯洛离开后，麻烦突然来了。在王后举办的一场晚宴上，那股从圣杯探险开始以来一直高悬在空中的危机感突然落实。

加文似乎喜欢吃水果，尤其喜欢苹果和梨子，而可怜的王后急着让时髦女主人的新方法成功，因此，加文出席她为二十四位骑士所举行的晚宴时，她特别留心准备好吃的苹果。她知道，在她丈夫心中，康瓦耳和奥克尼家族一直都是威胁。而现在，这个氏族的族长就是加文。她希望晚宴成功，对新的局势有帮助，她也希望这是场雅致世故的晚宴。她想要像美人伊索德那样，做个彬彬有礼的女主人，来软化那些针对她的批评。

不幸的是，别人也知道加文喜欢苹果，而派林诺国王之死的仇隙也没有消失。的确，亚瑟让阿格洛法爵士断了复仇的念头，两家的宿怨似乎就这么和解了。但是，有个骑士叫皮内爵士，是派林诺家族的远亲，在他看来，复仇是必要的，于是，他在苹果里下了毒。

毒药不是一种好用的武器。在这个案例中，它一如往常出了乱子：有个名叫派翠克的爱尔兰骑士吃了本来要给加文的苹果。

你可以想像当时的情景：脸色苍白的骑士吓得在烛光中站了起来，想帮忙却白费力气，那些臆测的目光轮番扫视旁人，带着羞人的质疑。每个人都知道加文的弱点。这位现在已不受欢迎的王后从来就不喜欢他们家族，这顿晚餐又是她亲自准备的，而皮内爵士并未挺身出来解释。那房间里有人要杀加文，却误杀派翠克爵士，在抓到真凶以前，他们同样有嫌疑。最后，波特的马铎爵士（比起旁人，这家伙更为傲慢自大、心怀不轨、拘泥挑剔）说出大家心里的话——他指控王后犯下背义的罪行。

在现代，如果是非晦涩不明，正义又难以伸张，双方会雇用律师，以辩论得出结论；而在那个年代，上流阶级会雇用战士，以打斗的方式解决问题——两种方式最后的结果都一样。马铎爵士决定省下雇用战士的费用，自行出战，而他坚持桂妮薇必须聘雇一名战士来为自己辩护。亚瑟的王室哲学是以正义取代强权，所以他也没办法做些什么来拯救妻子。如果马铎要求召开荣誉审判庭，他就会召开。亚瑟也不能在与他妻子有关的争议上出战，就像今天丈夫和妻子不能为彼此作证一样。

情况大大不妙。争论几乎还没开始，臆测、谣言和驳斥就已经满天飞。派林诺家族的宿怨、潘德拉贡与康瓦耳的世仇、王后与蓝斯洛之间的爱恨纠葛、一个完全置身事外的人突然死亡……一切都混杂成一团环绕在王后身边的毒雾。如果蓝斯洛还在，他会为她出战；但是她把他遣走了，没人知道他的下落，有些人认为他回法兰西双亲的身边去了。如果有人知道他就在附近，或许马铎爵士就会收回指控。

我们还是不要详述对战审判之前的那段日子比较好，也不要去描述那个发狂的女人跪在波尔斯爵士脚边的模样——他从以前就不喜欢她，现在他才刚达成圣杯任务回来，还是不喜欢她。她向他乞求，如果找不到蓝斯洛，请他为她出战。她得用求的，可怜的东西，因为当时宫中气氛已经变得没有人会接受她的委托。英格兰王后连一位能够委任的战士都找不到。

最糟的情况出现在对战前夕。当晚，她和亚瑟都彻夜未眠。他坚信她是无辜的，但他不能干预审判。虽然她是被别的麻烦给卷进这团纠葛中，她还是哀怜地一再重申自己的无辜，因为她知道，明天晚上她可能就会被送上火刑台。他们将一起目睹圆桌的悲剧和耻辱，因为居然没人愿意出面拯救他们。他们知道，这圆桌的王后在卑劣的谣言中被说成一个消灭好骑士的人。在痛苦的黑暗中，亚瑟突然绝望地大叫："你是怎么了，为何就不能把蓝斯洛爵士留在身边呢？"就这样，直到天明。

第三十七章

讨厌女人的波尔斯爵士勉强答应，如果找不到别人，他就为王后出战。他已经解释过，这样做不合规矩，因为他本人也出席了那场晚宴；不过，王后跪在他脚边的模样让亚瑟见到了，他才红着脸扶起她，许下承诺。之后他消失了一两天，因为审判时间订在两周后。

西敏斯特的草地经过整理，已经作好对战的准备。他们在这片宽阔的广场上用坚固的圆木立起一道像是畜栏的屏障，中间没有栅栏。一般的长矛比试会在场中设下栅栏，不过这一回要进行殊死战，也就是说双方最后可能要下马比剑，因此就没设栅栏了。场子的一端为国王设了一个帐篷，另一端则为王室侍卫长设了一个帐篷。这些防御工事和帐篷都用布加以装饰，两头各有一个布幕做成的门，看起来就像马戏团团员要进入表演场地时得通过的夸张门洞。而在这个像马厩般场地的某个角落，一个大家都看得到的地方，有一大束柴薪，柴薪当中有根铁桩，这根柱子不会烧掉，也不会熔化。万一法律不支持王后，这些东西就会用在她身上。在亚瑟开始他的人生志业之前，控诉王后犯罪的人会被立刻处决，但是现在，由于他自己事业的成果，他得准备烧死自己的妻子。

有个新的想法开始在国王心中成形。努力疏通强权的做法已然失败，即便让它转向心灵层面亦然，现在，他认为要废止它。他决定，不再屈从强权，应该要共同建立一套新的标准，将强权连根带叶拔除。此时他正摸索着走向公理，作为一项公平的基准；同时他也走向正义，把正义当作一项不仰赖强权的抽象概念。几年后，他发明了民法典。

决战当天是个寒冷的日子，那些布紧紧绷在防御工事和帐篷架上，三角旗也在风中招展。刽子手在角落对着自己的指尖哈气，站得离火盆很近，以便用火烤他的大刀。王室侍卫长的帐篷中，由于风太大，传礼官[①]在举起喇叭吹奏之前，还得先润润嘴唇。桂妮薇在王室侍卫长看守下坐在几名侍卫中间，还得讨求才能得到一条披肩。大家都注意到她瘦了，那是一张苍白的中年面孔，混在士兵们结实的脸之间，专注而坚定地等待着。

最后救了她的人自然是蓝斯洛。在失踪的那两天，波尔斯在一间修道院找到他，现在，他及时赶回为王后迎战马铎爵士。认识他的人皆尽认为，无论他当初被遣走有多么不光彩，他都会这么做。只是大家都认为他已离开这个国家，因此他的归来确实有几分戏剧化。

马铎爵士从竞技场南面尽头的凹处出场，他的传礼官吹奏喇叭时，他重申了他的指控。波尔斯爵士从北边洞口走出来，与国王

① 传礼官（Herald），英国纹章院（Herald's College，或称 College of Arms，管理贵族纹章的单位）的职官，职级在纹章王官之下。

和王室侍卫长进行交涉，这场不知是争论抑或解释的会谈冗长而朦胧不清。因为风势强大，周遭的人都听不见会谈内容。观众开始躁动，猜测到底是什么拖延了对战，这场战斗审判为何未照章进行。波尔斯爵士在国王与王室侍卫长的帐篷间来回数趟，最后回到他自己的洞里去。之后是一阵令人不安的静默，其间一只有着狮子鼻的小黑狗溜进竞技场，蹦蹦跳跳地忙着只有它自己才清楚的差事。一位纹章王官[①]抓住它，用肩带将它绑住，得到观众嘲弄的欢呼。之后场中又静了下来，只有小贩叫卖坚果和姜饼的声音。

蓝斯洛骑着马从北边出口现身，手里拿着波尔斯的纹章盾牌。不过，虽然他变了装，圆形竞技场中的所有人还是立刻就认出他来。那阵静默就好像所有人突然都屏住呼吸。

他不是来向王后施恩的。不管是说他“放弃她”以拯救自己的灵魂，还是说他现在回来是因为他这人极度宽宏大量，这些残酷的解释都与事实不合。真相要复杂多了。

这位骑士从童年开始（他从未完全脱离这时期）就有这样的困扰：对他来说，上帝是个真实人物。他不是在你做坏事时惩罚你，或做好事时奖赏你的抽象存在，他是个真实人物，就和桂妮薇、亚瑟和其他人一样。当然，他觉得上帝要比桂妮薇或亚瑟都好，不过，重点在于——他有人性。蓝斯洛清楚知道他长什么样子、会有什么感觉，而在某种程度上，他爱着这个“人”。

残缺骑士身陷其中的困境，不是“永恒的三角习题”，而是

---

① 纹章王官（King-of-arms），纹章院官名，职级仅次于纹章院最高长官司礼官（Earl Marshal）。

“永恒的四角习题”。这个“永恒的四角习题”既为“永恒”，也是个“四角习题”。他没有放弃他的爱人，因为他怕受到某种神灵的处罚；但是，今天他要面对的是两个他所爱的人。一个是亚瑟的王后，另一个则是在卡波涅克城堡举行弥撒的那个无语存在。不幸的是，就像一般恋爱常见的情形，他所倾慕的两个对象彼此对立。这就好像要他在珍与珍娜之间抉择——如果他选择珍娜，并不是因为他担心如果和珍在一起，就会被珍娜惩罚，而是因为他满怀温情与怜惜地认为，自己最爱的人是她。他甚至可能认为，上帝比桂妮薇更需要他。这才是问题所在，它是感情上的问题，而非道德上的问题；他为了这个而隐居修道院，希望在那里把事情想清楚。

再者，如果要说他回来的原因跟他本身宽宏大量无关，这也和事实有出入。他是个有雅量的男人，在这方面可谓大师。即便在平时，上帝比较需要他，但是现在，他的初恋情人显然急需他帮助。或许，对离开珍而投向珍娜怀抱的男人来说，心中也有一定的温情，让他在珍非常需要他的时候回到她身边，而这份温情，或许也可说是怜惜、宽宏或慷慨（虽然这些情感现代已经不流行，甚至可能有点恶心。无论如何，蓝斯洛一直在他对桂妮薇的爱当中挣扎，也一直在他对上帝的爱当中挣扎。但是，当他知道她惹上麻烦，他马上就回到她身边。他看到那张等待他的脸庞在羞辱人的监禁中焕发出神采，某种尖锐的感情让他那颗包在无袖短铠底下的心开始动摇），你可以说那是爱情，也可以说是同情，就看你怎么想。

同一时间，波特的马铎爵士也动摇了，只不过现在回头为时已晚。没人看到他的脸在头盔下红了起来。他觉得垫着头的稻草头带底下有股温热感。然后他回到自己的角落，用马刺踢着马。

断裂的长矛划过天际时有某种美感。长矛底下的地面仍自奔忙，与长矛一边上升、一边静静翻转的慢动作形成强烈对比。那枝矛似乎不受尘世影响，缓缓移动着。在此同时，矛下的世界却瞬息万变——马铎爵士向后仰倒，头下脚上落马，在优雅的分离过程中展现自成一格的独立旋转姿态，并在所有人都遗忘他存在时跌落到别处去。根据某个弹道迷的说法，马铎爵士的长矛是以矛尖着地，就落在那位抓住黑色狮子狗的纹章王官身后。那位王官后来回过头去，从肩头向后看，才发现矛就插在他身后，吓了一大跳。

蓝斯洛爵士下马，不占有马可乘的便宜。马铎爵士起身，开始用剑狂乱地对着敌人挥击。他太激动了。

马铎爵士被击倒两次之后方才认输。他第一次被击倒时，蓝斯洛朝他走去，准备接受投降，但他慌了，对着那个耸立面前的男人底下刺了一剑。这是犯规的一剑，因为它从下方刺入对方的鼠蹊部，也就是铠甲最脆弱的那一点。蓝斯洛后退一步，让马铎起身，看他是不是要继续打。这个时候，大家都看见鲜血沿着蓝斯洛的腿甲和胫甲流了下来。他明明让人在大腿上狠狠刺上一剑，却依旧自我克制地抽身后退，这举动令人毛骨悚然。如果他发顿脾气，或许感觉会好些。

第二回合，王后的战士更加无情地击倒马铎爵士，于是马铎扯掉了自己的头盔。

“好吧，”马铎爵士说，“我投降。我错了。饶了我吧。”

蓝斯洛做了一件好事。大多数骑士只要王后胜诉就满足了，让它到此为止，不过蓝斯洛思虑周详，他对旁人当下的想法及他们会对此事作何感想，十分敏感。

“我可以饶你一命，”他说，“不过你得保证，在派翠克爵士坟上不会写下只字片语提及此事，任何与王后有关的事都不可以。”

“我保证。”马铎说。

之后，有几个医生把这位败军之将带走，蓝斯洛则来到王室帐篷前。王后立刻获释，正和亚瑟待在里面。

亚瑟说：“陌生人，脱下你的头盔吧。”

当他取下头盔的时候，他们心中都兴起一股亲爱之情；他就站在他们面前，伤口不断淌血，他们再次怜惜地看着那张可怕而熟悉的面孔。

亚瑟走出帐篷，他要桂妮薇站起来，牵着她的手，把她带到竞技场中。他对蓝斯洛爵士鞠了个正式的躬，并拉住桂妮薇的手，也让她行了一个宫廷礼。他在他的人民面前这么做之后，以古老语言高声说：“爵士，今日你为我和我的王后费尽辛劳，我等赐福予你。”而在亚瑟深情微笑面孔后面，桂妮薇正自啜泣，仿佛她的心即将爆裂开来。

第三十八章

派翠克案的指控获得澄清的次日，妮姆带着她预见的说明来到宫廷。在被她锁进洞穴之前，梅林将不列颠的事交到她手中，并迫使她承诺（除此之外他也别无办法），既然她通晓他的魔法，她就要亲自照看亚瑟。之后他顺从地进了监牢，继续以宠溺的目光在一旁看着她。妮姆虽然个性散漫又不守时，但从某方面来说却是个好女孩。她晚了一天到，说出苹果被人下毒的原委，随后又回去忙自己的事。皮内爵士那天早上就逃跑了，还留下一篇书面告解证实这个说法。大家也都认为，蓝斯洛爵士那时就在附近还真是幸运。

王后就没那么幸运。当然，她还安然无恙活得好好的，不过，有件令人不敢置信的事情发生了：蓝斯洛无视那些泪水、无视他们之间如泉水般重新涌出的情感，仍然坚持忠于他的圣杯。

“这对他来说很好。”她高声说，让他自己沉浸在新的喜悦中，当然很好。但当时的她日渐疯狂，对那些亲眼目睹的人来说，是件痛苦的事。无疑他感觉非常好，他得到回报，拥有活力、脑袋清楚，还有飞扬的心情。或许他那位有名的上帝确实给他一些她给不了的东西。或许他和上帝在一起会比较快乐，然后他很快就会开始到处去行奇迹了。但是她呢？他从来没有想过，她从上帝那里得到了什么。她咒骂他，说这跟他为了别的女人离开她是一样的。他把她最好的东西拿走了，现在她老了，没有价值，他就去了别处。他的所作所为就像个禽兽般自私的男人，先把某处能用的东西搬空，取完之后，就去别处。他是个卑劣的小偷，居然还以为她会相信他！她现在再也不爱他了，就算他跪在地上祈求，她也不会让他靠近她。事实上，她早在圣杯探险之前就开始瞧不起他——对，她瞧不起他，而且决定要抛弃他。他可不要以为是他抛弃了她，刚好相反，她把他像脏抹布一样扔到一旁，因为她心中对他唯一的感觉就是轻蔑。因为他姿态过高、自命不凡，而且卑鄙幼稚又狂妄，因为他那无用的上帝，因为那些假道学的谎言，所以，她要对他实话实说，事实上，她再也不想瞒下去了——在宫中她早有个年轻骑士爱人，早在圣杯探险之前就有了！这年轻人要比蓝斯洛好得多，如果有个玫瑰般漂亮的男孩在她脚边膜拜她（对，他会膜拜她走过的土地），那她干吗跟一块发臭的果皮在一起？蓝斯洛最好回到伊莲身边，回他那个好儿子的母亲身边去。一个老古板配上另一个老古板，搞不好他们可以整夜一起祈祷。他们可以谈论他们的孩子，他们的加拉罕，找到那个可恨圣杯的人；之后如果他们高兴，还可以嘲笑她，对，她乐于让他们嘲笑，笑她从来没能怀上一个儿子。

然后桂妮薇开始大笑。一部分的她一直从那两扇灵魂之窗看着外面，而且非常讨厌自己制造出来的噪音。笑声之后，她的眼泪掉了下来。她真心地哭了。

亚瑟想安排一场比武大会，庆祝王后无罪开释。奇怪的是，他选中柯宾附近的某处作为比武大会的举行地点。可能是温彻斯特或布莱克利，也就是后来四个英格兰长矛比试场遗迹之一。不过它究竟在哪里并不重要，重要的是，失去孩子的伊莲度过寂寞中年时光的地方就是在柯宾堡。

“我猜你会去参加比武大会喽？”王后语带怒意地说，“我想，你会到你那个妓女附近去喽？”

蓝斯洛说：“珍妮，你不能原谅她吗？她现在可能既丑陋又悲惨，她从来就没有什么足以依靠。”

“多慷慨的蓝斯洛啊！”

“如果你不要我去，我就不去，”他说，“你知道，除了你以外，我从没爱过任何人。”

“你只爱亚瑟，”她说，“只爱伊莲，只爱上帝！除非还有哪些人是我没听过的。”

蓝斯洛耸耸肩——如果对方想吵架，这是一种最蠢的回应方式。

“你要去吗？”他问。

“我要去？去看你和那颗芜菁调情吗？我当然不去，而且我不准你去。”

“很好，”他说，“我会告诉亚瑟我生病了。我可以跟他说，我的伤还没好。”

他去找了国王。

等到桂妮薇改变心意时，每个人都已经出发去参加比武大会，宫廷整个空了。也许她是想把蓝斯洛留下来，以便和他独处，却发现跟他独处也没什么用，于是她转了念头——不过原因究竟为何，我们无从得知。

“你最好还是去吧，”她说，“如果把你留在这里，你会说我是出于嫉妒才这么做，还会用这件事来责备我。还有，如果你跟我在一起，可是会传出丑闻的。而且我不要你在身边，我不想看到你的脸。把它带走！走！”

“珍妮，”他理智地说，“我现在不能走。我已经说我有伤不能去，要是现在去了，会有更多丑闻。他们会认为我们吵架了。”

“他们爱怎么想就怎么想。在你把我逼疯以前，我只告诉你一件事，你一定要去。”

“珍妮。”他说。

他觉得自己的心裂成两半，她以前将他逼疯过一次，而那股疯狂好像又要回来了。她或许也注意到这点。无论如何，她的态度突然又变得温和起来，在他去柯宾前，用一个深情的吻为他送行。

“我答应你，我会回来。”他这么说过，而他现在信守承诺。对他来说，去参加比武大会却不去看看伊莲，毫不可能。他不只承诺过要回到她身边，而且还握有他们独子的遗言；他们的独子已经死了（或至少可以说上了天堂）。即便是最冷酷的人，也不能不把这个讯息带给她。

他会住在柯宾，跟她谈加拉罕，并且变装参加比武大会。他会告诉亚瑟，他先前佯称伤还没好，以便出其不意变装前来，因为这是新风尚。而事实也会支持这说法，因为他实际上是住在柯宾城堡，而不是住在比武大会的地点。这样一来，就不会传出他在最后一分钟与王后起了争执的丑闻。

当他骑在通往护城河的道路上，他的目光穿过那些铁蒺藜，惊讶地发现伊莲正在城垛上等他，姿态跟他二十年前离开时一模一样。她在大门迎接他。

“我一直在等你。”

她现在矮胖丰满，有点像维多利亚女王。她真诚地欢迎他。他说过他会回来，而他现在就在这里。她别无所求了。

她的下一句话像刀一般地刺进他心口。

“从现在起你会永远待在这里了。”她语气笃定地说。多年前他们分别的时候，她便是这样解读他给她的回答。

第三十九章

如果有人想读柯宾比武大会的经过，读马洛礼的书就对了。他热心拥护比武大会，就像今天那些常跑劳德板球场[1]的老先生一样，而且他可能有什么门路，能看到某种古老的《威斯顿板球圣经》[2]之类的东西，甚至是计分簿。他完整记录了这场比武大会，包括各个骑士的得分、谁撂倒了谁、谁又是怎么被击倒的。不过，对那些不玩板球的人来说，这些老旧的板球比赛纪录容易变得很枯燥，所以我们当然略去不提。马洛礼的书里唯一可能会让人乏味的东西，就是这些详细的得分清单（事实上，对那些知道许多小牌骑士过往战绩的人来说，倒也不那么乏味），而他前后写了两次还三次。在这里，我们只要提两件事就够了：蓝斯洛横扫全场，大败敌队（他的技艺在圣杯探险之后又恢复了），若非马铎爵士给他的那道伤口再次裂开，他在比武高峰之后还会带剑上阵。若说他在这场会战中理

① 指位于伦敦的Lord's Cricket Ground，为板球运动中最重要的组织——玛莉勒本板球俱乐部（Marylebone Cricket Club）所有，以其创办人汤马斯・劳德（Thomas Lord）命名。

② 《威斯顿板球圣经》，指*Wisden Cricketers'Almanack*，是英格兰板球选手John Wisden 在一八六四年创办的板球年鉴，至今仍在发行。

当表现优良，显然很奇怪，因为当时他仍为桂妮薇、上帝和伊莲这三重痛苦烦心不已，不过，有些人在类似状况下也有同等绝佳表现。虽然身负旧创，最后他还是撂倒三四十人（附带一提，他还击败了莫桀和阿格凡），一度有三个骑士同时围攻他，其中一人的长矛突破了他的盔甲，之后矛断了，矛头留在他体内。

蓝斯洛趁自己还能坐在马上时退出场外，他倒在鞍上急驰而去，想找个可以独自清静的地方。每当他受了重伤，就直觉想要独处。对他来说，死亡是件私密的事，所以，如果他快死了，他希望自行解决。只有一名骑士跟上他（他太虚弱了，无法把对方赶走），这名骑士帮他把矛头从肋骨当中拔出，并在他最后昏迷、“快变成风”时缓和他的痛苦。也是这名骑士把他放到床上，又将发狂的伊莲带到他床边。

温彻斯特比武大会的重要性不在于哪个特定的战果，甚至也不是蓝斯洛受了重伤，因为他最后还是康复了。这件事与我们这四位朋友的人生真正相系之处，我们随后再详述。不幸的伊莲突然提出了无理的判决（说蓝斯洛会永远留下来陪她），他迟疑着该不该告诉她事实真相。或许他一直是个软弱的男人——因为软弱，所以一开始无法将桂妮薇从他最好的朋友身边抢走；因为软弱，所以才想要用上帝取代拿他的爱人；而他最软弱的地方，就是帮了伊莲一个忙，跟她说他会回来。现在，面对着这位可怜女士的简单愿望，他更没有勇气给她直接一击粉碎她的幻想。

除了她的单纯或说无知外，要解决伊莲的问题还有个麻烦：她生性敏感。她其实比桂妮薇还要敏感，只是她缺乏果敢外向的王后所拥有的力量。她敏感到在他长久离家后回来时，没有用欢迎淹没他，也没有责备他。她从来就不觉得自己有理由责备他，尤其她也没有用自怜自艾让他窒息。他们在柯宾等待比武大会开始时，她只是坚定地用手捧着自己的心，小心藏住长久以来对主人的期盼，以及在儿子死后那份全然的孤寂。蓝斯洛很清楚她藏起来的是什么。他本身善变而敏感，所以他已经忘了他们的特殊关系是怎么开始的。对于伊莲的悲伤，他开始怪罪自己，觉得一切都是他的错。

因此，在省了他那些泪水和欢迎之后，她提出那小小的要求，他除了尽力让她快乐，又能怎么做呢？虽然他终究还是得告诉她，她那从不动摇的希望毫无根据，但他迟迟没这么做。他觉得自己像个知道明天必须执刑的刽子手，想在今天给对方一点小小的快乐。

"蓝斯，"比武大会前，她谦卑而稚气地提出了特殊的请求，"现在我们在一起了，对战时，你会戴着我的信物吗？"

现在我们在一起了！在她的语调中，他看到一幅画，上面画的是个被抛弃了二十年的弃妇，他因而第一次感觉到，在这段时间里，她一直追随着他的骑士大业，就像个小学生崇拜板球打击手霍布斯[①]一样。这只可怜的鸟儿一直在想像那些对战——而且当然几乎都想岔了：那些二手消息秘密地滋润了这颗饥渴的心，猜测着今天谁的信物会登上荣耀的宝座。或许她这二十年来一直告诉自己，那伟大的战士有一天会戴着她的信物出战——那不幸的灵魂一直没得到善意的对待，只能以此安慰自己的荒谬野心。

"我从来不戴信物。"他说，这是事实。

她没有反驳，也没有抱怨，只是试图隐藏自己的失望。

---

① 霍布斯（Sir Jack Hobbs，1882—1963），英格兰知名板球打击手。

“我会戴着你的信物，”他马上回答，“能戴上它是我的荣幸，对我的变装也很有帮助。因为大家都知道我不戴信物，所以这信物会是个绝妙的伪装。你真是太聪明了，居然想得到这种方法。它会让我的战绩更加出色。那是什么样的信物呢？”

那是一枚缀着大颗珍珠的红色衣袖。二十年的时间足以练出优秀的绣工。

温彻斯特比武大会后两周，伊莲还在看顾她的英雄，桂妮薇和波尔斯爵士在宫中吵了一架。波尔斯讨厌女人，因此和女人相处时，总爱给她们上些有教育意义的课。他说他的想法，她们说她们的想法，彼此都听不懂对方说些什么。

“啊，波尔斯爵士，”王后说。她一听说那只红袖子的事，就急急忙忙派人把波尔斯找来，因为他是蓝斯洛最亲的亲戚之一，“啊，波尔斯爵士，你可听说蓝斯洛爵士是如何虚伪地背叛了我？”

波尔斯爵士注意到王后脸色涨红，几乎要“怒令智昏”，因此他以极大的耐性说：“如果要说谁遭到背叛，那应该是蓝斯洛自己。他一次被三名骑士围攻，受了重伤。”

“我很高兴、非常高兴听到这件事！”王后大喊，“要是他死了，那倒是件好事！这个虚伪背信的骑士！”

波尔斯耸耸肩，转过身去，表示不想再听到或讨论这样的话题。他走向门口，整个人的背影显示出他对女人的看法。王后追上前；如果有必要，她会强迫他留下来。她不会让自己的人生这么容易受骗上当。

“在温彻斯特大型长矛比试中，他头上戴了那只红袖子，”她大喊，“我为什么不能说他背信？”

波尔斯担心王后会攻击自己，于是说："听到那只袖子的事，我非常遗憾。但如果他不用那只袖子伪装，那些人也许就不敢以三打一了。"

"他无耻！"王后高声说，"尽管他骄傲又自负，他还是被打下来了不是吗？他是在公平对战中落败的。"

"不，事情不是这样的。他们以三欺一，而且他的旧伤裂开了。"

"他无耻！"王后又重复了一次，"我听加文爵士在国王面前说蓝斯洛有多爱伊莲。"

"加文要说什么，我管不着。"波尔斯一句话顶了回去，语气辛辣、绝望、悲哀、愤怒，还带着些许惊诧。之后他将尊敬抛诸脑后，摔门而去。

此时在柯宾，伊莲和蓝斯洛正握着彼此的手。他无力地对她微笑，低声说道："可怜的伊莲，你似乎总是在我出事的时候照顾我，似乎也只有在我半死不活的时候，你才能够拥有我。"

"你现在永远都是我的了。"她容光焕发地说。

"伊莲，"他说，"我得跟你谈谈。"

第四十章

残缺骑士从柯宾回来时，桂妮薇仍在生气。不知为何，她相信伊莲再次成为他的情妇；或许是因为，若要伤害她的爱人，这是最好的方式。她说，他一有机会就跑去找伊莲，由此观之，他的宗教情感不过是种伪装。她说，这念头一直都在他脑子深处。他是个骗子，还是个软弱的骗子。他们在一起时，时而因为他的软弱和欺骗而歇斯底里，时而浓情蜜意；当她想起自己终其一生都跟一个骗子相爱时，还好有片段出现的浓情蜜意能够平衡情绪。争吵过后，她看起来健康多了，甚至再次美丽起来。然而她眉间多了两道皱纹，双眼有时会露出惊恐之情，像钻石般闪闪发亮。蓝斯洛则是看起来越来越固执。他们渐行渐远了。

伊莲听了蓝斯洛的解释，而现在，她击出了她人生中唯一的强打——她自杀了，不过，她不是出于故意的。

由于河流是那个年代的交通要道，所以死亡之船顺河而下，来到首都，停在宫殿的城墙底下。她就躺在里面——这只向来无助的胖鹧鸪就在里面。或许人自杀是因为软弱，而非坚强。为了引导命运之手，她付出了温柔的努力，先是用薄弱的把戏来诱骗她的心上人，继而是沉默的体恤——这些在生命的独裁中都不足以获认可。她的儿子走了，她的爱人也走了，什么都没留下。即使是那项要回到她身边的承诺，也在她徒劳的努力中被扬弃了。以前，她还能为什么而活，那是个扶手——不是什么特别华丽的扶手，只是一个能让她抬头挺胸的扶手。她原本可能会成功。她从来不是个专横、苛求的女孩，原本可以在这趟远路上有点小小的成就；但是现在，连那小小的成就也没了。

人人都下来看那艘船。他们看到的不是那位阿斯托莱的纯真少女[①]，而是一位中年妇人，两手戴着一双看起来很僵硬的手套，恭谨地抓着一串珠子。死亡让她看来苍老了些，而且和先前不大一样。船中那张坚定的灰色面孔显然并非伊莲——她要不是去了别处，就是消失了。

即使蓝斯洛是个软弱的男人、比武狂热分子，或者说，就算他是个不断想让自己行止合宜的恼人生物，他似乎也无法安然面对此事。对他来说，一方面是因为他有着疯狂的遗传倾向与古怪的脸，再者也因为他的忠诚与道德标准有所混淆，所以，即便没有这么多超出既定范围的打击加诸于他，他也很难保持生命的平衡。如果有颗无情的心保护他，那么，就算有再多打击，他也撑得住。然而，他的心一向只能与伊莲的心匹敌，所以现在无力承担那副迫使她躺下的重担。所有他原本可以为那可怜的人做、却已来不及做的事，

---

① 在马洛礼的《亚瑟之死》中，加拉罕的母亲是卡波涅克的伊莲（Elaine of Carbonek）；另有一位阿斯托莱的伊莲（Elaine of Astolat），爱上了到阿斯托莱参加比武大会的蓝斯洛，请求对方在比武中佩戴她的信物，又在他受伤时照料他，蓝斯洛离开之后，她心碎而死。此处怀特应该是将这两位爱上蓝斯洛的伊莲融成一个角色。

以及该为这起无可挽回的悲剧负责的可耻问题，都在他脑子里混成一团。

“你为何不能对她仁慈一点？”王后哭喊，“你怎能这样不留任何东西给她，好让她活下去？你应该要对她慷慨一点、温柔一点，让她能活下去啊！”

桂妮薇还未察觉，伊莲再次横阻在他们之间，而且这回的影响更胜以往；她很自然地说出这些话，而且是认真的。她为船上的对手悲伤，并被这股悲伤给淹没了。

第四十一章

即便发生了自杀案，卡美洛仍持续新式生活。没有人认为这种生活方式特别快乐，不过人们紧抓着生命不放，继续活下去。这种生活的情节一点也不紧凑，多半只是小事一件接着一件来，是一连串不必要的意外。有件约莫在此时发生的荒谬意外值得一提，倒不是说这件事有什么承先启后的地位，纯粹因为这事不知为何像是会发生在蓝斯洛身上。他行事颇有个人风格。

一天，他正躺卧树林里，转着一些没人知道的悲伤念头，一位正在打猎的女射手路过此地。她究竟是个长着髭、戴领结的男装丽人呢？还是个从电影世界跑出来的无脑角色，只因为弓箭很可爱，就拿来玩玩呢？这很难说。总之，她看到了蓝斯洛，以为他是只兔子。不过，总而言之，她应该是个男装丽人，因为，虽然她错把人当兔子来射，相当不可取，但是电影明星能射中目标，可是很不寻常。蓝斯洛的屁股上插了一根六英寸长的箭，无法起身，他就像是柏忌上校[①]，得在高尔夫球赛中弯腰再下 一杆。他生气地说："不管

① 柏忌上校（Colonel Bogey），柏忌为高尔夫术语，即击球入洞的杆数高于标准杆一杆。此词源于十九世纪末英国的流行歌词"I'm the Bogey Man, catch me if you can."，所以后来高尔夫球界将柏忌先生视为假想敌，大家都"追在柏忌先生后面"，并赠予他上校荣衔。

你是位女士，还是个小姑娘，你在这不幸的时刻带了弓，而恶魔让你成了一名弓箭手！”

就算背后负伤，蓝斯洛还是参加了下一场比武大会——这是一次很重要的比赛，因为其间出了好几件事。蓝斯洛这人过于纯真，察觉不到不对劲，不过别人都很明白；宫廷中真正紧张的大事在西敏斯特长矛比试后就清晰地浮上台面了。首先，亚瑟开始在他们那段不幸的三角关系中维护自己的地位。他采取的方法是：在这场大混战中，这可怜的家伙突然加入蓝斯洛的敌方阵营。他攻击他的挚友，还大发雷霆想要伤害他。他没做出什么不合骑士规范的事，而且到了最后关头，他也没有伤害蓝斯洛。但是，尽管如此，他对蓝斯洛的感情还是有了奇怪的转变。事前事后他们都还是朋友，然而就在那愤怒的一刻，亚瑟是戴了绿帽的丈夫，蓝斯洛则是背叛者。这是一项表面上的解释，他们俩在潜意识中承认了这种关系，不过这底下还有另一层想法。这时的亚瑟已经不再是快乐的小瓦，他的家庭和王国也不再处于命运的巅峰。或许他已经厌倦挣扎，厌倦奥克尼结党营私的老问题，还有那些奇怪的新潮流行，也厌倦爱情与现代正义的两难。他和蓝斯洛对战，可能是希望能死在对方手里——事实上，那不单是希望，而是有自觉的意图。这个公正、慷慨、心地善良的男人或许下意识认为，对他和他所爱的人来说，唯一的解决之道就是他的死亡——在那之后，蓝斯洛可以迎娶王后为妻，也不用再和上帝交战。所以，他可能是想给蓝斯洛一个机会好在公平对战中杀了他，因为他整个人已经精疲力竭。事情真相可能是这样的。不过无论如何，后来什么事也没发生。他一时失去控制发了脾气，但过后他们又再次和好如初。

那场比武大会的另一个重点是，纯真而愚蠢的蓝斯洛终于和奥克尼一族彻底决裂。除了加瑞斯以外，他一个接一个将他们全部打下马来，莫桀和阿格凡还被击倒两次。只有圣人才会蠢到在多罗洛斯塔[①]等地数度拯救他们的性命；但是在此时任意将他们击倒取得胜利，却是一种本能策略。事实上，加文十分可敬地拒绝参与谋害蓝斯洛的阴谋，而加赫里斯不过是个笨蛋。不过，从那天开始，在莫桀和阿格凡的时髦同党策划之下，危害这位最高司令官的人身安全，只是时间早晚的问题罢了。

这阵风潮里的第三根稻草，是加瑞斯在西敏斯特加入蓝斯洛的阵营。这特殊的对调，底下的意义立刻吸引所有人的注意——国王和他的左右手对抗，加瑞斯则和自己的兄弟对抗。显然有暴风雨将至，才会有这样的暗流。它来得十分戏剧化，而且从一个没人起疑的地方出现。

有位伦敦东区[②]出身的骑士叫做梅里亚格兰斯爵士，他在宫中一直都不快乐。如果他早生几年，在那个人还会被当人看的时代，他可能会过得不错。不幸的是，他属于比较晚的世代，也就是莫桀的世代，所以大家用新标准来评判他。人人都知道，梅里亚格兰斯爵士的出身并非上品，他自己也明白（上品这个名词是莫桀发明的），但这项认知并不会让他快乐。此外，梅里亚格兰斯爵士之所以悲伤，还有个特殊的理由，而这个悲伤的理由妨害了他与其他人的关系——打从有记忆以来，他就无助而绝望地爱着桂妮薇。

---

① 多罗洛斯塔（Dolorous Towers），蓝斯洛杀了卡拉斯爵士的地方。

② cockney 指伦敦东区的工人阶级，带有贬意。

消息传来时，亚瑟和蓝斯洛正在九瓶球[①]的球道边，他们养成一个习惯，每天都会跑到这个已经过时的地方聊聊天、提振心情。

亚瑟正说："不，不，蓝斯。你一点都不了解可怜的崔斯坦。"

"他生前是个卑鄙下流的人。"蓝斯洛坚持道。

他们之所以使用过去时态，是因为崔斯坦最后为美人伊索德弹奏竖琴时，让愤怒的马克王给杀了。

"即使他死了也一样。"这位骑士又加上一句。

不过国王大摇其头。

"他不是个卑鄙小人，"他说，"他是个小丑，最滑稽的角色之一。他总是让自己陷进非常奇特的状况。"

"小丑？"

"心不在焉的小丑，"国王说，"那是种滑稽透顶的痛苦。看看他的爱情故事吧。"

"你是指素手伊索德[②]吗？"

"我一直坚信崔斯坦把这两个女孩完全搞混了。他为美人伊索德发狂，之后完全忘了她。有一天，他和另一个伊索德上床时，某个动作让他回想起某些事，他才明白，原来伊索德不只一个，而有两个。这件事让他气坏了。他说，我在这里和素手伊索德上床，我所爱的人却一直都是美人伊索德！他当然会生气。后来，他差点就在澡盆里被爱尔兰王后杀了。这年轻人身上有种涵义深远的喜剧光芒，卑鄙下流并非出于他本意，你要原谅他。"

---

① 九瓶球（nine-pin），十六世纪时一种类似保龄球的球类运动。九个球瓶呈直筒状，排成菱形，而球身比较小且没有洞。

② 素手伊索德（Isoud White-Hands），这位伊索德来自布列塔尼，是崔斯坦的妻子。

“我……”蓝斯洛才要说话，有个信使来了。

那男孩个头矮小，气喘吁吁，身上铠甲罩袍在右腋下方有个箭孔。他用手指捏着那道裂缝，话说得飞快。

王后出事了。五月一日那天，她去参加五月节的活动。依照惯例，她很早就出发，想在十点以前把还沾着露水的樱草、紫罗兰、山楂花及刚冒新芽的树枝带回来，因为五月的早晨很适合收集这些东西。她没带护卫（王后的骑士全都带着素面盾以为识别），只带了十名平民打扮的骑士。他们全都身穿绿服来庆祝这个春日节庆。阿格凡也名列其中——他后来一直黏着桂妮薇，好刺探她的秘密；至于蓝斯洛，他被刻意支开了。

总之，半路埋伏的梅里亚格兰斯爵士跳出来时，他们一行人正带着一堆花朵和树枝叽叽喳喳地聊天，快乐地骑马回家。出身是否上品这件事一直蹂躏他的心智，所以最后他下了决心，如果所有人都说他出身不够上品，那么，他就要堂堂正正地去做不绅士的事了。他知道王后的人马没有武装，也知道蓝斯洛没跟他们在一起。于是他带了一队武力强大的弓箭手和一群武装的人，计划要俘虏王后。

他们打了一场。王后的骑士手拿刀剑，尽其所能保护她，结果全都受了伤，有六人还伤得颇重。之后桂妮薇投降，好保全他们的性命。她被迫与梅里亚格兰斯爵士谈判（他的心倒还不全然是个无赖），如果她叫她的卫士住手，他就必须承诺，把这些受伤的骑士连同她一起带到他的城堡去，而且必须让他们睡在她房外的会客室。梅里亚格兰斯爱着桂妮薇，临时起意的邪恶退缩了，他也明白，不可能强迫他所爱之人违背她的意志，于是他同意这些条件。

这可怜的家伙从来就没办法真正为恶。

在那团可悲的混乱中，伤员一个接一个挂在马上，但王后还是临危不乱。她唤来一个年幼的见习骑士，他有匹脚程很快的健康小马。她偷偷将她的戒指脱下来给他，要他送口信给蓝斯洛，并要那年幼的见习骑士一有机会就快点逃命——他确实这么做了，身后还追着几个弓箭手。那枚戒指就在这里。

故事说到一半，蓝斯洛就咆哮着叫人去取他的铠甲。故事说完时，亚瑟已跪在他脚边，正为他系上胫甲。

第四十二章

当那些弓箭手颓丧地骑马返回，说他们没能射倒那个男孩时，梅里亚格兰斯爵士就知道接下来会发生什么事了。他烦忧苦恼，一方面是因为他知道自己做了坏事与蠢事，另一方面则是因为他真心爱着王后。然而他心中还有挣扎，他知道事情都走到这一步，回头为时已晚。蓝斯洛接到王后送去的讯息，一定会来，所以他得争取时间。城堡并未做好围城应战的准备，但是，由于王后在城内，如果他们能准备好，就有希望和围城的人谈判。所以，在城堡做好防御准备之前，要不惜代价阻止蓝斯洛爵士。他猜得没错，蓝斯洛才刚武装好，就匆匆忙忙来救王后了。他来此必经的森林中有块狭窄的空地，要阻止他，最好的办法就是在那里再设下埋伏。那块空地非常狭窄，就算弓箭手无法射穿他的铠甲，也一定能杀死他的马。在那动乱的年头过后，道路两旁的灌木丛都被清出一箭之地的距离；但这块空地地形特殊，所以被忽略了。梅里亚格兰斯爵士知道，一枝劲射的箭在一定射程内可以穿透最好的铠甲。

于是，埋伏很快就准备好，但是城堡内乱成一团。牧人将牲畜赶进要塞，但所有的牲畜都到处乱走，要么干扰彼此，要么就是不肯走到门的另一头去。那些打水的男孩兴奋地将水倒入大桶——这是一座起源似乎可追溯到爱尔兰时期的无用城堡，城堡外庭没有水井。女仆濒临崩溃，跑来跑去；至于梅里亚格兰斯爵士，他就像那些出身不高的人，决定用一种不会受到非难的方式来接待他的俘虏王后。他们给她弄了一间闺房，从他那间单身汉的房里搬出绣毯，放在她房里，擦亮银器，并且派人向最近的邻居借来金盘子。在他们准备国宾住房，好迎接桂妮薇入住的时候，她本人被带到一间小小的等候室中；她仍坚持要给她那些受伤的骑士准备绷带、热水和担架，让情况更加混乱。梅里亚格兰斯爵士在楼梯上上下下地跑，喊着"是的，夫人，马上就好。"或"玛莉安，玛莉安，你天杀的，蜡烛收到哪去了？"或"莫多克，马上把那些羊带出城顶房间。"他会找时间把额头靠在炮眼冰冷的石头上，紧抓着迷乱的心，诅咒自己的愚蠢，并将已经失序的计划弄得更加混乱。

最先把身边状况理出头绪的人是王后。她只要求为伤兵绑上绷带，因此她的需要自然最早获得满足。她和几名侍女坐在城堡的一扇窗户前（这里是这阵旋风平静的中心点），就在这时，有个女孩大叫起来，说路的那端有什么来了。

"那是辆载货马车。"王后说，"应该是载着城堡储粮等物品。"

"马车上有个骑士，"那女孩说，"一个穿着铠甲的骑士。我猜有人要把他抓去吊死。"

在那个年头，乘坐载货马车被视为不名誉之举。

后来，她们看到一匹马追在那辆马车后面，全速奔驰而来，马缰在尘土中晃动。然后她们惊恐地发现，那马身上所有的内脏也都在尘土中晃动。它全身插满箭，看起来像只豪猪，而它带着一种麻木的奇怪表情奔跑，也许是吓呆了。那是蓝斯洛的马，而蓝斯洛就在那辆载货马车上，用剑鞘打着拉车的马。他一如预期中了埋伏，花了一点时间和那些袭击者动手比画，不过他们跳过树丛、跨过沟渠，轻易逃离了那个沉重的落马铁人。于是，即使身穿铠甲，还是被迫步行走完剩下的路程。一个人不可能穿着和他等重的装备走完这段路，这一点，梅里亚格兰斯计算到了，但是，他没有算到那辆被蓝斯洛霸占的马车。这个伟大的男人在知道王后出事时有多焦虑呢？有人说，他刚上路时，骑着马游过泰晤士河，从西敏斯特桥游到兰贝斯[①]；这说法根本欠缺考虑，如果这是事实，只要哪里出了岔子，他就会因为自己的铠甲而淹死。

“你竟敢说那是要被吊死的骑士？”王后大叫起来，“你这小贱人，竟敢拿蓝斯洛爵士和重罪犯相提并论？”

那可怜的女孩红着脸不说话了。在此同时，他们看到蓝斯洛将马缰丢给吓坏的马夫，猛攻上吊桥，一边扯开喉咙咆哮。

蓝斯洛在城门口破门而入时，梅里亚格兰斯爵士便已听见他到来。慌乱的门房惊慌不已地抓着门，想在蓝斯洛眼前将门关上，耳边却吃了一记铁拳给摆平了。大门毫无防备地开启。当时蓝斯洛罕见地大发肝火，或许是因为他的马受了苦。

梅里亚格兰斯爵士原本正在监督几个武装的人，当他们躲进中庭的木造小屋（这是用来对抗希腊之火[②]的措施）时，他的神经整

---

① 兰贝斯（Lambath），伦敦市中的一处自治区，位于泰晤士河南岸，伦敦著名景点伦敦眼（London's eye）即位于此地。在马洛礼《亚瑟之死》中，梅里亚格斯的城堡便位于此处。

② 希腊之火（Greek Fire），叙利亚人卡里尼科斯（Callinicus）于公元六六八年发明的易燃火药武器。

个断了线。他跑向后阶梯，于是，当蓝斯洛在门房小屋附近怒吼时，他已经跪在王后跟前恳求了。

“现在又怎么了？”桂妮薇问，她看着那个既特别又粗俗的男人匍匐在她跟前。她眼里带着好奇，而非全然嫌恶。毕竟，因为爱情而遭绑架是一种恭维，尤其是结局皆大欢喜。

“我投降！我投降了！”梅里亚格兰斯爵士大喊，“噢，亲爱的王后，我向你投降。请不要让蓝斯洛爵士杀了我！”

桂妮薇看起来容光焕发、美丽非凡。或许是因为五月节，或许是因为这个伦敦东区出身的骑士对她的恭维，或许是因为某种女性对快乐的预感；无论如何，她觉得很快乐，而她对这个俘虏她的人并无怨恨之心。

“很好，”她愉快而明智地说，“关于此事的流言蜚语越少，我的名节就越安全。我会试着安抚蓝斯洛爵士。”

梅里亚格兰斯爵士显然松了一口气，重重叹了一口气。

“是啊，”他说，“那是只年老的公麻雀——啊哈！啊哈！请原谅，真的。仁慈的王后，您那些受伤骑士的状况不大好，不知在安抚蓝斯洛爵士之后，能否请您今晚在梅里亚格兰斯城堡过夜呢？”

“我不知道。”王后说。

“你们明日一早可以全部离开，”梅里亚格兰斯爵士怂恿道，“我们不会再提起此事。这么做比较好。您可以说，您是来此地做客。”

“很好。”王后说。梅里亚格兰斯爵士抹着自己的额头时，她已走下楼找蓝斯洛。

他站在内庭，咆哮着要他的敌人出来。桂妮薇看见他，他也看见她，他们一个字都还没说，古老的电流讯息便开始在他们眼中传递。仿佛伊莲和整个圣杯探险从来就不存在似的。就我们可以了解的部分，她接受了她的挫败。他必然在她眼中发现，她已经屈服于他，也就是说，她准备好要让他去做他自己（去爱他的上帝，去做他想做的事），只要他还是蓝斯洛就行了。她再次变得平静而理智。她已宣布放弃她的疯狂，而且无论他做了什么，她都很高兴看到他活得好好的。他们是两个年轻人——是那两个很久很久以前在卡美洛烟雾弥漫的大厅上，眼神如同磁石般喀地一声接在一起的年轻人，而那接合的喀嚓声几乎快被他们遗忘了。桂妮薇真心降服了，却反而阴错阳差赢得这场战争。

“什么事这么大惊小怪？”王后问。

他们说话的语调轻松而戏谑。他们又再次坠入爱河。

“问得好。”

然后他脸红了，用稍微愤怒的声音说：“他射死了我的马。”

“谢谢你过来，”王后说，声音很温柔，那是他记忆中她最初的声音，“谢谢你这么快、这么勇敢地赶来。不过他已经投降了，我们必须原谅他。”

“他杀了我可怜的马，真可耻。”

“我们已经谈和了。”

“如果我知道你要谈和，”蓝斯洛的语气有些妒意，“就不会冒着生命危险来了。”

王后拉起他的手，他手上没有戴铁手套。

“你觉得很遗憾，”她问，“是因为你表现太好了吗？”

他没有说话。

“我不在乎他，”王后说着，脸红了，“我只是在想，还是别有什么丑闻比较好。”

“我比你更不想再有什么丑闻。”

“你做你想做的事，”王后说，“如果你想跟他打，就打吧。你有权决定。”

蓝斯洛看着她。

“夫人，”他说，“但得您满意，我死而无怨。至于我，就听凭您处置了。”

他受感动时，总是会情不自禁地用庄严的骑士语说话。

第四十三章

受伤的骑士躺在外面房间的担架上。桂妮薇睡觉的内室中有一扇窗户，上面装着铁条，没有玻璃。

蓝斯洛发现花园中架有梯子，高度足以让他遂行目的——虽然他们没有约好，不过王后正等着他。当她在窗前看到那张皱在一起的脸，鼻子还好奇地朝向星空，她完全不觉得那是兽形滴水嘴或恶魔。她站在那里，有那么几下心跳的时间里，她感到血液在颈间狂热奔流，然后她安静地走向窗户——那是共谋下的安静。

没有人知道他们究竟对彼此说了些什么。马洛礼说："他们向对方倾诉了各种各样的怨言。"或许他们同意，他们不可能一边爱着亚瑟，又一边欺骗他。或许蓝斯洛最后总算让她了解他的上帝，而桂妮薇让他了解她没有孩子的痛苦。也或许，他们最后完全同意接受他们之间的罪恶之爱。

后来，蓝斯洛爵士轻声道："我想进去。"

"我很乐意。"

"夫人，你衷心希望我和你在一起吗？"

"是的。"

他破坏最后一根铁条的时候，弄伤了他的手，伤口深及骨头。

两人的低语变得断断续续，之后，黑暗的房间便陷入一片寂静。

第二天早上，桂妮薇王后很晚才起床。梅里亚格兰斯爵士急着想让这整件事尽快平安落幕，他在会客室里大惊小怪，希望她快点离开。说起来，将他心中所爱却又不能据为己有的王后囚禁在住处是种折磨，而他可不想延长这份折磨。

最后，一方面为了要催她起床，同时也出于爱人的那种无可控制的好奇心，他进房间叫醒她——这类行为在晨间会客的日子里是可能出现的。

“求您宽恕，”梅里亚格兰斯爵士说，“夫人，您生了什么病吗？怎么睡了这么久？”

他看着无法得手的美人坐在床上，又假装没在看她。蓝斯洛之前弄伤了手，血沾得整张床单都是。

“叛徒！”梅里亚格兰斯爵士突然大叫起来，“叛徒！你背叛了亚瑟王！”

他深信自己受骗，愤怒和嫉妒让他发了狂。由于他的冒险精神走错了方向，所以他一直相信王后是位纯洁的女性，而他这个想染指她的人则是错的。现在他发现她一直都在欺骗他，她假称贞洁而不能爱他，同时却在他眼皮底下和她那些受伤的骑士做起运动来。他已擅自下了结论，认为那些血属于某位受伤的骑士，不然她为什么坚持要他们睡在会客室里呢？最疯狂的嫉妒与愤怒交混，他一直没注意到窗上的铁条，因为已经有人尽量小心地将它们放回去了。

“叛徒！叛徒！我要告你叛国！”

听见梅里亚格兰斯爵士的叫嚷，受伤的骑士纷纷跛着走向门边，这阵骚动很快便传了出去，侍女和服侍的女仆、见习骑士、马童和几个马夫，全都兴奋地跑过来看。

“这全都是骗局，”梅里亚格兰斯爵士大喊，“或多或少，都是骗局！有个受伤的骑士来过这里！”

桂妮薇说：“不是这样。他们可以作证。”

“这是谎言！”那些骑士大吼，“在我们当中挑一个出来！我们要跟你打！”

“不，你们不会这么做，”梅里亚格兰斯爵士尖声叫着，“不用再说那些漂亮话了！有个受伤的骑士和王后陛下睡在一起！”

血迹显然是一项很好的证据，他一直指着那些血迹，直到蓝斯洛在那群快被他催眠的侍卫中现身。没有人注意到他手上戴了一只手套。

“怎么回事？”蓝斯洛问。

梅里亚格兰斯爵士把事情经过告诉他，狂乱的语气再加上手势，还带着一股找到新的人可以倾诉的亢奋。他看来就像个悲痛发狂的男人。

蓝斯洛冷冷地说：“请容我提醒你，你对王后做了什么事。”

“我不知道你在说什么，我也不管。我知道，有个骑士昨晚在这个房间里。”

“你说话小心点。”

蓝斯洛严厉地看着他，一方面是想警告他，一方面是想要让他恢复神智。他们两个人都知道，这项指控最后会以战斗审判收场，而蓝斯洛想让他明白，他的对手会是谁。梅里亚格兰斯爵士最后确实明白了，他突然摆起架子，看着蓝斯洛。

“你也要小心，蓝斯洛爵士，”他平静地说，“我知道你是全世界最好的骑士，但是，如果你要在一场错误的争执中挺身而出，你就要小心了。毕竟，上帝有可能会为了正义出击的，蓝斯洛爵士。”

王后真正的爱人咬紧了牙。

“这要由上帝来决定。”他说。

接着他非常恶毒地补上一句：“就我所知，我很清楚这些受伤的骑士都没有进过王后的房间。如果你要为此而战，我奉陪。”

到最后，蓝斯洛一共为落难的王后出战三次，第一次是义正辞严地对上马铎爵士，第二次是以非常可疑的谬论对上梅里亚格兰斯爵士，而第三次，是为了他根本站不住脚的一次争论；然而他每一次出战，都领着他们往毁灭更近一步。

梅里亚格兰斯爵士丢下他的手套。他坚信自己所说的都是事实，所以他就像那些参与激烈争执的人，非常固执，而且宁死不屈。蓝斯洛接下了手套——他又能怎么办呢？所有人都开始准备挑战的行头，像是用印章在挑战信物盖上戳记之类的事，并且定下日期。梅里亚格兰斯爵士安静了下来，他现在掉进裁判的体制里了，有时间可以好好想想，不过，他一如往常想岔了方向。他真是个矛盾的男人。

“蓝斯洛爵士，”他说，“现在我们约定要对战了，在这时候，你不会对我做出背义的事来吧？”

“当然不会。”

蓝斯洛非常惊讶地看着他。他和亚瑟一样，总是低估这世界的邪恶，让自己卷入许多麻烦——例如，他在西敏斯特把奥克尼一族打落马。

“直到对战之前，我们都还是朋友吧？”

这个老战士感受到一股长久以来围绕在他身边的痛楚，耻辱的痛楚。他竟为了一句真实无伪的话要和这男人对战。

“是的，”他热诚地说，“是朋友！”

他良心不安地快步来到梅里亚格兰斯身前。

“那我们现在可以和平共处了，”梅里亚格兰斯以一种快活的调子说道，“所有事都能正大光明地说。你想看看我的城堡吗？”

“当然。”

梅里亚格兰斯带着他在城堡里看过一个又一个房间，最后来到一个有活板门的房间。板子一转，门开了，于是蓝斯洛掉进一个六十英尺深的地窖，落在一堆干草上。之后梅里亚格兰斯下令藏起一匹马，又回到王后那儿告诉她，她的战士已经骑马离开了。大家都知道蓝斯洛常常无故消失，而这个习惯为这故事染上几分真实色彩。对梅里亚格兰斯来说，这似乎是一种保证上帝不会在这场争执中站错边的方式，因为梅里亚格兰斯自己的是非标准也已陷入混乱。

第四十四章

第二次战斗审判和马铎那一场同样耸人听闻。首先，蓝斯洛在最后一刻到来，这回还比上一次更迫近最后时限。他们已经等到放弃，并说服拉文爵士代他上阵。拉文爵士骑马进入竞技场时，那个伟大的男人骑着一匹白马（那是梅里亚格兰斯的马）全速冲来。他一直被关在地窖里，直到今早才被人放出来——那个帮他送饭的女孩最后趁主人不在时放了他，代价是一个吻。他心中因为某些复杂的顾忌挣扎着该不该给那个吻，不过他最后决定，一个吻也无妨。

梅里亚格兰斯第一轮交锋时便坐在地上，拒绝起身。

“我认输，”他说，“我完了。”

“起来，起来。你根本还没打。”

“我不打。”梅里亚格兰斯爵士说。

蓝斯洛困惑地看着他。为了他的马和地板活门的事，这人都欠他一顿好打。不过他也知道，这个男人的指控实际上是真的，而他并不想杀他。

“饶命！”梅里亚格兰斯爵士说。

蓝斯洛的视线转向王后的帐篷。她坐在那里，受到王室侍卫官监护。由于他戴着一顶巨大的头盔，所以没人看到他征询的眼神。

然而桂妮薇看到了，或说她的心感受到了。她将手伸出包厢，拇指朝下一比，并且偷偷往下戳了好几下。她认为梅里亚格兰斯是个危险人物，要是不杀他，将后患无穷。

竞技场中一片死寂，所有人都向前探去，看着那两个战士，屏息以待，像是一圈等待猎物死去的兀鹰。人人都在等那“慈悲的最后一击”，就像罗马竞技场或西班牙斗牛场里的人一样，而且人人都认为蓝斯洛会这么做。在他们看来，梅里亚格兰斯的指控要比马铎的指控严重得多；而他们也像桂妮薇那样，觉得他死有余辜。在那年代，爱情所受到的规范与现在不同：具有骑士精神、成熟、长远、有宗教性，而且几乎是柏拉图式的，所以不可任人随意指控。现代人的爱情有时从开始到结束只历经一个星期，但是在那年代可不是如此。

旁观众人看蓝斯洛在那男人面前犹豫不定，又听到他在头盔里面说话。他正提出某种建议。

“如果你起来，好好和我打，至死方休，我会让你几步。”他说，“我会脱掉头盔，解除我身体左边的武装，我不会拿盾牌，我会把左手绑在背后。这样的确就公平了吧？如果我这么做，你要起来和我打吗？”

梅里亚格兰斯爵士发出某种高亢而歇斯底里的尖叫，之后大家看到他爬向国王的帐篷，做出几个很激烈的手势。

“别忘了他说的话，”他咆哮道，“每个人都听到他说的话了，我接受他的条件，别让他食言！左边没有铠甲、没有盾牌、没有头盔，而且左手要绑在后面。大家都听到了！大家都听到了！”

国王大叫："停！等一下！"于是传礼官和纹章王官下到竞技场来，梅里亚格兰斯也闭上嘴。每个人都为他感到羞愧。在这阵令人不安的寂静中，他低声喃喃抱怨，并且坚持要有人去监看那些条件是否确实做到。在此同时，有几只勉为其难的手在为蓝斯洛爵士卸甲，将他的手绑起来。这些让步实在太过分了，他们觉得自己犹如把深爱的人推去刑场的帮凶。当他们把他绑好，把剑递给他时，他们粗鲁地拍拍他，将他推向梅里亚格兰斯，然后别开脸。

沙质的竞技场上光芒一闪，仿佛有条鲑鱼跃过河中的阻碍物，那是半身无防备的蓝斯洛发动攻势，当他进攻时，场景喀哒喀哒地换了——就像万花筒内影像变换时所发出的喀哒喀哒声。原本进攻的人是梅里亚格兰斯，现在变成蓝斯洛。

梅里亚格兰斯爵士被马拖出场去时，头盔和头都已被砍成两半。

第四十五章

好了，这个冗长的故事告诉我们，那个来自班威克的外国人如何赢得桂妮薇王后的芳心，如何为了他的上帝离她而去，最后又无视于禁忌回到她身边。这是个古代的爱情故事，那时候成人仍真诚相爱；它不是个现代的爱情故事，没有青少年追逐电影中的堕落激情。这些人挣扎走过四分之一个世纪才有所了悟；现在，他们来到了人生当中的小阳春时节。蓝斯洛将他的上帝献给了桂妮薇，而她则以她的自由回报。而伊莲，她在这一团糟当中所扮演的角色，不过是个无足轻重的插曲。而今，她也得到了她的平静。至于亚瑟，以个人观点来看，他是这个三角关系当中最不幸的人，但也非全然只有不幸。梅林没有让他成为一个享受私欲的人，他被教养成一个要享受王室之乐的人，他要享受的是一个国家的繁盛。在他们迟暮之年，因为蓝斯洛那两场轰动一时的胜利，国家又恢复了兴盛。那些风尚、现代作风以及圆桌中心的腐败都隐藏起来了，而他那伟大的想法又重新得以施行。他发明了法律，以此作为权威。亚瑟并没有公报私仇。他让自己远离桂妮薇和蓝斯洛的痛苦，下意识相信他们不会让他察觉此事。他的动机不是恐惧，也不是姑息，而是无上的高贵。国王手中握有权柄，身为一个丈夫，他只要一声令下，就能在刽子手的断头台或火刑柱上解决这永恒的三角习题。他的妻子和她的爱人就在他指掌之间，这才是他慷慨的心决定继续无知无觉下去的理由，决不是因为怯懦。

这段小阳春时期在他们的掌握之中，谣言平息了，也不再有无礼行径。奥克尼一族只能低声喃喃自语，疏远得几乎可以说是私底下的抱怨了。在修道院的写字间和贵族的城堡中，抄写员在弥撒书和骑士专论上龙飞凤舞，绘图员则在描绘字首字母，并小心画出纹章盾徽。金匠和银匠挥着小锤子锤出金箔，将金线弯曲，在主教的权杖上镶嵌复杂至极的交错图案。漂亮的女士养知更鸟或雀鸟当宠物，非常努力教喜鹊说话。有先见之明的主妇在柜子里装满糖蜜，好在家人因恶气染疾时充作药物，并储藏一种治疗风湿的自制药膏，以及用来嗅闻的麝香丸子。为了预备四旬斋，他们买来椰枣、绿姜杏仁茶和四先令六便士的鲱鱼，用马载运。各家鹰匠辱骂彼此的鹰隼，直到他们满意为止。由于强权年代已过，律师在新的法庭中像蜜蜂般忙碌，提出各种令状，有褫夺公权、大法官法庭、合同协定、侵占、扣押、查封、收买陪审团、紧急事故、财物扣押、赡养义务、具保领回、过路权、听讼法庭、清偿债款、遗产占有、是非之辩、赞成反对、初夜权，并且找出适用法条。小偷可能因偷窃价值一先令的物品被处以吊死（这是真的），因为当时法律修订仍不完备，而且混乱；不过，一先令可以买到两只鹅、四加仑葡萄酒或四十八条面包，对小偷来说是笔难以处理的大钱，只要想想这一点，或许这条法律听起来也没那么糟。乡间小径上只有出身并不高贵的情侣，他们用手互环着腰，走在日落余晖中，从后面看起来，就像个X字。

亚瑟的格美利一片和平，而这和平的快乐在蓝斯洛和桂妮薇眼前绵延开展。但是，这张拼图还有第四个角。

上帝是蓝斯洛的图腾。他在他们的战争当中扮演另一个人，现在，他终于选择跨越那条小路。那个看着壶盔的小男孩，那个梦见井水总是从他唇边溜走的男孩，有个雄心壮志，就是希望能行一般的奇迹。他已经行了一次奇迹，将伊莲从她的澡盆里救了出来，当时他是全世界最优秀的骑士——而他在那个可怕夜晚中了伊莲的陷阱之后，便破坏了自己的禁忌。有四分之一世纪的时间，他都悲哀地想着那个晚上，这份哀伤也在整个寻找圣杯的探险中伴随着他。那件事之前，他认为自己是上帝的臣民；但在那之后，他就成了一个骗局。现在，时间总算到了，他即将面对他的不幸。

有个来自匈牙利的骑士，名叫乌利爵士，他在七年前一场比武大会中受了伤。当时他和一个叫阿法格斯爵士的人对战，虽然杀了对方，身上却留下好几道伤口：头上三道、身体和左手则有四道。已故阿法格斯的母亲是个西班牙女巫，她对匈牙利的乌利爵士下了诅咒，让他身上那些伤口全都无法愈合。它们会反复不断流血，直到全世界最优秀的骑士来照看这些伤口，用他的双手让伤口愈合。

一直以来，匈牙利的乌利爵士让人背着走过一个又一个国家（或许他得的是某种血友病），找寻最优秀的骑士帮助他。最后，他勇敢地穿过海峡，来到陌生的北方国度。每个地方、每个人都告诉他，他唯一的机会就是蓝斯洛。于是最后，他前来找蓝斯洛。

亚瑟总是能感受到每个人身上最好的特质，他非常确定蓝斯能做到这件事，只是他也觉得，圆桌所有的骑士都应该有机会试试看，这样才公平。或许会在哪里找到一个深藏不露的高手，因为以前也曾经发生过类似的事。

因为适逢圣灵降临节，宫廷的人当时都在卡利西，每个人都应该在镇上的草地聚会。乌利骑士被人用担架带到那里，躺在金布做成的枕垫上，好让诊疗开始进行。一百一十名骑士（另有四十名在外探险）穿着他们最好的衣服，依序绕着他站成一圈，地上铺着地毯，并设有给贵妇人在旁观看的帐篷。亚瑟对蓝斯洛十分厚爱，为他安排华丽的陈设，好迎接即将到来的无上成就。

这是蓝斯洛爵士之书的终章，现在我们要看的，是他在本书里的最后一次现身。他躲在城堡的马具室里，从那里向外窥探。房间里有许多皮制缰绳，整齐地挂在马鞍和鲜亮的马嚼之间。他发现，那些皮绳很强韧，撑得住他的重量。他躲在那里等待，祈祷快点有人（或许是加瑞斯？）能行此奇迹，如果没有，也让他们忘了他吧，他祈祷不会有人注意到他缺席。

你认为做个全世界最优秀的骑士是件好事吗？想一想，然后，也想想你要如何去捍卫这个名号。想想那些考验，那些一再重复、冷酷无情、会传出丑闻的考验，它们会日复一日找上你，直到失败之日，同时也是死去之时。再想想，你知道自己失败的原因，那是你不欲人知的事，是你二十五年来哀伤地想隐瞒或忽视的事。试想，现在你就要走出去，在目前集结人数最多、地位最尊贵的观众面前，公开宣告你的罪行。他们期待你会成功，但你会失败：你要公布自己说了四分之一个世纪的谎言，而他们马上就会知道原因何在——你一直想把可耻的理由藏起来，连自己也不愿知道。但是，你在空寂的斗室中，这些事就会钻出来，就会刺激你，让你晃动着头，像是想把它扔出去。从很久以前开始，你就一直想行奇迹，但只有心地纯洁的人才做得到。外面那些人正等着你去行这项奇迹，因为你之前让他们相信你心地纯洁——但是现在，背叛、通奸和谋杀正把你的心像一块布那样扭绞着，你要走到阳光之下，测试你的荣誉。

蓝斯洛站在马具室里，脸色惨白如纸。他知道桂妮薇就在外面，她的脸色也和他一样苍白。他绞着手指，看着强韧的缰绳，尽其所能地祈祷。

“瑟佛斯 · 勒布乌斯爵士！”传礼官叫传唤，而后瑟佛斯爵士踏步上前，他是在那张竞争名单中排名相当后面的骑士，个性害羞，唯一的兴趣是自然史，终其一生未曾与人对战。他走向那个只要别人一碰就会痛苦呻吟的乌利爵士，跪了下来，尽力而为。

“欧兹纳 · 勒寇尔 · 哈迪爵士！”

如此这般进行下去，这整张名单上有一百一十人；马洛礼以合适的顺序记下所有这些华丽的人名，所以你几乎可以看见他们沉重的钢片甲衣上的漂亮切割、盾徽的色调，和每个羽饰的鲜亮色彩。那些用羽毛装饰的头让他们看起来像是印第安勇士。他们走路的时候，足甲的金属片锵啷作响，在马刺上敲出坚实、令人振奋的声音。他们跪下来，乌利爵士缩了一下，没有成功。

蓝斯洛并没有用马缰绳上吊自杀。他已经破坏他的禁忌，欺骗他的朋友，回到桂妮薇身边，并且在一场错误的争执中杀了梅里亚格兰斯爵士。现在他准备好接受惩罚了，他走过那条长长的大道，两旁都是在阳光下等待的骑士。他不想引人注目，结果却让自己成了最醒目的最后一人。他在那些好奇的显要中往下走，还是一样丑陋、忸怩、踌躇不前，他是个即将崩溃的老兵。莫桀和阿格凡也向前移动。

蓝斯洛跪在乌利身前的时候，他对亚瑟王说："我有必要在所有人都失败之后来做这件事吗？"

"你当然得做。这是我给你的命令。"

"既然你下了命令，我就得做。但是，在所有人都失败之后……这实在太傲慢了。我不能不做吗？"

"你这样想是不对的，"国王说，"由你来试绝对说不上傲慢。如果连你都做不到，那就没有人做得到了。"

乌利爵士现在已经十分衰弱，他用手肘撑着身体坐了起来。

"拜托，"他说，"我来这里，就是要请你做这件事。"

蓝斯洛眼中含着泪水。

"噢，乌利爵士，"他说，"如果我做得到，我当然很愿意帮你。但是你不了解、你不了解。"

"看在上帝的分上。"乌利爵士说。

蓝斯洛看向他认为上帝所在的东方，在脑中说了一些话。他大概是这么说的："我不想要荣耀，但能否请你保有我们的正直？看在这位骑士的分上，如果你愿意治愈他，就请你这么做吧。"接着他要乌利骑士给他看他头上的伤。

桂妮薇在她的帐篷中，像只老鹰般看着那两个男人笨拙地搜索着。之后她看见附近的人动了，传来一阵低语，继而是欢呼。男士开始扔帽子、大叫、握手。亚瑟一再喊着某些相同的字眼，他抓住大老粗加文的手肘，把话不断塞进他的耳朵里去。“伤口像盒子一样合起来了！像盒子一样合起来了！”几个年长的骑士绕着圈圈跳起舞来，把盾牌弄得砰砰作响，像是在玩“豌豆布丁烫[①]”的游戏，互相戳着对方的肋骨。许多侍从疯了般笑着，互拍对方的背部。波尔斯爵士亲吻了爱尔兰的安贵斯国王，后者也回以一吻。而骄纵的王子——加拉哈特爵士滚倒在自己的剑鞘上。慷慨的贝勒斯爵士在许久以前的一个夜晚，在一顶红色丝质帐篷旁被蓝斯洛切开肝脏，但他并不记恨，现在他用两只拇指抓住一根草叶边缘，吹出可怕的噪音。贝第维爵士自从去见了教宗，便大大悔过，他喋喋不休说着几根圣骨的事，那是他去朝圣带回来的纪念品，上面用弯弯曲曲的字体写着“来自罗马的礼物”。布利昂爵士仍然记得他那位个性温和的野人，他拥抱了卡斯特爵士，后者从来就不曾忘记那位异乡骑士颇有骑士之风的斥责。仁慈又善感的阿格洛法是宽恕派林诺家宿怨的人，他真心和英俊的加瑞斯击掌；莫桀和阿格凡皱起眉头。马铎爵士的脸红得像是只公火鸡，与匿名回来的毒杀者皮内爵士言归于好。佩雷斯国王到处承诺，说他要送蓝斯洛一件新斗篷；头发花白的戴普大叔已经老得令人难以置信，正试着要跳过他自己的手杖。帐篷的布幕放下来，旗子在风中招展，而欢呼声仍一次又一次响起，听来像是猛烈的炮火或雷声，绕着卡利西的塔楼转。广场四处和其中所有的人，以及城堡中所有的高塔，看起来都像是在雨中上下起伏的湖面。

---

① 豌豆布丁烫（Pease Pudding Hot），英国童谣。

在人群当中，没有人注意到，她的爱人独自跪了下来。那寂然不动的身形知道一个秘密，一个没有人知道的秘密。真正的奇迹是上帝允许他行了奇迹。“之后，”马洛礼说，“蓝斯洛爵士哭了，仿佛是个受到惩罚的孩子。”